字燭照未来

TopBook

在生命与死亡、丰饶与贫瘠、昼与夜、秩序与混乱中
探寻世界运转的法则，追溯人类遥远的童年

INDIAN
MYTHOLOG

印第安神话

《阿凡达》《风中奇缘》《寻梦环游记》中的神话世界
创世起源、人类诞生、部族征服、帝国衰亡

王觉眠／著

陕西新华出版
陕西人民出版社

图书在版编目（CIP）数据

印第安神话/王觉眠著.-- 西安：陕西人民出版社，2023.5
ISBN 978-7-224-14903-6

Ⅰ.①印… Ⅱ.①王… Ⅲ.①神话—作品集—美洲 Ⅳ.①I707.3

中国国家版本馆CIP数据核字(2023)第082867号

出 品 人：	赵小峰
总 策 划：	关　宁
出版统筹：	韩　琳　王　倩
策划编辑：	王　凌　晏　藜
责任编辑：	武晓雨　凌伊君
装帧设计：	侣哲峰

印第安神话
YINDIAN SHENHUA

作　　者	王觉眠
出版发行	陕西人民出版社
	（西安市北大街147号　邮编：710003）
印　　刷	陕西隆昌印刷有限公司
开　　本	787mm×1092mm　1/16
印　　张	18.5
字　　数	272千字
版　　次	2023年5月第1版
印　　次	2023年5月第1次印刷
书　　号	ISBN 978-7-224-14903-6
定　　价	69.80元

如有印装质量问题，请与本社联系调换。电话：029-87205094

自序

如何从这个世界获取力量

我是个科技爱好者,有时梦境中还会出现赛博朋克的场景。人类的未来会是什么样子?迷失在科技世界中的我们将去往何处?

美洲生活的印第安人,从技术和生产力角度来说,他们在哥伦布到来前的生活无疑是落后的,被吹捧为外星人的好学生的玛雅人其实不过处于新石器时代。印第安人没有驮兽、没有轮子,彼此混战不休,甚至还有千千万万好端端的劳动力被阿兹特克人这种嗜血好战的民族夺了性命,死在祭台之下。

但是,印第安人的宇宙观似乎比我们更加超前。他们注重宇宙空间的划分,也承认人类自身不过是肉身凡胎,更加神秘的天外之力在操控一切。中美洲的纳瓦人认为宇宙分为22个世界,即13个天上世界、9个地下世界。而玛雅神话中也有类似的概念。多重世界交织在一起,形成一个具有层次的宇宙。

除了空间外,在时间上,他们还认为,在宇宙中,单向的东西注定走向灭亡,而循环才是世界运转的法则。因此,玛雅人口中有5个太阳纪元,也有被世人误读的"世界末日"论,其实都是宇宙循环的往复。但如何去维系世界的循环呢?不少印第安族群给出了答案,那便是杀戮和鲜血。

循环以外,印第安人的二元论也如同哲学般幽深:日与月、光与暗、生与死，那些具有缺陷的神明让世界秩序出现缺口——因此，这个世界不完美。好人也可能没有好的生活——最终出走的是向善的羽蛇神，而坏事做尽的烟镜神依然被阿兹特克人崇拜并由俊美男子在祭典上扮演。

印第安人安于天命，并不做过多的抗争，他们有着类似中国老子的思想。比如，印加帝国和阿兹特克帝国的衰亡中都出现了噩兆、预言等桥段，印第安人自己竟为身死国灭找到了合理的理由。

更进一步的是，横亘南美的安第斯山形成了独有的"无我"文化。安第斯原住民认为，单独的人并不具备独立地位，甚至连灵魂都不掌握在自己手中，而是在祭司或者萨满手上。当一个安第斯男人当了爷爷，或许他的灵魂才会与肉体合一，然后只需等待死亡。印第安人还将人的概念泛化，山峦、动物，甚至炊具都可以具有人的思想和行动，而他们也从未小觑这些身外的力量。比如，北美的印第安部落就认为，大地在人类出现之前就具有知觉，大地每时每刻都在倾诉自己的故事。诗意的描述强化了人类与土地的联系，人类成为与生命体大地共存的一部分。

在人工智能越来越像人、人越来越像机器的今天，印第安人含混的神明谱系、无法被彻底理解的预言以及想象中的灵魂，似乎为我们从这个世界获取力量指了一条明路，即与世界融为一体，忘记自身，直至与世界一起毁灭。

印第安神话

目录

第一部分　阿兹特克人的故事　001

第一章　史前的四个太阳纪元　003
二元神·地母特拉尔泰库特利·四个太阳纪元

第二章　第五太阳纪元　014
第五个太阳·地府寻骨

第三章　战神出世　026
战神出世·兄弟大战·迁徙之旅

第四章　羽蛇神与烟镜神　033
降生·称王·出走·后记

第五章　龙舌兰酒的故事　046

第六章　老郊狼神的故事　051
取名·伏魔·好色

印第安神话

第七章　纳瓦人的传说　　　　　　　　　　058
　　写在纳瓦传说前面的话·大洪水·换脸女巫·铜斧神·小瘸子和食人猴·夜鬼

第八章　阿兹特克世界　　　　　　　　　　077
　　富饶谷地的最后主人——阿兹特克人·世界诞生又毁灭——阿兹特克神话中的事情是否为真？·最后的日子

第二部分　玛雅人的故事　　　　　　　　101
第一章　当世界还小的时候　　　　　　　103
　　大周期的开始·泥人和猴人·猴人的末日

第二章　七金刚鹦鹉和双胞胎神　　　　　110
　　欺世盗名的七金刚鹦鹉·第一代双胞胎神·席帕克纳和恩斯奎克的覆灭

印第安神话

第三章　双胞胎神的故事　　　　　　　　118
　　地府之路·死神的诡计·兄弟出世·兄弟涉险

第四章　玉米造人　　　　　　　　　　　132
　　基切人始祖·第一次黎明·祖先们的消失

第五章　不存在的末世　　　　　　　　　140
　　让考古学家掉到"兔子洞"·玛雅人的末日说·玛雅金字塔

第六章　神话和现实世界的玛雅　　　　　145
　　玛雅人的历史、美食、艺术以及对世界的贡献·与众不同的审美·不得不说的玛雅文字

第七章　消亡与被征服　　　　　　　　　151
　　盛极而衰·病菌和传教·人工智能与玛雅人

印第安神话

第三部分　印加人的故事　159

第一章　安第斯山最初的那些事　161
印加创世・造人

第二章　印加王的诞生　166
水神的诞生・第一代印加王・国土属于太阳神

第三章　印加王的故事　176

第四章　印加灭亡　184

第五章　迷失在历史与现实的印加帝国　188
找到了・黄金国的悲剧・历史上最大的绑票・关于黄金国的那些后续传说・瓦尔韦德藏宝图・他们相信天翻地覆

第六章　奇伯查山谷的故事　205
——安第斯神话体系的另一世界

光明神创世・巴丘和她的丈夫・太阳神博基卡・洪水・乱伦的兄妹・洪灾和金刚鹦鹉

印第安神话

第四部分　雪国的故事——北美印第安人的传说　219
　第一章　和北风角力的男人　221
　第二章　巫师乱发的故事　225
　　获取法力·嗜杀成性·与狼共生·为孙报仇
　第三章　巫师米奥沙　233
　　兄弟相依·甜心女孩·三次涉险·打败米奥沙
　第四章　红天鹅　242
　　两个酋长·四个巫师·兄弟和好
　第五章　骷髅岛的故事　248
　　误入骷髅岛·骷髅的话·拯救妹妹
　第六章　星星王子　255
　　十个女儿·奇怪的新郎·星星王国
　第七章　儿媳雪鸟　260
　　儿媳难当·危险的秋千·水老虎

印第安神话

第八章　精灵的新娘	265

第五部分　火地岛的故事　　　　　　　　　269

　　第一章　火地岛神的传说　　　　　　　271

　　　　懒惰的主神和天穹下的半神·造人·相爱相杀的日月·神的世界结束

　　第二章　火地岛凡人的传说　　　　　　280

　　　　凡人的世界·紧缺的食物

后记　让世界感受我等之痛苦　　　　　　284

第一部分

阿兹特克人
的故事

第一章
史前的四个太阳纪元

阿兹特克人的天空是神灵的王国，在远古时代，到了夜晚，他们在天上的生活可以被人间看到，就像一幕幕宇宙大戏一样好看，但是人类只是观众，无法参演。

二元神

天地本是一片混沌，灰蒙蒙的，静止不动。不知过了多少年，在世界的中心有一颗小小的心脏跳动了一下，慢慢出现黑色飘带一样的物体，这时，有了风，在风的吹动下，出现了两根飘带，它们拧在了一起，成了一个黑色的鼓包，黑色的鼓包中有个东西在拳打脚踢，仿佛一个婴儿。婴儿的动作越来越剧烈，像是要把飘带撑破。几番挣扎之后，飘带像突然泄了气一样垂了下来，咕噜一声，里面掉出了雌雄同体的二元神。

二元神的五官幼细，腿也是萎缩的，走不稳，跌跌撞撞，只得在空中飞行。为了欢愉，他摩擦自己的身体，不知何时起，他的肚子开始变大。"我这肚子可以生下世界上所有的神。"他嘴里嘟囔着。

一日，二元神在天上飞着，肚子一阵疼痛，四个主神儿子就这么从半空中落了下来，掉在了地上，二元神一看，知道自己的使命已经完成，从此天地就有了正主，而这四个神日后搅动宇宙，也是他们自己的命数，就与自己无关了。

第一个落下来的是南方蜂鸟神维齐洛波奇特利，他身缠火焰之蛇，好战勇猛，代表南方与火；接着落下的是烟镜神特斯卡特利波卡，他代表北方与寒冷，他脸上带有黑黄相间的条纹，精通巫术，游走在善恶之间；第三个下来的是羽蛇神魁札尔科亚特尔，他有蛇形和人形两种形态，身体可以在带着白色羽毛的巨蛇和白皙清秀的男子之间自由切换，他代表东方与智慧，后来人们认为在黎明时出现的启明星就是他的化身；最后一个兄弟相貌不大漂亮，浑身靛蓝，双眼鼓胀，犬牙参差，他就是万物生长之神特拉洛克，后来也被称为雨神，他代表西方与生长。

四个主神来到世界上，他们像新生的孩子一样充满好奇，他们大声欢呼，使劲跳跃，碰触彼此的身体，用黑曜石做成短刀，在坚硬的灰色岩石上用力划，迸溅的火星里都蹦出比四位主神次一等的神明，这样的神明一共出来了1600位。大家聚在一起，叽叽喳喳，用好奇的眼神打量着二元神的世界。看了一会儿，他们的结论是不满意这个世界的样子。

"天距离地太近了，你们看，我轻轻一蹦就可以上天。"一个长腿的小神抱怨说。"是的，是的，地方不够大。"其他人都附和。二元神对四个儿子和众小神说："这个世界没有完全形成，你们要把剩下的事情做完。""剩下的事情是什么？"羽蛇神问。二元神没有回答羽蛇神的问题，他挠挠脚丫，说："没有什么比创造更快乐，我造了你们，你们造了小神，你们还可以造一些别的什么东西，把这个世界填满，但是要记住，对自己造出来的东西要负责。"说完，二元神腾空而起，飞到天上，越飞越高，直到天外，他不再想管这个世界了，他其实没有意识到，他并未履行自己的话，他不再理会自己造出来的主神儿子。

地母特拉尔泰库特利

见二元神就这么走了，众神有点失望，他们继续议论起来，声音大得比蛙鸣还吵人。烟镜神有一双锐利的眼睛，他借此机会审视自己的几个兄弟。老大蜂

地母特拉尔泰库特利

鸟神浑身是火，看起来脾气有点暴，而小弟弟生长神的模样实在不敢恭维，看着最顺眼的就是羽蛇神了。偏巧这个时候，羽蛇神的眼睛也在到处看，眼神中透出一种"叽叽喳喳吵死了"的不耐烦。"看来羽蛇神和我想的一样，抱怨是没有用的，"烟镜神想。哥俩眼神一对，想到一块去了。

兄弟二人交换眼色，离开喋喋不休的众神，耳畔少了嘈杂，心情也好起来。他俩一前一后走着，烟镜神问羽蛇神："咱们第一步干吗？"羽蛇神头也不回，说："先把天和地彻底分开。"原来，因为二元神实在是很懒，在这个时候，天和地之间的距离还很近，天不是天，地不是地。但是，该怎么把天地彻底分开呢？羽蛇神变成一条蛇，愁眉苦脸地想着。烟镜神看到地上有树，他灵机一动，用法力让树长高。在他的咒语下，树干变粗、变高，羽蛇神见了，笑着说："兄弟，你这法子不错，用巨树当柱子。"在二人的施法下，好几棵参天宇宙大树被造了出来，大树的根深深扎在汪洋之下，树冠张开，直抵天穹。就这样，天空越来越高，水面越来越阔。其他神见羽蛇神和烟镜神以巨树为柱，分开混沌，连声赞叹。他们也施展神通，造出了一些植物和动物，但是世界上水越来越多，土地逐渐消失，淹没在水下，没有可以承载万物的土地了，神明们造的东西都扑哧扑哧掉到水里。

老大蜂鸟神率先发现了这个问题，说："水面越来越大了，没有土地。我们造出来的东西要往哪里放呢？还是要先有土，才能开始造物。"生长神觉得自己一直没露头，有点闷，这时便抢着说："我们把水分开，让水底的土翻上来，怎么样？"羽蛇神给了他一个白眼，说："我们要分开多少水才能弄到泥土？还是想想别的办法吧。"众神开始为没有土地而一筹莫展。

羽蛇神和烟镜神弄出来的汪洋倒是便宜了一个史前的巨兽——特拉尔泰库特利。她是一只形如鳄鱼的雌性巨怪，在水中如山一般移动，速度敏捷，她的眼睛和耳朵都很小，模样颇为丑陋。羽蛇神见到水中的特拉尔泰库特利，先是被她巨大的身形所震惊，然后马上想到土地可以从哪里来了。羽蛇神和烟镜神说了自己的计划，烟镜神越听越带劲，眼睛一亮。

他俩开始飞行在无边无际的水面上，寻找巨兽特拉尔泰库特利，烟镜神眼神好，发现万顷碧波外的特拉尔泰库特利正在慢悠悠地游动。这时，特拉尔泰库特利正好特别饿，世界上的东西太少了，没什么可吃的，她昏昏沉沉地往前游着，突然看到在不远处有个黑色的会动的东西，她一下子精神起来，心想终于有能让自己果腹的东西了，于是扭动躯体，加快游动，对准目标，张开血盆大口咬了上去——她咬的是烟镜神的脚。"哎呀，"烟镜神吃痛叫起，但是他趁势抓住了特拉尔泰库特利，可惜的是他的脚已经在撕扯中进了对方的肚子。"早知道不用自己的脚做诱饵了。"烟镜神十分后悔。羽蛇神和他一起按住特拉尔泰库特利，把她的下颚直接拔掉，这样她就不能再咬人了，而且也不能再潜入水下。失去了下颚的特拉尔泰库特利浮在水面上，老老实实，任人宰割。看到巨兽俯首，羽蛇神不禁有点得意，说了一句："我的计划实在绝妙。"烟镜神在一旁，拖着血淋淋的残足，看羽蛇神没理会自己，心里有点发凉。

烟镜神用木头做了一个假足，继续和羽蛇神完成接下来的工作。他俩用她的后背造起了大地，把她的毛发变成地上的草木，而特拉尔泰库特利眼睛中流出的泪水形成了水井、泉眼和湖泊，隆起的躯干成了山脉。特拉尔泰库特利变成大地，但是她依然活着。羽蛇神看着她的小眼睛里流露出的愤恨，心里也是惴惴，于是问她："什么东西可以平息你的怒火？"特拉尔泰库特利沉声说："鲜血。"羽蛇神说："你以后将被尊为地母，地面上的生灵将用生命和鲜血为你献祭。"听了这话，特拉尔泰库特利闭上了眼睛，不再动弹。但是，在以后的岁月里，她在黑夜降临之时会忍不住呜呜地哭泣，抖动一下身体，因此地震都发生在夜晚。

四个太阳纪元

烟镜神对其他三人说，他为了造地，失去了一只脚，所以世界要由他来主导，其他人答应了。烟镜神得意地变成第一个太阳，升到天空，普照大地，但是因为他少了一只脚，所以他只能是半个太阳，这件事令他很是气恼。为了弥补自己身体上的缺憾，烟镜神创造出的生物是巨人，他还让大地上长满高大的橡树，巨人们就以橡子为食。但是因为天上的太阳是半个，所以世间万物都没什么精神，时常被浓雾所笼罩，世界如此这般存在了600多年，羽蛇神觉得这样一个暗淡的世界实在不美好，终于一个忍不住，用一块石头把烟镜神从天上给砸了下来。烟镜神大头朝下掉进了海里，天上没了太阳，世界一片漆黑。掉到海里的烟镜神恼羞成怒，化身美洲豹群，将自己的子民吞噬得干干净净，第一太阳纪元就这样结束了，因为由美洲豹结束，所以也被称为"美洲豹纪元"。阿兹特克老人们说，那些被神造出来的巨人，全部被美洲豹所吞噬，连骨头都没留下。

把烟镜神的世界毁了，羽蛇神当仁不让成了下一个世界的主人，他创造出了人类，在造人的时候还和其他兄弟有了分歧，因为他们用木头和陶土来造人，不结实，也不灵活，而最后羽蛇神用自己的血肉造出了人，成了第二个世界的主宰生灵。羽蛇神将橡树毁去，种上了松树，人类当时就吃松子。羽蛇神升到天空中成了第二个太阳，这个纪元也就是第二太阳纪元，在羽蛇神悉心的照顾下，人类生活得很不错，松树到处都是，松子要多少有多少，每天都吃得很饱，没有天灾，没有野兽，羽蛇神太阳永远在天上慈爱地照耀着他们。人类面对神无限的爱，渐生骄纵之心，他们开始轻慢羽蛇神和他的兄弟们，不再给他们最好的松子作为供奉，甚至连定期的跪拜也忘记了。

烟镜神特斯卡特利波卡指责羽蛇神惯坏了人类，双方越说越生气，索性打了起来，神的打斗引起了飓风，飓风将世界吹得七零八落，地上大多数的生灵和植物都被刮到了海里，只有少部分人类活了下来，但是烟镜神看他们还是觉得碍眼，用手一指，把他们变成猴子。

第二太阳纪元结束，羽蛇神也不得不交出太阳的宝座，因为世界被风毁掉了，这个纪元被称为强风纪元，神明们在经过商议后一致同意，用蛇头的形状来代表这个纪元，因为那是空气之神伊厄科特尔的原形。

最小也是最丑的特拉洛克自告奋勇成为下一个太阳，兄弟几人和其他神明也没有异议。别看特拉洛克长得丑，但是他掌管万物生长，在他的管理下，人间很快长出了新的植物，新的人类又被造出来了，他们对特拉洛克满意极了，异口同声称赞他是丰饶和青春之神。那时，特拉洛克很繁忙，不仅白天要待在天上当太阳散发无尽的光芒，还要抽空负责降雨，人们经常可以看到特拉洛克带着苍鹭羽毛的头冠，脚下蹬着羽毛鞋，手里老是拿着一对打雷用的铃铛，在天上忙活。尽管忙碌，但是特拉洛克心里很高兴，因为他的世界一片绿色，充满了勃勃生机，

善于诱惑女子的烟镜神

特拉洛克

他也因此获得了众神的交口称赞。他决定向花羽神索奇奎特萨尔求婚，花神休奇皮里和花羽神索奇奎特萨尔是一对美丽的双胞胎女神，天生就带着艺术、音乐和浪漫的气息，是神中的尤物，其中花羽神索奇奎特萨尔更为标致一些，但是这姐俩很是轻浮，招蜂引蝶的事情没少干，众神没想到朴实丑陋的特拉洛克会向这两位中的一位求婚。南方蜂鸟神维齐洛波奇特利笑话特拉洛克说："你要不要采几朵金盏花来试试？"

原来，金盏花是索奇奎特萨尔的化身，人间女子经常用金盏花来向花羽神祈求美貌和御男之术，特拉洛克说："我容貌本就如此，不必去祈求美貌。"他用自己的神通，使世界上的金盏花在一瞬间全部开放，整个世界都弥漫着此花的香气，花羽神索奇奎特萨尔一下子被打动了，她的姐妹花神休奇皮里也鼓动她嫁给世界之主，于是这桩婚事就成了。

婚后的生活起初很幸福，他俩一个是生长之神，一个是花与羽毛之神，相得益彰，但是时间一久，妻子对总是不在家的丈夫就有了意见："你早上总是走得太早了，回来得太晚。"她这样抱怨。特拉洛克总是安慰她，但是因为嘴笨，索奇奎特萨尔对他依然不满。

索奇奎特萨尔先是在自由之神和水星神身上找到了一些慰藉，他们终日饮酒作乐，赏花观星，但是索奇奎特萨尔很快就嫌弃这二人神位不高，不能满足自己的虚荣心。特拉洛克听到了一些丑事风声，但是他觉得妻子貌美，又是掌管艺术的美神，不欲对她多加管教。

索奇奎特萨尔在众多情人的滋润下更加貌美，她成为人间的爱神，每天有侍女和逗趣的弄臣陪伴，她身披最精美的织物，将鲜花赐给人间，这些鲜花都是按照她外阴的样子长成的。一时间，世界都被她的淫荡和多情所感染，植物生长速度很快，结出果实后，很快再次开花。这时，女神又来了一个追求者，是她丈夫的兄弟，第一个太阳纪元的主人烟镜神特斯卡特利波卡，经过了这么多年，特斯卡特利波卡早已不是当年那个用自己的脚做诱饵去捕巨兽特拉尔泰库特利的神了，他看到世界更迭，而自己无所事事，心里有了些阴毒的想法。

他见索奇奎特萨尔百无聊赖，就过来引诱她。特斯卡特利波卡掌管着所有

阿兹特克人的太阳纪元

古老的记忆,他给索奇奎特萨尔讲述之前两个太阳纪元的种种趣事,特别是说到他用手一指,把羽蛇神造的人都变成猴子,索奇奎特萨尔笑得前仰后合。特斯卡特利波卡顺势压了上去,诱奸了索奇奎特萨尔。

这桩丑事被索奇奎特萨尔的姐姐花神休奇皮里说了出去,特拉洛克颜面尽失,他又伤心又气恼,索奇奎特萨尔见纸包不住火,索性和特斯卡特利波卡私奔了,不再回家。特拉洛克每天无精打采地在天上当太阳,但是他再无心思降雨,人间陷入了干旱。植物干焦而死,人们不断祈求降雨,特拉洛克不胜其烦,索性降下一场热雨,火像雨一样降落在人们身上,太阳的光芒也随之消失。

人类痛苦哀号,最终特拉洛克发了善心,把他们全部变成鸟,以度过此浩劫。特拉洛克娶了生息女神查尔丘特里魁作为第二任妻子,将世界之主和太阳的职责交给了她,自己则回到十三重天中的第四重——永春天,这是个充满欢乐的地方,万物生长,河川丰沛,有各种果树不分四季长出果子,特拉洛克让所有溺毙者可以进入这里。而在人间,第三太阳纪元存在了312年,就这样结束了。由于毁于热雨,所以后世称之为"暴雨纪元"。

查尔丘特里魁生性仁慈,她掌管的第四太阳纪元也十分平和,新的人类靠吃一种野生水草为生,而她也时常回到第四重天永春天去慰藉丈夫特拉洛克,他们生下了一个英俊的儿子特库希斯特卡特尔,这个儿子从小就很聪明,二人也对他寄予厚望。

但是心中有恶的烟镜神特斯卡特利波卡还是不想放过这个世界,他不断用恶毒的言语辱骂查尔丘特里魁,说:"你并非仁慈,不过是伪善想博取好名声罢了,你的丈夫已经为他美丽的前妻冰封了自己所有的情感,你不过是他统治世界的一个替代品。"他一直不停地在查尔丘特里魁那儿说这种话,刺激她,终于查尔丘特里魁内心绝望,开始痛哭。这一哭,大雨倾盆,洪水泛滥,就连山峰都隐没在水下,世界仿佛回到了最初没有土地的时候。为了让永春天不被突然增多的溺水者占满,查尔丘特里魁只好将人类变成鱼。海洋和陆地没了分别,唯有鱼类可以自由。第四太阳纪元就这样在哭泣中结束了,由于毁于洪水,所以被称为"洪水纪元"。

至此，世界上有飞鸟、猴子和水里的鱼，就是没了人类，诸神决定静默反省，到底第五太阳纪元应该怎样开始。

第二章
第五太阳纪元

第五个太阳

第四太阳纪元结束后,世界又是漆黑一团,好在大家已经熟悉了这种情况,只要有神自愿上台当太阳就行了。四大主神中的烟镜神已遭大家厌弃,蜂鸟神不知踪影,雨神心灰意冷,羽蛇神只好硬着头皮召集诸神开会,商量这个太阳纪元谁来上天。

在羽蛇神明确表示自己不会再当太阳之后,小神们不免面露喜色,因为这意味着他们有机会成为太阳了。"毫无疑问,我们要选一个健康的、漂亮的、能服众的神出来。"大家七嘴八舌地讨论着:"是啊,但是谁来当合适呢?"

这时,有个懒洋洋的声音传到大家耳中:"当然是我最合适了,你们还能想到比我更合适的人选吗?"大家循声望去,原来是雨神特拉洛克和生息女神查尔丘特里魁的儿子特库希斯特卡特尔。这个小伙年轻英俊,充满青春的力量,面上隐隐散发着一层白光,他的出现让大家眼前一亮,何况他的父母都曾是世界之主,那么特库希斯特卡特尔的确是下一个太阳最好的人选。看到大家都支持自己,特库希斯特卡特尔也流露出欣喜的神色。

羽蛇神见状，平静地说："好吧，那我们马上就举行上天仪式吧。"特库希斯特卡特尔得意地环顾四周，马马虎虎地鞠了个躬，说："好了，请大家原谅我，我要离开你们，登上天穹，光照大地万物去了。"

世界这个时候还是黑暗的，因为天上没有太阳。于是众神点起火把照明，火光抖动，每个人的脸上看起来都阴晴不定，不知是羡慕，还是嫉恨。特库希斯特卡特尔还是一副满不在乎的样子，还在冰绿色的湖水边欣赏自己的倒影，眼睛里发出痴迷的光彩。

但是这个光彩没维持多久。这时，众神把篝火升起来了，熊熊的火焰足有两个人那么高，火舌噼噼啪啪，在漆黑的世界里橘红色的火光映照在每位神的脸上，大家表情肃穆，因为成为下一个太阳是一份无上的荣耀，容不得半点的亵渎和轻慢。

"这火是做什么用的？"特库希斯特卡特尔不解地问。"你要投身烈焰，忍受烈火灼身的痛苦，然后你会慢慢变轻，一直飞升，升到天上，成为太阳。"一个神给他解释。特库希斯特卡特尔吓了一跳，往后退了一步，脸色开始变得很难看，眼珠转动，心里似乎在盘算什么。

"如果你不愿意，那就由我来吧。"一个很轻的声音响起，但是每个人都听清了，大家四处寻找声音的来源，结果发现是一个矮小丑陋的小神纳纳华欣发出的。纳纳华欣不仅身材矮小，而且四肢孱弱，脸色发黄，一副病容。大家看到他，爆发出一阵大笑，笑声震得大地都抖动起来，有人说："纳纳华欣，就凭你还想当太阳？"另一个人接话："你要变成太阳，不仅个子小，能不能发出光来还不好说呢。我们叫你什么呢？丑太阳吗？哈哈。"

一旁的特库希斯特卡特尔也附和着笑话了几句纳纳华欣，缓解自己的尴尬。"大家都住口！"羽蛇神双目圆睁，发怒了："这是什么场合，是升天仪式，你们就这样嬉笑吗？特库希斯特卡特尔，赶紧到火里去，快点升天。"

这时，纳纳华欣也分开人群，走了出来，对羽蛇神说："我也应该有机会。"

羽蛇神看着他，叹了口气，说："好吧，你俩都换上祭服，看谁最后愿意投身火中忍受剧痛。"

阿兹特克人的五个太阳

太阳石

二人换好衣服，区别是很明显的，特库希斯特卡特尔在华丽祭服的映衬下更加英武夺目，他的目光不管落在哪里，每个神都对他笑，而纳纳华欣却在漂亮如同彩霞的衣服的映衬下面色蜡黄，一副病恹恹的样子。大家见他，都捂着嘴笑，当纳纳华欣经过时，旁边的人明显对他嗤之以鼻，耳语说纳纳华欣是整个仪式的败笔。

走到篝火旁，特库希斯特卡特尔定了定神，开始了仪式的流程，他先往火里扔了一些绿松石、黄金和彩色羽毛作为祭品，而纳纳华欣手里只有几片树叶子，也扔到了火里。篝火在燃烧完祭品后更加旺了，特库希斯特卡特尔在大家的欢呼声中缓缓站了起来，鼻子抽动两下，他目光直直看着火堆，一步，两步，走了上去。晃眼的火苗跳动着，在特库希斯特卡特尔眼前晃来晃去，"妈呀，我不行。"他突然丧失了所有的勇气，跪在地上捂着脸。羽蛇神赶忙上前扶起他，"孩子，别害怕，勇敢一点，跳进去。"

身后嘲笑声如潮水般袭来，特库希斯特卡特尔脸红了，连忙站起来，掸掸身上的土，对羽蛇神勉强笑了一下，继续往前，但是当他的脚刚碰到火苗，一股钻心的疼痛让他不由得叫起来："好疼，好疼，我忍不了了。"特库希斯特卡特尔跪了下来，瑟瑟发抖，抱着脑袋，无论羽蛇神对他耳语什么，都不再往前走一步了。

"还是我来吧，"纳纳华欣从他身后走过，轻蔑地看了他一眼。

羽蛇神无奈，对纳纳华欣点点头，只见纳纳华欣从容投入火中，没有一丝犹豫。火苗一下子把矮小的纳纳华欣吞没了，大家看不到他了，只能看到橘红色的火苗更加有力地跳跃着。火中也没有传来一声哀号，大家都屏息以待。寂静中，火苗一点一点矮了下去，过了一会儿，一个粉红色的新生太阳徐徐升起来了，比之前任何一个太阳都大、都美，众神被纳纳华欣变成的太阳迷住了，眼睛无法移开。在黑如墨汁的天地之间，新生的太阳慢慢释放他的光芒，从粉色变成橘色，从橘色到金色，再从金色到无法直视的白色。

大家都在仰着头往天上看，有人惊呼："咦，怎么还有一个太阳？"众人赶忙寻找，果然，还有一个颜色惨淡的太阳也在努力往天上爬。原来，这是特库希斯特卡特尔变的,他看纳纳华欣开始升天后,火焰不那么烫了,便趁众人不备,也投身火堆,把自己变成一个太阳,只不过他的光芒远没有纳纳华欣强。他想抢在纳纳华欣之前登上天穹,成为太阳。众神觉得他这种行为实在可鄙,就朝他扔了一只兔子,他抖动了几下,光芒更加暗淡了,而兔子的黑印也留在了他身上。特库希斯特卡特尔停在了半空中,他永远也升不到太阳那么高,在太阳身边,大家根本看不到他,于是他索性在夜晚出来,他成了前四个太阳纪元都没有的月亮,而纳纳华欣在成为太阳神后,也有了新的名字托纳蒂乌,前四个太阳分别是地太阳、风太阳、火太阳和水太阳,而托纳蒂乌被称为"动太阳",以象征他的活力。

成为新太阳的托纳蒂乌俯视大地,看到众神像虫蚁般大小,哈哈大笑,说:"你们曾经鄙视我、嘲笑我,但现在呢,我是新的世界之主。"他晃动自己的脑袋,让金色的光芒更加夺目,众神噤若寒蝉,托纳蒂乌满意地笑了,"只要我愿意,我随时可以降下灾难、洪水、强光、地震,毁灭你们。"一个小神壮着胆子说:"我们中任何一个人都可以取代你,不要忘记这一点。"

"什么?"托纳蒂乌转动脑袋,像是听到了什么笑话,"你们没有注意到吗,之前所有的太阳,都是自愿下来的,没有人能左右太阳。除非我自己愿意下来,否则我将永远是天上的太阳"。自此,托纳蒂乌宣布自己将是最后一个太阳,为了维持自己的动能,他要求人们必须不断向他献祭生灵。为了寻找祭品,日后人类掀起一场又一场的战争,将战俘献祭给托纳蒂乌,让他满意,不过这都是后话了,因为人类是如何来到第五太阳纪元的,还有一个故事。

地府寻骨

看到托纳蒂乌这个样子,羽蛇神心下懊恼,觉得还不如自己重新登上天空,成为太阳,而现在他能做的,也只能是找一种高级的生物充当大地的主宰,让新的世界重新焕发生机。

经过了无数个金色白天和银色夜晚的思考,羽蛇神想到了在上一个太阳纪元死去的鱼人的骸骨,这些骸骨都存在于第九层地府之中,那里是冥王米克特兰特库利的地盘。米克特兰特库利和他的妻子米克特兰华尔统治着地下的世界,尽管太阳纪元进行了更迭，但是地下的世界倒一直很稳定，因为地府里终年黑暗，每一寸土地都藏着未知的危险，而所有死去的骨头都去了地府，在他们的统治之下，死寂一片。

"我要去地府，把那些骨头带回来，重新造人。"羽蛇神暗下决心。他与众神说了自己的想法，大家面面相觑，因为谁也没去过地府，有一个小神小心翼翼地说："我听说，地府里道路纵横，很容易迷路，最好带条狗。"还有个小神说："听说冥王米克特兰特库利又自私又小气，他不可能把骨头给你，你要想好拿什么东西去和他换。"羽蛇神一听，气不打一处来，"这么一个自私小气的冥王，看我怎么对付他，放心吧，我什么都不给他，但是骨头我是一定要带回来的。"

羽蛇神告别了众神，带着一条黄狗，就出发了。他在前面走，黄狗在后面颠颠地跟着。众神均面带忧色，觉得羽蛇神此行讨不到什么便宜，冥王在地下世界称霸惯了，搞不好会把羽蛇神变成一堆骨头。

羽蛇神来到一座山，据说这里有个山洞，是通往地府的通道。山光秃秃的，像一根手指，指向天空。羽蛇神绕着山走了好几圈，黄狗都累得趴在地上不愿意走了，也没找到洞口在哪儿。羽蛇神靠在山石上，看着夕阳把山的影子拉得很长，恨恨地说："冥王真是够小气的，连个洞口都藏起来。"黄狗本来好好趴在那里，突然像被什么东西蜇到了一样跳了起来，羽蛇神也吓了一跳，一看，原来是条小蛇，在黄澄澄的沙地上蜿蜒爬行。羽蛇神童心大起，想抓住小蛇，小蛇见状，爬得越发快，最后刺溜钻到了山石缝里。羽蛇神试着抠了抠山石，发现自己背靠的山石似乎不那么坚固，他一使劲，一块石板就掉落下来，露出黑黢黢的洞。羽蛇神连忙扒拉了几下，一个山洞就出现在眼前。山洞里散发出潮湿的泥土气味，但是这个味道在羽蛇神鼻子里，比花香还好闻。"我们走吧，拜访米克特兰特库利可真是件困难的事。"羽蛇神对黄狗说。

羽蛇神进到洞内，点亮火把，环视四周，这个洞不大，四壁光滑，也没有别的出口，中央有个水塘，隐隐散发刺骨的寒意。羽蛇神又对黄狗苦笑道："看来这个水塘就是通往地下世界的通道了。一想到要见到米克特兰特库利的脸我可真打不起精神。"他说着，慢慢走入水中，黄狗也跳入水中。羽蛇神把狗夹在腋窝下，深吸一口气，沉了下去，水没过头顶，一个水花过后，水面又恢复了平静。

羽蛇神觉得自己的心脏跳动得很快，慢慢地，他张开了手臂，感觉自己身体在下沉，突然，他感到眼角跳了一下，好像有什么东西在他旁边扑水，他睁眼一看，原来是黄狗，在黑色的水中，黄狗像金子般耀眼。"黄狗果然给我引路，"羽蛇神想，于是他跟着黄狗，继续潜行，直到前面出现了光亮，黄狗也消失了。羽蛇神奋力向光亮游去，尽管只是几丝光亮，但是也足以证明已经抵达了另一空间。羽蛇神的脑袋从水里冒出来，他的水道之旅结束了，他已经到了地府。他从水里出来，打量着眼前的世界。这里和人间很像，只不过光线幽暗，不远处的山发出可怕的轰鸣，黑色的河流里夹杂着呜咽的声音。刚才在水道中，羽蛇神觉得很憋屈，到了地府，他精神一振，现出原形，化作一条长着羽毛翅膀的巨蛇，他振动双翼，飞到高山上，这座高山在不断震动，发出轰鸣。"冥王您是不想让我上来吗？我也是没办法，请见谅。"羽蛇神一面说着，一面艰难地顶着寒冷刺骨的寒风飞行，他一直盯着头顶上的那块乌云，因为云彩里下的可不是雨，而是像鹦鹉螺一样飞下的锋利的黑曜石刀。羽蛇神小心翼翼，躲开下落的刀子，而且他还不敢贴山下的水面过近，因为水里还有黑色的蛟龙不时翻滚着，从水里露头出来，张嘴展示自己白惨惨的大牙。

翻山越岭之后，羽蛇神来到了群山之中的冥王神殿，这里的一切都是黑曜石打造而成的，而冥王米克特兰特库利正坐在黑曜石座椅上等着他。座椅旁散落着不少骨头，有动物的，也有人的。冥王米克特兰特库利模样狰狞，是一副带血的骷髅，身上披着薄如蝉翼的纱衣，而一旁，他的妻子米克特兰华尔也是没有血肉的样子，一对干瘪的乳房垂在胸口，下身被数条活蛇缠绕。这夫妻二人从第一太阳纪元起就开始统治暗黑的地下世界。

"好久不见，"羽蛇神见了冥王，清清嗓子，说："冥王兄弟，请给我一些第四太阳纪元的人鱼骨头吧，我知道，所有的骨头都在你这里。"

冥王笑眯眯地看着羽蛇神，少有的和气，却没有说话。冷不丁，一旁的冥王妻子米克特兰特库利突然发问："你要骨头做什么？"

"现在地上的世界已经没有了人类，我要造一些新的出来。这件事情需要

冥王米克特兰特库利

羽蛇神智斗冥王

你们的帮助。"羽蛇神保持着自己的礼貌。

"哼，"冥王妻子冷笑了一下："你们在地上争着当太阳的时候可有想过我们这阴冷的地府？你们只会把生命葬送掉，送到我们这里来。"

"好了，别说了，"冥王懒洋洋地说："你们在地上弄得的确不像个样子，我这里一会儿接到猴子的骨头，一会儿接到鸟的骨头，现在接到人鱼的骨头，弄得到处都是，人不人，鱼不鱼，真是难看。"

"你放心，这次造人不会轻易放弃了，"羽蛇神忙说："第五个太阳已经升起，整个世界都沐浴在他的光芒之下，我们神将永远和第五纪元的人类在一起，不会再推倒重来了，你放心吧。"

冥王看着羽蛇神的眼睛，笑道："好吧，你说得倒也真诚，这样吧，你给我做一件简单的事，我就给你骨头。你吹着这个小海螺，绕着我这神殿走三圈就行了。"

羽蛇神接过了海螺，出了殿门，开始边走边吹，但是他怎么鼓腮帮子使劲也吹不响海螺。他一看，原来冥王犯坏，海螺上是没有孔的。不过这难不倒聪明的羽蛇神，他从地上捡起一只虫子，让它在海螺上钻了一个洞，就能吹响了，他越吹越高兴，很快就围着冥王神殿走了三圈。

冥王妻子米克特兰特库利看着回来的羽蛇神，脸色很难看，说："骨头不是送给你的，将来是要还的。"羽蛇神表示答应。冥王给他一些骸骨，羽蛇神把骨头打包，准备回地上世界去。

等羽蛇神出了神殿，冥王妻子米克特兰特库利恨恨地说："这么多珍贵的骨头就这么被拿走了。我们可真是窝囊啊！"

冥王也感到有些后悔，招来自己手下的亡灵们商议。这些亡灵是动物的灵魂所化，有时几种动物的灵魂混在一起形成了一种亡灵，模样都很狰狞，也没有什么智慧。冥王问它们："你们说说，羽蛇神把我们珍贵的骨头拿走去干什么？"

"肯定是他想当冥王，人间待着没什么意思了，拿走我们的骨头，找个地方放起来，这样他就是新冥王了。"一个亡灵回答。

冥王一听，赶忙说："那可不能让他如愿，你们去看看这个家伙是不是已

阿兹特克人的地狱之犬

经走远了,咱们要把骨头追回来。"

亡灵们赶忙上路追赶羽蛇神,从阴间通往人间的路上,密密麻麻布满了疾行的亡灵们,他们如同黑色的影子一般,或奔跑,或低低飞行,但是它们还是赶不上羽蛇神。

"咱们这样可不行,"一个亡灵说:"咱们要走小路。"

于是亡灵们无声无息地改行小路,赶到了羽蛇神前面,它们手拉着手,脚钩着脚,拉出一张铺天盖地的黑色大网,设好了埋伏。

不一会儿,羽蛇神就来了,他为了把骨头早点带回去,很是心焦。忽然,他感觉前面有些不对,他定睛一看,看到前面有张黑色大网,自己只要继续向前,这张网就会收紧,把自己裹住。羽蛇神没慌神,他仔细观察,发现网的右下方有个小洞——那里是一个比较小的亡灵,它生前是只老鼠,手脚短小,和其他亡灵勉强钩住手脚而已。羽蛇神就冲着这个小洞全力撞去,果然,老鼠亡灵被撞飞了,网也破了,羽蛇神趁机逃了出去。但是,他身后的骨头包裹太大了,有个亡灵用爪子把包袱皮撕开了,一些骨头掉了出来。因为少了些骨头,所以有的人长得个头大,有的人比较矮小。羽蛇神找到了水道的入口,屏息入水,然后在黑暗中睁开双眼,果然,在水中,忠诚的黄狗依旧在前面引路。后来,这只黄狗一直留在水道中,成为阿兹特克人黄泉路上的引路犬,它会把每一个灵魂都带到地府,任由冥王的仆役剥去他们的衣服,直到灵魂彻底消失。从死亡到抵达地府神殿,凡人需要四年的时间。

回到地上,羽蛇神召唤来飞鸟,让它们用自己坚硬的喙把骨头磨成粉末,然后他把骨头粉末倒入汩汩流淌的泉水中,刺破自己的手指,滴入一滴自己的血,开始造人。开始的时候,羽蛇神是一个一个地捏,但是他觉得速度有点慢,于是聪明地做了一个模子,就这样很快造出了许多人。众神见了,交口称赞:"我们又有了新的仆人,他们会崇拜我们,给予我们丰厚的供奉。"在喜悦之下,他们赐予人类不死之身,如果衰老了,在地上躺一会儿就可以复生,恢复青春。如此一来,人类越繁衍越多,世界也热闹起来了。大家都很满意。

但是冥王不干了,他跑到地上去和众神理论,要求归还他骨头,他的妻子也嚷嚷着:"当初说好骨头是借给你们的。"

众神没了办法,只好收回了人类的不死之身,所以,人死去,下葬到地里,会化成骨头,算是回到了冥王身边,偿还了他。

第三章
战神出世

战神出世

作为四位创世神中的老大,南方蜂鸟神维齐洛波奇特利一直没有掌管过世界,因为他对前几个世界中造出来的人充满不屑,他喜欢鲜血和战斗,到了第五太阳纪元,他终于等到了机会。

在图拉城郊外的蛇山上,有一座孤单的神庙,里面有一个年迈的女祭司,叫科亚特利库埃,她在打扫的时候,忽然看到天花板掉下一个羽毛做的球。她觉得这个毛球十分可爱,就把它放在自己的裙子里,继续干活。但是当她干完活,想把球拿出来把玩一番的时候,却发现球不见了。

不久后,科亚特利库埃的肚子就大起来了,她怀孕了。她觉得又好气又好笑,自己年纪已经这般大了,居然还会受孕,而受孕的原因却是因为一个毛球。在这之前,科亚特利库埃已经生了一个女儿和四百个儿子了,她已经不想再生孩子了。于是,她想了各种办法把孩子打掉,但是孩子却在她的肚子里稳如磐石。女儿科伊奥莉沙乌基知道母亲怀孕的事后,非常生气,觉得母亲一定是做了不可见人的丑事,她不希望母亲生下这个孩子。科伊奥莉沙乌基是个爱挑事的女人,她跑去

南方蜂鸟神维齐洛波奇特利

和自己四百个兄弟说:"母亲身为祭司,却和不知哪里的男人苟合,眼看就要生下野种,让我们跟着一起蒙羞。现在我们只能去讨伐她,杀死她和她肚子里的野种。"这四百个男人没什么脑子,被姐姐一挑唆,也都十分愤怒,决定赶往蛇山,杀死母亲。

一只野鹿把消息带给了科亚特利库埃,她听后伤心落泪,没想到自己的孩子会这样对待自己。"我该怎么办啊,是向自己的孩子叩首求饶,还是等着他们杀死我呢?"她流着眼泪自言自语。

这时,她肚子里的孩子开口说话了:"母亲不要着急,我自有退敌的办法,你就安心吧。"科亚特利库埃震惊地看着自己的肚子,心想:"我是会生下妖孽,还是神明?算了,一切交给命数吧。"

兄弟大战

四百兄弟全副武装,手里拿着锋利的长矛,战袍上下用贝壳装点,十分威猛,在大姐伊奥莉沙乌基的带领下,气势汹汹地赶往母亲所居住的高山。

兄弟里有一个叫奎特里亚克的,他心里对大姐和其他人的做法很不满,于是他偷偷跑到母亲那里去通风报信,他一进门,就看到母亲大得骇人的肚子,更奇特的是,肚子还会说话。

肚子里的孩子冷静地问奎特里亚克他们在哪里驻扎,然后告诉他不要担心母亲。果然,当四百人赶到高山的时候,孩子从科亚特利库埃的肚子里破腹而出,他一出生身上就穿着战袍,头上有红色的羽毛头饰,大腿和双脚是蓝色的,脸上有黄黑两色的花纹,肩膀上缠绕着通红的火蛇,他就是南方蜂鸟神维齐洛波奇特利,他以投胎的方式来到了人间。

但是,他的母亲科亚特利库埃却因肚子破开而死去了,她到底未能保住自己的性命,维齐洛波奇特利简单地安葬了母亲,就把自己的战神之火燃向了自己的兄弟们,他相信此举是为母亲报仇。

他先是用火蛇将大姐的脸烧坏,割下她的头颅,将她的身体砍得一块一块的,扔到山下,然后将进攻的长矛对准了四百个兄弟,兄弟们被杀得七零八落,绝大部分的人都死在了维齐洛波奇特利的长矛之下，只有少部分逃往南方。

维齐洛波奇特利把四百个兄弟的武器都据为己有，尊自己的母亲科亚特利库埃为大地女神，而他死去的大姐和四百个兄弟也升上天空成为星辰，享得神位。

迁徙之旅

经此一役，维齐洛波奇特利的名气便有了，有一支部落找到了他，希望他能成为首领，这支部落是从一个子宫形状的洞穴中爬出来的，他们自称来自地心。他们就是阿兹特克人，生性好战，四处迁徙。阿兹特克人选择成为维齐洛波奇特利的子民，他们也奉维齐洛波奇特利出生的蛇山为圣山。维齐洛波奇特利高兴地找到了一群和自己一样好战的人，他决心带领他们强大起来。

维齐洛波奇特利对他们说，他们原来的家园阿兹特兰不适宜部落的进一步强大，他将带领他们迁徙到一个神佑之地去。

路上，有一个阿兹特克人看到一只野兔，他跑过去抓它，却怎么也抓不到，维齐洛波奇特利见状不屑地说："来吧，我的子民，我来教你们使用弓箭。"于是，维齐洛波奇特利将从四百个兄弟那里缴获来的武器分给阿兹特克人，在迁徙的路上，教他们使用弓箭，阿兹特克人日后征服四方，将鲜血献给了维齐洛波奇特利。

他们一行人来到了特斯科科湖畔的查普尔特佩克，准备暂时休整。

但是这里恰好是被维齐洛波奇特利杀死的姐姐伊奥莉沙乌基的儿子考比尔的地盘，考比尔听说了他们到来的消息，摩拳擦掌地说："好了，这次我要为我的母亲报仇，给那个什么蜂鸟一点颜色看看。"

在场的祭司说："这个家伙很奇怪，明明身披火蛇，却叫个蜂鸟的名字。"

另一个祭司说："蜂鸟虽小，但是却不停地从花心里吸吮花蜜，贪婪的样子就像吸血一样，我们不要小觑他，何况他将四百个强大武士几乎屠杀殆尽。"

考比尔说："不过他带领的并非军队，而是一群乌合之众，我们绝对可以击败他们。"

在两军对阵的时候，维齐洛波奇特利的神威几乎吓得考比尔的军队腿软，但是打起来的时候，没有经过正规军事训练的阿兹特克人却吃了亏，被打败了，

特诺奇蒂兰城

不过维齐洛波奇特利在交战中一把抓住了考比尔。考比尔佯装镇定，说："你好歹是我舅舅，请饶了我吧。"维齐洛波奇特利轻轻一笑说："那么我将用你的心脏做一件伟大的事。"说着，他伸手就把考比尔的心脏挖了出来，丢到特斯科科湖里，考比尔的心脏变成一个小岛，这个岛日后成了伟大的特诺奇蒂兰城的所在地，阿兹特克人在这里建立起了伟大的文明。

阿兹特克人沿着特斯科科湖寻找到一个适合长居的地方，在这里有托尔科特人的后代居住，他们性子比较平和，对阿兹特克人也没有排斥。托尔科特首领有个漂亮的女儿，于是维齐洛波奇特利派人向托尔科特人求亲。

求亲的阿兹特克使者见到了托尔科特首领。首领问："请问贵部落哪位要娶我的女儿？"使者骄傲地说："唯有神明才配得上您的女儿，您的女儿要嫁的是我们部落的神明。"首领早就听说了维齐洛波奇特利的威名，心想这桩婚事倒也不辱没他们托尔科特人的名声，于是就答应了。

几天后，首领想女儿了，想见见她，于是他没有告诉别人，走到了阿兹特克人举行庆典和祭祀的大草屋。透过幽暗的光线，他看到在屋子里的阿兹特克祭司身上披着什么东西，却怎么也看不清。

首领心里有种不好的预感，他推开门，进入草屋，在离祭司咫尺之遥的地方，他清楚地看到，祭司身上披着的正是自己女儿的人皮。首领这才明白了阿兹特克人所说的嫁给神明是什么意思，原来自己的女儿先是被杀献祭，之后又被剥皮。盛怒之下，首领让本部落的武士将阿兹特克祭司杀得干干净净。

在随后的战斗中，愤怒的托尔科特人对阿兹特克人进行了碾压式的血洗，尽管有战神维齐洛波奇特利，但这桩残酷的、不占任何道理的剥皮行为让众神不齿，所以维齐洛波奇特利也未能大开杀戒，而是带领阿兹特克人逃到了特斯科科湖的边缘地带去躲避战祸。他告诉阿兹特克人："你们要设法找到被我丢在湖里的考比尔的心脏，在心脏变成的土地上，有你们建功立业的家园。我实话告诉你们，在我的庇佑下，你们将成为所有土地的国王，你们将会有无穷的奴隶和战俘，将接受四方的供奉。"

一个阿兹特克人问："湖中岛屿众多，我们怎么知道哪个是考比尔的心脏变的。"

维齐洛波奇特利说："你们在要找的地方会看到一只鹰落在一棵仙人掌上，嘴里叼着一条蛇。"说完，他就隐身不见了。

阿兹特克人在神谕下继续寻找，终于，他们找到了，在特斯科科湖的中心有一个岛，上面有这样的景象。于是，阿兹特克人终于有了自己的定居之所，后来他们在这里建立了特诺奇蒂兰城，修建了大神庙，神庙的四个门象征天地四方，而一根向上的柱子象征着通天的方向，以及不同层级的天堂和地狱，如果神庙倒塌，整个宇宙也将随之崩溃。由于阿兹特克人信奉维齐洛波奇特利的杀伐之气，所以将他和蓝色的雨神特拉洛克共同供奉在神庙之中。

阿兹特克人常说自己是火与雨水的民族，战斗的火焰和宁静的雨水共存在他们体内。被维齐洛波奇特利尊为大地女神的母亲科亚特利库埃却悲戚地告诫阿兹特克人，不可杀戮过多，她说："你们征服了其他民族，终有一天，也会被别人打败。"

第四章
羽蛇神与烟镜神

烟镜神无所不在，他既存在于死者的国度，也存在于人间和天国，他能看到每个人的内心。他在地球上行走，加速了邪恶与罪过，他和羽蛇神在联盟和对立中不断转化。

——贝纳迪诺·德·撒哈古恩《佛罗伦萨手抄本》

降生

托尔科特部落有位美丽的公主，叫阿琴波纳，因为自幼多病，就被送到太阳神庙中静养。由于她的父母实在不放心她的身体，于是对外宣布公主已经成为太阳圣女，是太阳神的未婚妻，任何凡间的男子都不得染指。

虽然仆从成群，但阿琴波纳在神庙中的生活还是非常无趣，她时常怨恨自己身体羸弱，日子过得如同坐牢一般。她父亲劝她："女儿，能够用此生去供养太阳神，是莫大的荣誉，你千万不要被人间的儿女情长所拖累。"阿琴波纳听到这样的话，就把头别过去，表现出不耐烦的样子。

那个时候，托尔科特人正在和邻近的部落大战，对方派人求和，于是一名使臣带着宝石羽毛和成车的玉米就来了。公主午觉刚睡醒，就听到侍女们在议论："听说那个使臣长得非常英俊，皮肤白白的，眼睛乌黑发亮，看你一眼，好像能看穿你似的。"公主听了，春心萌动。她告诉父亲，她也要一起接见使臣。父亲也希望在女儿面前炫耀自己的战果，就同意了。

使臣来了，见到高台之上端坐着部落首领和他美丽的女儿。他忍不住先是望了公主一眼，然后低垂眼帘，毕恭毕敬地说："尊敬的大首领，希望您能收下我们这一点不成敬意的礼品，退兵休战，我们部落将不敢再反抗您，年年为您供奉成堆的玉米和开不败的鲜花。"首领听了哈哈大笑，吩咐人收下礼品，带使臣去吃饭。

使臣被一名侍女带着，去了偏殿用餐，吃饭的时候，侍女有几分轻浮，看着使臣英俊的脸庞一直笑，使臣胆子也大了起来，问侍女："听说你们公主身体一直不好，她和父母一起住在这里吗？"侍女答："我们公主已经许身给太阳神了，她住在离这里不远的神庙里，虽然锦衣玉食，但这一生，就不得出嫁了。"

使臣动了心思，嘴上却说："能够侍神，也是福分。"使臣晚上辗转反侧，总也睡不好，心里想着白天公主似乎对自己笑了一下，她冷若冰霜的脸，稍绽笑容，如同百花盛开。"我想再见见公主，哪怕一面也好。"年轻的使臣心头一热，翻身起床，披上黑色的袍子，就奔向神庙。

神庙里，公主也在怅然，白天使臣的音容笑貌还在眼前，他文雅的态度，优雅的举止，更不要说会说话的黑眼珠，真是让人念念不忘。想着想着，窗子咣的响了一声，有脚落地的声音，公主大惊，刚要喊人，却被一只温热的手捂住了嘴。"公主，别害怕，我是你白天见过的使臣。"

公主定下神，原来思念中的人来到了眼前，她又惊又喜，但是还是装作淡淡的样子，说："你身为使臣，怎么能夜半无人，来到我的闺房？"使臣说："我倾慕公主天神般的容颜，希望能亲近芳泽。"阿琴波纳说："我已经是太阳神的女人了，你若是亲近我，会带来什么后果呢？"使臣说："也许日月失色，也许天地无光，太阳神会愤怒地降下惩罚，那就让我来承受吧。"

公主低头不语，使臣抱住了公主，倒在帐子里。一夜过后，公主醒来，看到使臣呆呆看着自己。公主笑道："你在看什么？"使臣说："我自然是看公主最后一眼，因为我犯下冒犯天神和您父亲的大错，准备赴死。"公主大惊，抱住他说："不如我们逃跑吧。"使臣说："天底下没有太阳照不到的地方，我愿意以死换取公主的安宁。"

使臣走出了神殿，殿外已经有密密麻麻的部落武士和祭司在等待他，首领一声令下，使臣的心被挖了出来，扑腾扑腾跳动的心脏被祭司小心地放在托盘里，献给太阳神。使臣的尸体扑倒在地上，血流了一地。

公主看到这一幕，骇然无法出声。她的父亲走了进来，神情严肃，说："孩子，你们这是为了什么呢？"公主静默了一会儿，说："父亲，你把我许配给太阳神，是你的意思，并非神的，也许我和这个年轻人在一起，才是神的旨意。"首领大怒，吼道："你做下这种亵渎神灵的事情，还要责备父母，好吧，你以后不是公主了，你去野地里生活吧，看看有没有神明再眷顾你这种不知廉耻的女人！"

公主离开神殿，身边没有带一个仆人，她经过的地方，人们纷纷给她让路，并非出于尊敬，而是怕沾染上她亵渎神明的罪名。

公主走到旷野之中，吃野生玉米为生，渴了就喝仙人掌里的水，她的肚子慢慢大起来了，一个孩子在她腹内孕育成形。阿琴波纳公主有时立在高岗之上，俯视大地，心里想着自己会生出一个怎样的孩子，会不会有使臣的明亮双眼和自己如花般的笑靥。有好事之人问公主孩子的父亲在哪里，公主回答："孩子没有父亲，我吞了一颗绿宝石，便怀孕了。"

阿琴波纳公主并不知道，有一个伟大的神明将借助她的身体来到这个世界上，她与使臣的缘分也是冥冥中自有注定。生孩子的当天，天空下起了大雨，接生婆对公主说："美人，你生的怕是个风神雨神吧。"在分娩的时候，阿琴波纳承受了极大的痛苦，几欲死去，终于生下了一个男孩，大眼睛，白皮肤，手里还抓着一个海螺贝壳，女人们觉得稀罕，想掰开他的手看看贝壳，但是孩子的手抓得很牢。女人们把婴儿放下，去照顾产妇，忽然一个女人发出一声惊呼，用手指着婴儿的方向，大家沿着她手指的方向看去，床上哪是什么婴儿，分明是一条翠羽蛇，它振动着自己湿漉漉的翅膀，用黑色的大眼睛看着周围的人。

"妈呀，这是生了怪物啊。"女人们纷纷跑出了屋。公主听了，焦急地说："我的孩子怎么了，快让我看看。"小羽毛蛇扇动翅膀，飞到公主面前，说："母亲，我是你的儿子，我有两个模样，一个是人的样子，一个是蛇的样子，我的前世是羽蛇神，我现在来到人间为人了，我将造福苍生，让天地真正按照众神的意志运行起来。"公主说："好的，孩子，你去找你的外祖父，告诉他这一切的缘故，然后你将接替他，成为部落的首领。"小羽毛蛇问："母亲，你是否要与我同行？"公主摇摇头，说道："我不想再回到孤寂冷清的太阳神殿了，也不想再面对我的父亲，我将在此地终老。"小羽毛蛇说："那么，母亲，请赐给我一个名字。"公主说："从此你就叫托皮尔琴，你的名字含义是'众人的王子'。"

称王

托皮尔琴收了自己的蛇形，化作一个年轻男子的模样，回到了部落。他的外祖父见到他，听他讲述了自己降生的过程，十分羞愧，并把首领的位子给了他。托皮尔琴崇尚绿色，他的头冠是绿色大咬鹃羽毛做的，腰带是绿松石串成的，这个颜色后来也成了附近部落的流行色，各个部落的首领纷纷效仿。托皮尔琴本想教导人们敬神，但他发现部落里的人都信奉烟镜神特斯卡特利波卡。提起特斯卡特利波卡，保留了前世记忆的托皮尔琴想到了很多，二人同时降生，又曾在一起制服过巨鳄，造出了大地，在经历了前四个太阳纪元的纠葛后，烟镜神特斯卡特利波卡已经成了黑暗之神，经常带着灾难侵袭人类，降祸于人间。

夜晚，托皮尔琴在星空下散步，遇到一个年轻的武士，他问他为何要信奉特斯卡特利波卡，武士说："他是我们武士的神，如果没有战争，我们就抓不到战俘，那我们从哪里去弄供奉太阳神的鲜血呢？太阳没有鲜血，就无法停留在天空上，所以特斯卡特利波卡是这个世界的生养之神。"武士用手指着夜空，接着说："你看，这夜晚的星星就是特斯卡特利波卡穿着美洲虎皮在天空行走所留下的痕迹。"托皮尔琴沉默片刻，说："美洲虎是特斯卡特利波卡的'纳瓦利'，也就是他在尘世的对应之兽。"

阿兹特克壁画中的羽蛇神

等级森严的阿兹特克社会

图拉城遗迹

"那首领大人，你的'纳瓦利'是什么？"年轻的武士好奇地问。

"一条带着绿色羽毛的蛇。"托皮尔琴的声音远远飘来。

托皮尔琴无意中走入森林，有个巫师正在月色下摆弄草药，见他过来，赶忙行礼。托皮尔琴问："为何这里的人都信奉特斯卡特利波卡？"巫师说："特斯卡特利波卡是我们巫师的守护神，他是众神中唯一容颜永远不老的美男子，也是夜间游走的所有阴灵鬼魂的领路人，他有一面镜子，可以看到过去和未来。"

托皮尔琴说："特斯卡特利波卡出生的时候，他的后脑勺有一面镜子，模糊而朦胧，里面有所有的历史和未来。"

"那首领大人，您有什么呢？"巫师问。

"我有风之海螺，"托皮尔琴拿出了自己出生时手握的海螺："海螺上的螺旋图案代表风的流转，我将用这个控制风雨，为土地增加收成。"

"您的世界里有太阳和收成，我们的世界里有幻象与毒物，我们终究是两路人。"巫师对托皮尔琴鞠了一个半躬，就走了。

托皮尔琴最后碰到了一位老人，他对老人提了同样的问题，老人指着夜空说："黑色吞噬一切，第五个太阳神终究会落下，世界将由黑暗之神特斯卡特利波卡来掌管。"

托皮尔琴说："特斯卡特利波卡要毁灭一切，他会让整个世界、众神以及大家所拥有的记忆都消失，你们难道还要信奉他、拜他为主吗？"

老人用浑浊的双眼看着年轻的托皮尔琴，说："孩子，黑暗终将战胜一切，我们都将消失。"

托皮尔琴快步离开了森林，他希望赶快天亮，世界回到光明，把那些幽灵般的描述都抛在脑后。托皮尔琴思索着击破特斯卡特利波卡邪教的关键在哪里，他把武士、巫师和老人的话翻来覆去想了又想，人们对黑暗的崇拜其实来源于恐惧，那么怎样让他们不再害怕神呢？托皮尔琴的眼睛不由得望向了祭台。这是一个人形的祭台，雕成仰卧男子的模样，男子的手上有一个托盘，祭司将活人放在石雕的肚子上，用黑曜石刀割开他的胸口，取出还在跳动的心脏，放在托盘上，任由太阳将其烤干，当心脏只余干瘪的皮的时候，人们认为是神明已经接受了人祭。"那么，首先需要改变的是祭品。"托皮尔琴自言自语道。天亮后，托皮尔琴将部落里的人召集起来，对大家说，作为羽蛇神的人间化身，他了解神的需求，神明想要的祭品是鲜花、羽毛和蝴蝶的翅膀，并非是一条一条活生生的人命。

但是他遭受了大家无情的嘲笑，人们说："我们已经祭祀多年，风调雨顺。你不过是接替你外祖父来管理部落的毛头小子而已，你哪里懂我们这里的事情？"托皮尔琴说："你们怎样才会相信我呢？"

"你先想明白自己到底要什么吧！"一个男人尖声说。

"好的，"托皮尔琴对众人说："我会到山中静修，我要将治理人间的事情想清楚，然后你们会请我回来的。"

说完，托皮尔琴就去了附近的山中，他每天喝山泉水、吃野果、在树下思考，山中野兽也不伤害他。经过四年的思考，托皮尔琴明白了，若要停止杀戮和对烟镜神特斯卡特利波卡的崇拜，人们应该克制自己的欲望，如果犯了错，要向上天忏悔，而不是杀戮别的生灵去换取神的原谅。托皮尔琴又用了三年的时间向周围的人宣扬这个道理，慢慢地，人们开始接受他，终于，在图拉的托尔科特人请求托皮尔琴当他们的祭司，废除人祭。

托皮尔琴开启了图拉的黄金时代，他用风之海螺呼唤来风雨，灌溉农田，在他的神力下，玉米大得一个人的手臂都无法合抱过来，而棉花在地里就长出了不同颜色——红色、黄色、紫色、夜空色、铜绿色、霞光色以及动物皮毛的颜色，图拉人在托皮尔琴的教导下学会了冶炼金属，从石头里炼出比太阳还灿烂的金属，集市上有了川流不息的人流，泥瓦匠、木匠、陶土匠和纺织工都能在这里找到活儿干。人祭被废除了，取而代之的是鲜花和鸟羽。

托皮尔琴选出了一些品行端正的人成为祭司，在夜晚降临的时候，他带领他们穿过十二层天，抵达造物主二元神的神殿，去直接获取宇宙的知识。人们都交口称赞托皮尔琴的神力，尊奉他的教义，保持清洁、正直和苦修的生活。

出走

正在图拉城一片繁荣之时，从天上落下了一根细细的蜘蛛丝，飘飘荡荡，没人注意到。特斯卡特利波卡嘿嘿冷笑着，顺着蜘蛛丝来到了人间，他迫不及待地想见到自己的兄弟羽蛇神，不过，他现在的名字是托皮尔琴。特斯卡特利波卡将这个名字反复念了几遍，心里有了主意。

托皮尔琴此时正在石头堆砌的球场里和民众一起观赏球赛，大家都被精彩的比赛吸引了，忽然，一只从天而降的豹猫把球衔在了嘴里，大家都在奇怪豹猫从何而来。为了继续比赛，有人打算进场驱赶这只豹猫，但是豹猫却吐人言："你们所信任的大祭司托皮尔琴是个骗子，他嘴上说着要道德，其实他是不折不扣的伪君子。"刚说完，豹猫就砰的一声消失了，地上多了一面镜子，这面镜子有些玄机，它不是平的，里面映照出来的物体都是有些变形的，而镜子正好放在了大祭司托皮尔琴的面前。大家都看到，镜子里大祭司的身影扭曲变形，形如恶魔，与往日的样子迥异。托皮尔琴一时也慌了神，等他镇定下来，想说点什么的时候，却发现大家都用奇怪的眼神看着他。他知道特斯卡特利波卡的诡计得逞了，心中烦闷，回到了自己的住所。

回到住处，他的母亲带着他的妹妹出来迎接他。原来，托皮尔琴到了图拉后就把母亲接来了，母亲阿琴波纳后来又有了丈夫，生下一个女儿，就是托皮尔琴同母异父的妹妹奎特兰。被魔镜照到的托皮尔琴感觉身体不适，害起病来。母亲和妹妹百般照顾，均是无用。

大祭司一连几天都没有露面，街巷上什么谣言都有，托皮尔琴自己也很着急，但是身体就是不争气，一直没有力气。这时，他家来了一个老游医，说是能治他的病。一开始，侍卫并不让这个老人进去，但是老人坚持说只有他的药才能治大祭司的病，双方言语不和推搡起来，惊动了阿琴波纳。

阿琴波纳打量了老游医一番，看不出他是什么来路，对他的话也将信将疑，但是因为担心儿子的病，便一咬牙，说："你要真有好药能治大祭司的病，什么宝石布匹你随便拿。"老游医说："大祭司是心里害病了，我的确有好药，能让大祭司忘忧。"

老游医来到托皮尔琴的病床前，平日如神一般的大祭司托皮尔琴十分疲倦，显出了凡人的模样，老游医询问病情，托皮尔琴回答说："自从在球场上被那

羽蛇神和烟镜神

羽蛇神和烟镜神的手工面具

个魔镜照了之后，我浑身上下像散了架一样，觉得特别疲累。"老游医说："我为您开一服药，吃了就好了。吃了药，您将身体轻盈，遇花落泪，您会想起没有尽头的死亡和所有欢乐的时光。"老游医留下一瓶药水就离去了。

阿琴波纳说："好了，我也累了，我叫你妹妹过来照顾你，你喝了药就睡觉吧。"托皮尔琴手里把玩着药水瓶，犹豫了一下，但对健康的渴望让他一口气将药水全喝完了。

喝完药，托皮尔琴觉得浑身发热，头脑一会儿清醒，一会儿糊涂，他使劲睁开眼，房间里的物品有些重影。"这是什么药？"他喃喃道："我还真觉得身体轻了不少，心里也不烦闷了。"

这时，他妹妹奎特兰进来了，托皮尔琴定睛看才认出妹妹，笑着说："妹妹，你来了，过来坐下吧。"奎特兰觉得哥哥和平日里不太一样，但是出于对兄长的尊重和信任，她坐在了托皮尔琴身边，说了一些安慰的话。

托皮尔琴觉得妹妹说话的声音特别好听，他有点入迷，呆呆地看着妹妹，心想："以前怎么没有发现妹妹这样漂亮。"他觉得自己好像管不住自己的手了，他轻轻移动自己的手，一下子牢牢抓住了妹妹的衣带，奎特兰惊呼："哥哥，你要做什么，我是你的妹妹！"但是托皮尔琴却像没有听到一样，继续撕扯妹妹的衣服。最终，他不顾妹妹的哀求，占有了她。

在图拉城外现身的烟镜神特斯卡特利波卡此刻正在哈哈大笑，他没想到，假扮老游医能这么容易骗过羽蛇神："哎呀，他真是在人间生活得太久了，已经没了神眼神目了。"特斯卡特利波卡给托皮尔琴喝的正是龙舌兰酒。

而在大祭司宅院里，一切都乱套了，清醒过来的托皮尔琴悔恨得恨不得马上死去，奎特兰的泪水像雨水一般倾泻，而母亲阿琴波纳无法面对这样的人伦惨剧，已经昏死过去。

托皮尔琴走出家门，看到他心爱的图拉城已经因为他犯下的滔天罪行开始出现败落之相，作物枯萎，鸟儿和蝴蝶都消失了，水井坍塌，巨大的壁画成了光光的石板，图拉的黄金时代就此结束。

托皮尔琴一个人晃晃悠悠地走在街道上，迎面来了一个黑衣人，竟是熟识的面孔，脸上有黄黑两色的花纹，头上插着两支苍鹭的羽毛，有一只脚是用黑曜石做的，这就是这一切悲剧的始作俑者烟镜神特斯卡特利波卡。"好久不见，兄弟。"特斯卡特利波卡笑着说。

托皮尔琴看着特斯卡特利波卡说："你为何要毁了我的一切，毁了我对人类苦心的教导？"

特斯卡特利波卡说："因为我喜欢人类的战争和他们内心深处的黑暗，我掌握着他们所有的回忆和他们幻想中的未来，我比你更适合成为他们的神。"

托皮尔琴不欲多说，他转身将所有的可可树变成不结果子的木豆树，然后来到了湖边。他用法力召唤来一只活蛇编成的筏子，离开了图拉，他对前来送行的人说："我终有一天会回来的，我将重建永久的和平与安宁。"据说，托皮尔琴后来哭泣着穿上了自己最为华丽的衣服，戴上了青色的绿松石面具，投身烈火，用这种方式重新回到天上，他的灵魂化作清晨时能看到的金星，继续俯视人间的一切，等他认为时机成熟了，他就会回到人们身边。曾被他庇佑的托尔科特人被视为阿兹特克人的先祖，阿兹特克人延续了托尔科特人对羽蛇神的崇拜，并且坚信他终有一天会回到这片土地。

在羽蛇神走后，人们开始重新崇拜烟镜神特斯卡特利波卡，将他奉为武神，并且牢记他说的名言："心灵从战争中获得活力。"阿兹特克人好战，为了继续得到神佑，便杀战俘做人祭来换取神的眷顾，最终征服其他部落，在特诺奇蒂兰特定都，建立了阿兹特克帝国。

后记

1519年11月，西班牙人埃尔南多·科尔特斯带领一支西班牙军队来到现在墨西哥城的位置，他们看到了阿兹特克人的首都特诺奇蒂兰特城——在海洋般浩瀚的内陆上散落着星罗棋布的岛屿，特诺奇蒂兰特城就在这些岛屿之上。阿兹特克武士和商贩穿行其中，妇女儿童衣着华美。这座城市有20万人口，相当于当时欧洲最大城市的两倍。"石头砌成的房屋、神殿和祭台如同从水下升起一般，是做梦也想不到的城市模样。"一个西班牙士兵这样回忆说。

西班牙人见到的阿兹特克人的首都特诺奇蒂兰特城

西班牙人以其白色的皮肤被当地人视为羽蛇神的使者,而教士们的黑衣和尖帽子也酷似羽蛇神祭司们的穿着,所以阿兹特克人迅速接受了基督教,并认为这是对羽蛇神的另一种崇拜方式。

第五章
龙舌兰酒的故事

神赐予人类许多作物，使人类在大地上能吃饱穿暖，但是喜欢操心的羽蛇神认为还缺少一种能让神和人类都快乐起来的东西。为了创造出让大家都快乐的东西，羽蛇神开始想办法，但是他首先想到的是，应该找个帮手。

他就坐在那里，从白天想到了晚上，直到星星像碎铁屑一样布满天空，看着星星，羽蛇神一下子想起了一个女魔头，那就是星星魔女奇奇米特尔。奇奇米特尔是众神中的怪人，她一副骷髅模样，浑身都是骨头，却喜欢穿花裙子。无论是在第一太阳纪元，还是当下的第五太阳纪元，她都怒气冲冲，和太阳为敌，她经常攻击太阳，希望它早点掉下来，以让黑暗完全统治世界。为了自己的野心，她以诱骗和威胁的手段，掠来不少仙女做自己的手下，当看到夜空里星星越来越多，人们就知道奇奇米特尔抓来了更多的仙女为自己服役。

奇奇米特尔却以这些仙女的祖母自居，亲亲热热地叫她们孙女，给她们最好看的花裙子穿，有些被抓来的仙女就自暴自弃，心甘情愿为她服务，替她去做攻击太阳这样的坏事，每当天空出现日食，就是她们的杰作，奇奇米特尔会化身日食时最亮的那颗星星，向太阳以及众神示威。

玛雅乌艾莉就是被奇奇米特尔抓来的仙女之一，她本是圣泉仙女，容貌美丽，性情温柔，被奇奇米特尔抓来后一直不肯放弃自己的肉身容貌，她眼看着其他人和奇奇米特尔同流合污，也变成穿着花裙子的嶙峋的骷髅，心里感到十分害怕。她一直在等待着有人能把她从奇奇米特尔的手上救出去，而羽蛇神想到的帮手正好是她。

一天夜里，羽蛇神飞到天上，寻到了星星魔女住的地方。这是一个何等可怖的所在，到处都长满了黑色的杂草，碎石和黑木搭起来的房舍中，魔女们正在睡觉，她们躺得七倒八歪，由于没有眼皮，她们一个个都瞪着黑洞洞的眼睛。虽然明知她们没有看自己，羽蛇神还是忍不住打了一个寒战。

在屋子的最深处，玛雅乌艾莉静静地睡在哪里，她是唯一有鲜活肉体的仙女，黑色的秀发像瀑布一样泻下，羽蛇神看到她，心急促地跳了好几下，她实在是太美了。羽蛇神轻轻摇晃她的肩膀，玛雅乌艾莉不情愿地睁开眼睛，以为又是奇奇米特尔叫她起来去做坏事，但是她看到的却是一个脸孔白净的清秀男子。男子示意她不要出声，悄悄起来，两人来到了屋外，羽蛇神表明了身份。

玛雅乌艾莉问："羽蛇神，你大驾光临这众神厌弃的星星魔女之所，想要做什么呢？"羽蛇神说："我希望天上的神和地上的人都能得到一种吃下去就能快乐的东西，所以我是特意来找你的，你曾是圣泉女神，你知道世间万物是怎样生长起来的，我想造出来的东西，我希望它可以漫山遍野地生长，每个人都能得到。"玛雅乌艾莉被打动了，问："可是我现在被奇奇米特尔控制了，她要是知道我和你走了，会疯狂地找我，杀死我。"羽蛇神说："你别害怕，我帮你变换样子，她就找不到你了。"玛雅乌艾莉苦盼了太久像羽蛇神这样的救星，她马上快乐地脱下了奇奇米特尔送给自己的花裙子，和羽蛇神来到人间。

羽蛇神和玛雅乌艾莉落在旷野上，风吹在他们身上，获得自由的玛雅乌艾莉快乐得像小鸟一样，看周围什么都新鲜，羽蛇神转过头对她说："我们众神造出来的世界，美不美？"玛雅乌艾莉点点头，心里对羽蛇神十分崇拜，她抬头看看天空，黎明将至，天空已经是近乎透明的淡蓝色，但是星星依然闪耀，如同尸骨上的磷火。她又害怕起来，不知道奇奇米特尔要是发现自己不见了，会怎样上天入地寻找自己。

羽蛇神见状说："来，别害怕，咱俩搂在一起，化成一棵大树，奇奇米特尔就发现不了你了。"玛雅乌艾莉听话地抱住了羽蛇神，羽蛇神在念动咒语前，在玛雅乌艾莉的耳边说："我用法术将咱俩定住一天一夜。"玛雅乌艾莉红着脸点点头，听他念动咒语，他们俩变成一棵笔直的大树，这棵树有两个完美对称的枝丫。

　　而在天上，奇奇米特尔已经醒来，她看到骷髅仙女们纷纷起来，贪婪地啃着水果，就像四百只老鼠在吃东西，但是那个一直不听话、不肯放弃肉身的玛雅乌艾莉却不见了，奇奇米特尔大怒，她没有想到有人敢从自己这里逃走。她马上对骷髅们喊道："孙女们，别吃了，玛雅乌艾莉跑了，我们赶紧去把她找回来。"

　　星星魔女奇奇米特尔带着一帮骷髅仙女也来到了地上，寻找逃跑的玛雅乌艾莉。她们找遍了高山，找遍了河流，找遍了人类的村舍，就是不见玛雅乌艾莉的身影。一个骷髅仙女不耐烦了，提议回天上，奇奇米特尔用拐杖把她打倒在地，一下一下将她打得粉碎，身体再也不能复原，其他骷髅仙女见了，便不敢再多言。

　　她们默默无声地跟着奇奇米特尔走在旷野上，心里暗骂玛雅乌艾莉。忽然，她们看到眼前有棵大树。"这棵树真漂亮啊，"一个骷髅仙女忍不住夸赞："你们看，光滑的树干，笔直笔直的，连树杈都是完美的。"奇奇米特尔也注意到了这棵奇怪的树，她心想："世间万物，没有完美，树自然也是如此，朝着太阳的，枝叶茂盛些，背阴的，便稀疏些，为何这棵树长得完全对称呢？"她摸摸树干，嗅了嗅，闻到了羽蛇神的味道。

　　"我说捣乱的人是谁呢，"奇奇米特尔暗自冷笑："我说那个丫头怎么一下子胆子这么大。"奇奇米特尔一下子蹿到另一头的树杈上，心想："那边的是羽蛇神，这边的就一定是玛雅乌艾莉了。"她把树杈劈了下来，用她鸡爪一般的手将坚硬的木头捏得粉碎，羽蛇神这时被自己的法术定住了，不能动弹，只能看着自己心爱的人被捏得粉碎。奇奇米特尔把碎块丢给其他骷髅仙女，说："吃吧，这是玛雅乌艾莉的肉，把她吃掉，她就无法复生，永远消失了，这就是背叛我的下场。"骷髅仙女本就对玛雅乌艾莉不满，又正好饿了，她们抓起木头块，吃得津津有味，很快就吃完了。

　　奇奇米特尔带着吃饱的骷髅仙女们回到了天上，而羽蛇神杵在原地，五内

龙舌兰

俱焚，等到法术过了，才能活动。他看到美丽善良的玛雅乌艾莉已经被吃掉了，一点都没有剩下，他流下了泪水。但是他马上想到，变成树的玛雅乌艾莉应该还有一部分在地下，他便用手刨地，而刨出来的，是已经显现出原形的玛雅乌艾莉的一块一块的肉和骨头。羽蛇神含泪将碎骨用附近的河水冲洗干净，找了一个向阳的山坡，将玛雅乌艾莉的遗骸埋下。

第二年，埋骨的地方长出了一种奇特的谁也没见过的植物，有厚厚的叶子，形如一朵盛开的花，而玛雅乌艾莉也从土里爬了出来，她的样子也变了，脸和身体呈蓝色，头上有仙人掌的头冠，鼻子比以前扁平了，眼睛却更大了，她身体里长出的植物被命名为龙舌兰，她也成了龙舌兰女神，比之前法力更强大。她呼唤来风，将龙舌兰的种子散播到各处，整个旷野上都长出了花朵般美丽的龙舌兰，青绿色的坚硬叶子好像在诉说她成熟起来的女人心智。

玛雅乌艾莉被老实的农业神帕特卡特莱相中，两人结为夫妻。玛雅乌艾莉想起羽蛇神的话，她试着在龙舌兰上割了一刀，里面流出了像蜜一样的水，她和帕特卡特莱商量，把这些蜜水收集起来，发酵，酿为龙舌兰酒，所以帕特卡特莱也被后世尊为龙舌兰酒神。

玛雅乌艾莉决定老老实实和农业神帕特卡特莱一起过日子，所以一口气给他生了四百个儿子，这些儿子全部都是兔子模样，所以被人合称为"四百兔神"。据说"四百兔神"是被战神杀死的那四百个兄弟转世，他们在人间羞于为人，所以只以兔子的样子生活。

龙舌兰酒被人类所钟爱，他们在重要庆典的场合饮用，而"四百兔神"代表了人类在饮酒后的四百种不同的表现，比如欢乐、幻想、伤心、具有攻击性，等等。

而羽蛇神帮玛雅乌艾莉逃出了星星魔女的掌控，却害她粉身碎骨，也没有脸再去见她。重生后的玛雅乌艾莉也立下誓言，说羽蛇神一定会因为龙舌兰酒而失去自己想要的一切。

阿兹特克人对龙舌兰酒的态度是战战兢兢的，认为它既是神圣的，也是罪恶的，他们给52岁以上的人每天三杯龙舌兰酒作为奖励，但又给战俘灌下此酒，让他们酩酊大醉，进入特诺奇蒂兰特城的时候又唱又跳，供人取乐。

第六章
老郊狼神的故事

取名

老郊狼到底是人还是狼,这是个谜。有人说,他是天地诞生之初,烟镜神造出来的第一个人,但是烟镜神没给他造出配偶,所以他一直孤孤单单,形态上似人非狼的,在天地间混迹。

不知这样浑浑噩噩过了多少年,负责任的羽蛇神打算给动物们起名字,老郊狼来了精神,因为他不喜欢自己的名字,他想要一个威猛一点的名字。羽蛇神对动物们说:"在明天天亮之前,你们到我这里来,先到者可以随便挑选名字。"

老郊狼下定决心,要第一个到,他用小树枝撑住自己的眼皮,但是他太老了,熬不住,还是睡着了,等他醒来,已经是天光大亮。

他赶紧跑到羽蛇神那里去讨名字,羽蛇神说:"你来晚了,老郊狼,熊领走了最威风的名字,从今天起,他就叫熊,鹰也领走了自己的名字鹰,就连鲑鱼都来得比你早,所以陆地、天空和水里,都有了王者。""那我以后还是叫郊狼吗?"老郊狼不甘心地问。羽蛇神看他可怜,说道:"你别伤心,我赐给你一种神力,你和它们不同的是,你可以任意变化自己,想变成什么就变成什么,你可以和女

老郊狼

人相好，也可以和男人在一起，你是死亡，也是生命，你代表好运，也代表厄运。"

老郊狼糊涂了，问："那我到底是什么啊？"

羽蛇神说："你是转化之神，好和坏在你身上转化，你在和平时代就是音乐和欢乐之神，在战争到来的时候，你就是战争之神，想转运的人类都要向你祈祷，以此来扭转运势。"

老郊狼听后，若有所思，又问："那天空、陆地和水里都有了主宰的动物，我去哪里呢？"

羽蛇神微微一笑，说："你和人类在一起啊，老郊狼。"

伏魔

老郊狼来到一座神山，山顶有个清澈的湖泊，里面住了一个怪兽，这个怪兽水陆两栖，一顿能吃掉几百条鱼，或者几头棕熊，所以在它居住的湖泊附近，虽然风景优美，但却死气沉沉。

老郊狼到了这里，心想："这个怪兽不知是第几个太阳纪元留下的孽障，看我老郊狼怎么收拾他！"一心要立威的老郊狼到了湖边，等着怪兽出来，但是当他看到怪兽捕猎的模样也不禁吓了一跳，那尖刀一样的利爪，能轻易把熊的肚子戳穿，老郊狼看了看自己老迈的瘪瘪的肚子，心想对付它真不那么容易了，还要从长计议。

老郊狼变成一条肥肥的大鱼，在湖里游动，为了吸引怪兽，他还给自己弄了一条红色的尾巴，果然怪兽看到了，张口就要吃他，老郊狼忙不迭地钻到怪兽的喉咙里，躲开了它的利齿。等进到怪兽的肚子里，老郊狼把自己变成一只凶悍的美洲虎，又撕又咬。怪兽吃痛，在水里翻滚扑腾，大口吐血，把湖水都染红了。慢慢地，怪兽扭动得慢了下来，最终不动了，老郊狼剖开了它的肚子出来了。他用小刀把怪兽的尸体分成许多块，把怪兽肚子上的碎肉变成矮矮胖胖的人，胳膊腿都很短，就在湖边定居，以贝类为食；腿上的肉，老郊狼把他们变成山谷的子民，个个都有飞毛腿，是拉弓射箭的好手；肋骨上的肉不多，所以老郊狼把他们变成山顶上的居民；怪兽的脑子变成的人都很聪明，吵起架来没人是他们的

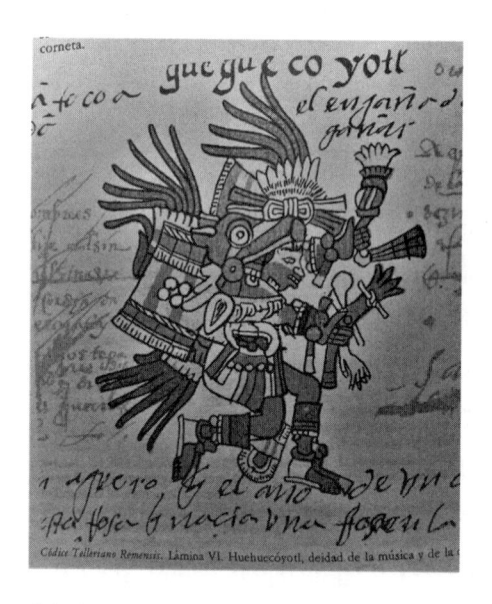

Códice Telleriano Remensis. Lámina VI. Huehuecóyotl, deidad de la música y de la [...]

老郊狼也被视为好运的象征

对手；至于毛发和血，老郊狼嫌恶心，扔得远远的，几乎没人找得到，但是有传言说这些血和头发变成残暴的印第安人，他们居住在海的那一头，被称为加勒比人。

好色

老郊狼想为人类做点好事，他发现早期的人类日子过得艰难，也没什么食物，就开始留心为人类寻找可以果腹的东西。一天，他沿着河走，奇怪的是，河里一条鱼也没有。老郊狼转了一下眼珠，朝着河的上游走去，果然，他看到海狸鼠在河的上游筑造堤坝，拦住了迁徙的鱼群，于是，老郊狼把海狸鼠叫出来，打了一顿，还捣毁了它的堤坝，海狸鼠几个老婆出来要和老郊狼拼命，结果反被变成芦苇。

老郊狼顺着河继续走，被释放的鱼群密密麻麻，像乌云一样跟着他。老郊狼来到人类的村庄，告诉他们去河里捕鱼，还教他们如何编制渔网，如何晒鱼干，在妇女们炖鱼的时候，老郊狼还在锅里放入一种树叶子，让鱼可以很快炖熟。人们对他感恩戴德，但是这时老郊狼提出了一个要求，他说："你们送个年轻漂亮的女孩给我做老婆，我就让你们的锅里天天有鱼吃。"

但是村民们打量了一下老郊狼，觉得他又老又丑，没人愿意把女儿嫁给他。老郊狼生气了，他让河道改道，让鱼直接游到大海里去，河岸的人再也吃不到鱼。有家人住在山上，没什么东西吃，但是有个漂亮女儿，老郊狼看中了这个女孩，上门求婚，但是被女孩的父母拒绝了，女孩却十分懂事，对父母说："天下没白来的吃食，为了能天天吃到鱼，我们要答应他的求婚。"

老郊狼就这样得了娇妻，他为了报答岳父岳母，特意为他们修筑了一道堤坝，可以将鱼群拦下来，女孩的父母也高兴起来，因为他们想吃多少鱼就有多少鱼。附近的人也纷纷迁徙到女孩家附近，跟着一起沾光。

有了一个妻子，老郊狼还不满足，他打听到山里有个老人，家里有七个美丽的女儿，于是又跑上门，向她们求婚。老人看了老郊狼丑怪的模样，心里就不乐意，说："我的女儿们每天要为我拾柴火，要不我就冻死了。"

老郊狼看着周围都是葳蕤大树，疑惑这里会缺少柴火吗？但是他记着上次

墨西哥民间舞蹈中的老郊狼

的教训，"人类都是些不能信任的家伙，"老郊狼心里说："我不能再像上次那样为他们白白忙活，我要使用我的神力。"想到这儿，老郊狼对老人说："不就是柴火吗，很容易，明天让姑娘们和我一起去捡柴火。"

到了晚上，老人告诉女儿们，老郊狼会为他们提供足够的柴火，但是她们中的一个要嫁给他。

老人还不知道，老郊狼心里已经改了主意：既然七个女孩都很漂亮，不分上下，那就全都娶了，也让她们不至于因分开而感到孤单。老郊狼的如意算盘打得很好，等到了第二天，看到七个美貌的女孩站在自己面前，他笑得合不拢嘴。老郊狼把自己变成一把巨大而锋利的斧头，在森林里疯了一般地砍伐起来，两人合抱粗的大树，被老郊狼变作的利斧砍倒，倒下后，又被劈成碎片。老人和女儿们吃惊地看着他，过了一会儿，老郊狼喜滋滋地变身回来了，身后是小山一样高的柴火，"你们以后再也不会愁柴火的事了，请都嫁给我吧。"女孩们面面相觑，只好跟着老郊狼回家。

半路上，有个女孩求老郊狼，说还是想回家收拾一下东西，她一开口，其余的女孩也开始央求，老郊狼耐不住她们撒娇，就答应了，但是女孩们一跑回家，就再也不和老郊狼走了。她们想得也很好：反正有这么多的柴火，一辈子都用不完，何必搭上自己。

但是她们不知道，发怒的老郊狼会怎样惩罚她们。老郊狼把自己变成一大块冰，很快，周围的树木挂上了白霜，土地也冻上了，河流凝住如镜子一样，老郊狼把这里变成冰雪之地。老人和女孩们为了取暖，不得不烧很多柴火，柴火消耗得非常快。就这样两年过去了，老郊狼为他们砍的柴火都用完了，到了第三年，老郊狼对他们说："这里将不会有生命，土地冻裂，树木成泥，你们也会死去。"

果然，老人一家被冻死了。老郊狼也受到了神明的惩罚——永远在人间流浪，不能去天上，也不能入地府。

第七章
纳瓦人的传说

写在纳瓦传说前面的话

首先大家要知道一点,纳瓦人的概念比较广泛,其中包含阿兹特克人。墨西哥政府是按照语言而非血缘族群来划分民族的,因此纳瓦人其实是生活在墨西哥中部使用纳瓦特尔语的原住民族群的统称。

纳瓦特尔语曾经是美洲大陆上十分强势的语言,在7世纪到16世纪的漫长时光里,从墨西哥中部到如今的哥斯达黎加北部,大部分地区都讲着这种语言。我们所熟知的起源于美洲的番茄 tomato 一词就来源于纳瓦特尔语。

在古代,墨西哥中部算得上是各个部落的兵家必争之地。在繁华与废墟、商贾与武士的交替中,神话成了部落族群间奇特的纽带和联系。换言之,尽管存在激烈的冲突,但就像交换商品一样,他们共享着神话故事。

所以,后世人看到的阿兹特克人的故事其实是多个族群的历史结晶,而本章为大家讲述的则是除了主要神话传说以外的民间流传的小故事。

这些故事颇有格林童话的风格,目的无非是惩恶扬善。纳瓦人相信,世上大部分物质都是可见的,而"世界"位于宇宙的中心,从水平和垂直两个方向向

纳瓦贵族妇女历史照片

外扩张，世界不是目前我们所见到的，并且在人类生活的世界上方有13层天堂，下方有9层地狱。这是宇宙稳定的体系，而人们的贪婪如果超过了宇宙的供给，那么宇宙就会降下灾难来为世界重新制造平衡。

事实上，由于纳瓦人自古以来就擅长以类似跳蚤市场的形式来交易产品，他们的玉米、豆子、南瓜、辣椒、番茄以及工艺品都在不同族群中交易流转，因此，纳瓦人的一些小故事不可避免地带有诙谐务实的商人色彩，算得上是对庄严宏大的阿兹特克神话的有益补充。

大洪水

很久之前，有个叫巫奇奥的年轻人，他的梦想是种一片玉米，所以他每天天一亮就跑到森林里去砍树，以此来开垦自己的田地。他有点贪心，砍倒一棵又一棵大树，丝毫不觉疲累。当他靠在木桩上休息的时候，脑海中勾勒出自己有一片看不到边际的玉米地的场景，到了秋天，金灿灿和白莹莹的玉米长出来，越长越大，在地上堆得像小山那么高，他可以成为部落里最富有的小伙子。

一天早上，他像往常一样去林子里砍树，结果发现他前几天砍倒的那些树重新长回了树桩，枝叶繁茂，就像从没被他砍过似的。他很奇怪，继续干活，但是一连四天都是如此，他开始气恼了，心想这是哪个神在恶作剧。到了第五天，他索性把这片林子的树都砍了，也不回家了，坐等天黑，看是什么精灵鬼怪在施法。

到了夜里，一棵倒在地上的圆木像人一样站立起来，踉跄了几步，走到一个树桩子前，试着跳上去，发现不对，又跳下去，直到找到自己原来的树桩。巫奇奥看傻眼了，在夜幕中，一个老妇人慢慢浮现出来，她年岁很大了，手里还有一根手杖，巫奇奥还不知道她就是有起死回生之力的地仙纳卡薇。纳卡薇的手杖向东南西北四个方向来回一指，木头就像听到号令一样长回到树桩上，树林又恢复了郁郁葱葱。巫奇奥忍不住站了出来，对老妇人嚷嚷："原来是你，你是何方妖怪，拿我开心？"

"年轻人，"地仙慢条斯理地说："你所做的一切都是错的，何况在五天后，大洪水就要来了，你现在砍多少树都是没有用的。在洪水到来之前，空气会辛辣如辣椒，每个人都会咳嗽不停，等洪水一到，大地上什么都留不下。"

巫奇奥听了这话，突然觉得嗓子有点发痒，咳嗽了几声，他赶忙问："请问我该如何是好？"

地仙笑了笑，说："我要在大地上挑选一个人，作为人类的种子，那就是你了。你听我说，你赶紧用之前砍的木头做一艘大船，带上五条枝丫、五粒玉米、五粒蚕豆上船。对了，别忘了带火种。"

巫奇奥一一记下，最后地仙轻轻地说："你还需要一条黑狗，也带上船吧。"

巫奇奥手很快，到了第五天天刚蒙蒙亮，一艘大船就做好了。他把地仙交代的东西都带上了，还包括一条黑色的狗。

地仙从地里钻出来，在船上东看看，西看看，像孩子一样，这时天开始下雨。雨水一直不停，地面上的积水涨起，将大船托了起来。雨越下越大，人间成了汪洋，无论多么高的参天大树，此时都淹没在水下。地仙稳稳站在船头，肩膀上落着一只鹦鹉。地仙下令巫奇奥，将船向南驶去，因为已经没了土地，所以这片孤舟航行四方，走到南方的尽头，看到了冰天雪地的极地，便向北折返，如此便过去了两年。第三年船去了东方，第四年去了西方。在每个方向，他们都丢下一粒玉米、一粒蚕豆和一条枝丫。地仙是沉默的，巫奇奥也只好不说话，只听地仙一两个字的指示。

到了第五年，他们回到了巫奇奥的家乡，地仙放出了鹦鹉，过了一会儿，鹦鹉衔回泥土，他们知道洪水已经开始慢慢退去。船继续行驶，他们看到一小块陆地，巫奇奥认出，那是家乡的小山。

洪水把土地让出来，在大陆的四周形成大洋，土地潮湿而新生，散发着清香的气息。他们丢下的种子和枝丫开始生长，这个世界很快又被绿色所覆盖。看到世界已经恢复旧日面貌，地仙从船上跳下来，没和巫奇奥告别便一言不发地消失在树丛里。

地仙走后，世界上貌似只剩巫奇奥一个人了，他在船上待了三天，最终他下定决心，作为世界上唯一的人生活下去。他带着火把，和身边的黑狗一起下了船。他在小山上安了家，盖了一间木屋，依旧每天去森林里干活，他开垦了一小

纳瓦人的绘画

块土地，种上了玉米，心想无论如何也要活下去。

生活比他想象中要美好得多。因为每天回到家，他都能看到饭桌上有丰盛的饭菜，他很奇怪，难道世界上除了他，还有其他人类？一天，他假装出门，然后躲在屋外，透过木板的缝隙往里看。

他看到，不一会儿，黑狗就伸了一个懒腰，狗皮一松，从它身上滑落。一个女人从狗皮里站了起来，大眼睛，黑色的长发，很是漂亮。

狗女左看看，右看看，轻车熟路地把玉米放进石磨，磨出了玉米粉，然后她开始和面，准备生火做饭。

看到火升起来了，火苗正旺，巫奇奥轻手轻脚地进了屋，在狗女背后拿起了她的黑狗皮，一股脑地扔进火里。听到背后有动静，狗女回过了头，看到自己的皮即将化为灰烬，着急了，想去抢夺，但是巫奇奥死死抱住了她。狗女看着自己的皮被火舔舐，成了薄薄的灰，她的大眼睛里充满了绝望的泪水。

然后她对着巫奇奥大吼："你干了些什么！你就是这么回报我的善意吗？"她说话的声音既像女人的吼叫，又似犬吠。

巫奇奥拿起桌上的玉米粥，装作要泼洒出来的样子，狗女见了，赶忙替他护住玉米粥，就这样狗女认了命，跟巫奇奥过日子了。他俩就是后来人类的始祖，他们生了很多孩子，直到把这个世界填满。

换脸女巫

从前有个漂亮的女孩，到了婚嫁年龄，来求婚的人络绎不绝。但是女孩恃宠而骄，脾气很坏，把每个求婚者都打跑了。部落里有个年轻的勇士，真心爱慕姑娘，他托人介绍，来到姑娘面前，请求姑娘能嫁给他。

这个坏脾气的女孩看了他一眼，冷笑说："你说你喜欢我，拿什么来证明呢？"

小伙子茫然不知所措，只能低下了头。

女孩眉头一皱，竟生出一条毒计，她笑吟吟地说："这样吧，若是你肯用仙人掌的刺把自己的脸和身体都刺出一条一条的伤口，并且用盐水擦拭，就能说明你为了我肯忍住疼痛，是真的爱我。"

小伙子一听很高兴，照做了，等到伤口长好，他又来找女孩了。女孩一看，心里很烦，没想到这个人居然照做了，她随口又说："仙人掌的刺算什么，有本事用黑曜石磨出的刀把自己的脸和身体都割破，再用盐水洗澡，那才算英雄呢，才配得上我。"这个要求一般人无论如何不会答应，但是小伙子太喜欢这个漂亮得像太阳一样的女孩了，他又答应了。黑曜石刀可比仙人掌刺锋利得多，小伙子浑身上下伤痕累累，人们见了他，都倒吸一口凉气，绕着走。但是女孩还是反悔了，不肯嫁给小伙子。

小伙子哭了，他不知道带着丑陋的脸庞和身体怎么生活下去，这时有个好心人指点他，说在不远的山里住着一个好心肠的女巫，可以给人换脸。小伙子燃起了希望，他想，要是换上一张英俊的脸，说不定姑娘还能回心转意看上他。

依旧在爱情迷雾里无法自拔的年轻人就这样上路了，他整整走了一天，爬过坚硬的灰岩，走过硬邦邦的砂石地，看到有一束烟在前方升起，他朝着烟的方向走去，来到一间茅屋前。

有个面善的女人坐在茅屋前，问他："你来这里做什么？"

小伙子坦诚相告："我破了相，想换张脸，听说这里有个能换脸的女巫，我想请她帮忙。"

女人说："我就是换脸女巫，请进吧。"

在进茅屋前，小伙子看了一眼屋里的样子，果然是换脸女巫的家，四面墙上挂满了密密麻麻的人脸，其中有一张脸特别英俊，他一眼就相中了。但是不知为何，待到进屋坐下，他却怎么也找不到那张脸了。

女巫询问小伙子换脸的缘由，他答道："我爱上了一个女孩，但是她对我冷若冰霜，我已经照着她说的把自己弄得伤痕累累，但是她对我依然不屑一顾，我想，大概是因为我不够英俊吧，所以，请你给我一张漂亮的脸，这样我回去后能让她爱上我。"女巫听了，说："我这满墙的人脸，你随便挑一张吧。"

小伙子试了一张又一张，都不满意，说："这些都不合适，怎么办？"

女巫叹了一口气，说："我还剩最后一张，既然其他的都不合适，那这张人脸注定就是你的。"说着，女巫一伸手，手里突然多了一张人脸面具。小伙子一看，正是自己进屋前相中的那张，于是他兴高采烈地戴上了，向女巫道谢后，他就按照原路返回了。

在路上，一只巨大的美洲虎拦住了他的去路。美洲虎舔着爪子说："年轻人，你去哪儿啊？"

"回家。"小伙子兴冲冲地回答。

"先别回家，"美洲虎轻盈地跃起，在他面前停住，说道："先去我家吃点东西吧，我是个好客的动物，像你这么英俊的年轻人，理应成为我的贵客。"

头一次被人夸长得好，小伙子很高兴，跟着美洲虎走了。

到了美洲虎家，小伙子吃了一惊，没想到美洲虎的宅子这么精致漂亮。

"你先在这里等着，我去给你拿吃的。"美洲虎转身走了。

它刚走，门就被一只柔美的手轻轻推开了，首先映入小伙子眼帘的是一双乌黑明亮的大眼睛——一个苗条美丽的姑娘进来了。她手里端着一盘玉米饼，一进屋，她就示意小伙子不要说话，她低声："这只美洲虎可不怀好意，要吃了你，我是它抓来的奴隶。待会儿他会给你带来蜂蛇的肉吃，你千万不要吃，是有毒的，你可以假装吃蛇肉，其实是在吃这些玉米饼。"小伙子点点头。姑娘刚走，美洲虎就回来了，手里果然抓着几条蜂蛇，他高兴地说："来尝尝蛇肉的滋味吧，你平时没有吃过吧。"小伙子听部落里老人说过，蜂蛇有毒，不能吃，他假意吃蛇肉，美洲虎粗心，没有发现。

美洲虎看小伙子吃了没什么事，心想，大概是蛇肉不够多吧，还没毒死他，于是它客气地说："哎呀，我这里食物准备得不够多，要不你再坐会儿，我去去就来。"

美洲虎走了，姑娘赶紧出来，她拿出早就准备好的石块和绳索，在小伙子腰间绑了一条石头腰带，在他的后心位置也捆上了石头护心镜，说："你赶紧跑，别让美洲虎追上你。"

小伙子赶紧迈开大步，向部落的方向跑去。跑着跑着，他感到后面腥风阵阵，美洲虎追上来了，它喊道："年轻人，你这是去哪儿啊？"

小伙子头都不敢回，说："回家。"

纳瓦人的手工织物

"你还是跟我回家吧。"美洲虎恶狠狠地说。

小伙子不敢再多说，加紧脚步，美洲虎在他身后，好几次爪子快抓到了他，但是都抓到了石头上，气得它嗷嗷直叫。跑到后来，小伙子真是没有力气了，美洲虎一跃就到了他身前，狞笑着，说："你还是乖乖做我的盘中餐吧。"说着，它把小伙子囫囵个儿吃到肚子了，心满意足地回家了。

看着美洲虎顶着个圆滚滚的肚子回来了，姑娘不敢多说，只好暗自伤心。到了晚上，美洲虎叫姑娘点上火，它觉得腹内隐隐作痛，过了一会儿，它疼得在地上打滚了。美洲虎说："没办法，我要去灰鹤医生那里看看。"

灰鹤把头贴在美洲虎的肚子上听了一会儿，说："我觉得你吃了一个人。"

被灰鹤猜到自己吃人的恶行，美洲虎瞪圆双眼，说："胡说，我就是吃多了，你赶紧用你的细嘴把卡在我食管里的东西取出来，我就能舒服。"灰鹤照做了，小伙子在美洲虎肚子里没有死，他一把抓住伸进来的灰鹤的长嘴，从美洲虎的嗓子眼里爬出来了，并且把石头留在了它肚子里。美洲虎看着小伙子安然无恙，不敢相信自己的眼睛，只觉得肚子越来越痛，过了一会儿，就生生疼死了。

小伙子来到美洲虎的家，对帮助过自己的姑娘说："美洲虎死了，你自由了，和我一起回家，我们结婚吧。"姑娘高兴地答应了。

回到家，两人举办了盛大的婚礼，知道小伙子之前受到不公正的待遇，大家都为他找到这么好的妻子而感到高兴，而且啧啧赞叹小伙子换的脸实在是太俊美了，可以和太阳神相媲美。这话传到了那位坏脾气女孩的耳朵里，她心想："之前被我毁容的丑八怪居然换了一张比我还美的脸，那我也去换脸女巫那里试试。"

她兴冲冲地跑到山里，循着炊烟找到了茅屋，她见到有个女人坐在茅屋前，很不客气地问："喂，你知道换脸女巫在哪儿吗？"

女人说："我就是。"

"快，给我找一张比我现在还美的脸换上！"女孩命令女巫。

女巫说："好的。"她回屋取了一张最丑陋的脸，安在女孩脸上。

女孩并不知情，换好脸后也不向女巫道谢，就扬长而去。回到部落，她得意扬扬，对路人说："怎么样，我是全天下最美的人吧。"路人掩口而笑，说：

"没见过你这么不知羞的人，丑成这个样子还觉得自己美。"女孩大骇，到小河边一照，发现清澈的河水里倒映出一个从未见过的丑女，而那正是她的脸。她拼命想把这张丑脸撕下来，但是脸已经长在她身体上了，她气恼之下，用刀子割，割得鲜血直流，也取不下来。

而小伙子和他的救命恩人，幸福地生活在一起，走到哪里别人都夸："真是一对璧人啊。"

铜斧神

很久之前，有个山谷，里面有口清泉，清冽湍急，附近的人都在这里取水。在泉水的旁边住了一户人家，生了好多个儿子，所以夫妻俩就盼着有个女儿。后来女人怀孕了，她做了一个梦，梦见自己肚子里的孩子是个女孩，但是这个女孩未来会未婚生子。醒来后，她觉得很不安，找来丈夫，叙述了梦中之事。丈夫安慰她说："是个女儿我们就看管严一些，不让她和那些男人接触不就完了。"妻子安心了，过了几个月，果然生出一个漂亮的女儿，全家都很高兴。

夫妻俩为了女儿操碎了心，一天到晚眼睛都盯在女儿身上，从不让她单独离开家门。女儿越来越漂亮，夫妻俩的心从来没有放下过。

在女儿17岁的时候，夫妻俩要带着儿子外出，他们叮嘱女儿一定不要离开家。女儿答应得好好的，但是父母哥哥前脚刚走，她后脚就溜出了家，来到泉水边。那天天实在太热了，女孩把柔嫩白皙的双手浸泡在水中，清凉的泉水让她觉得很舒服，她解开自己的发带，用手抹平有些毛糙的头发，看着泉水中自己秀美的身影，心里非常得意。忽然，一股急流过来，把她手腕上的镯子给卷到水里了，不知冲到哪里去了。女孩急了，想要追过去，这时，水流突然暴涨，一条巨大的鱼冒出水面。女孩吓了一跳，正想跑，却发现自己的镯子正在大鱼一张一翕的嘴里。她壮着胆子拿回了镯子，头也不回地跑回了家。

几天后，她的父母回到家，却发现女孩已经是大肚子了。父亲又急又气，说："若是在这几天里发生的不齿之事，那肚子里的必是个妖孽。"

母亲不忍苛责自己的女儿，她每日流泪，只当是命中注定，依旧细心照顾

纳瓦武士

怀孕的女儿，直到她生产。在临盆那天，从远方的山中吹来了罡风，天空中阴云密布，闪电在云中时隐时现。"妖孽啊，妖孽，"父亲口中喃喃自语，他更加坚信，要出世的孩子是个危害人间的妖物："我定要除去他。"

婴儿一降生，父亲不顾家中女人们的阻拦，将孩子用布一裹，带出了家门。他来到寒冷的山顶，这里的夜晚可以把一个成人冻死，他把孩子往山顶一扔，觉得大患已除，就回家了。第二天天亮，父亲又去了山顶看看婴儿死了没有，他没想到，婴儿不但没有死，反而手舞足蹈，十分愉快，父亲蹲下查看，看到一串黑麻麻的蚂蚁给孩子的嘴里送着花蜜。气急败坏的父亲把孩子抱离了山顶，他想，不如扔到水里吧。这一次，他心中留了几分慈念，心想反正孩子离开自己家就好了，就把孩子放到一个篮子里，篮子顺流而下，是生是死全看孩子的造化了。

河水湍急，眼看孩子的篮子要沉了，几只鹦鹉飞了过来，用喙衔住篮柄，让篮子不再下沉。有鸟儿用自己的硬喙把玉米磨成粉送到孩子嘴里，还有鸟儿用翅膀为他遮光，就这样孩子在篮子里活了好几天，又吃又睡，还长大了不少。

河流的下游住了一户老夫妇，他们一个孩子也没有，终日里十分悲伤，觉得自己应该是全世界最孤苦的人了，老婆婆经常说："我这辈子连一声孩子的哭声都没听过，也不曾摸摸那胖嘟嘟的小手，我没有儿子，也没有孙子，天神已经把我俩抛弃了吧。"老爷爷听了，也很痛苦。

有一天，老爷爷去树林里拾木柴，回家的路上，在河边，他看到一幅奇异的景象：河滩上几只大鸟在围着一个东西转，扑闪着翅膀，不愿离去。老爷爷往前走几步，定睛一看，是个篮子，篮子里还有一个脸蛋粉嘟嘟的孩子！他把木柴丢在地上，三步并作两步跑上去，小心翼翼地抱起孩子。

老爷爷像抱着一件易碎的珍宝一样把孩子抱回了家，老婆婆见了，欢喜地说："这是天神送给我们的孩子啊。不知哪个狼心狗肺的，居然把这么好的孩子扔在河里。"

从此，小屋里有了笑声，老爷爷和老婆婆日子有了盼头，他们悉心养育着这个捡来的孩子。孩子长得很结实，老爷爷给他起名为铜斧。铜斧长得比一般孩子高大许多，很快就可以搭弓射箭，自己去打猎了。自从铜斧可以打猎了，老爷爷和老婆婆再也没有缺过肉吃。铜斧每天都带回野兔或者野鸭，有时候还能猎到鹿。

当时，有个可怕的食人魔，他有个怪癖，喜欢吃老头子的肉，所以，世界上没有老人可以安详地死去，食人魔的使者会在他们老迈之后带走他们，然后他们就会被吃掉。一天，铜斧回到家，发现爷爷正在哭泣，老人看到铜斧，哭得更伤心了，说："铜斧啊，你以后要好好照顾奶奶，我的日子到头了。食人魔的使者来过了，他们让我明天就和其他老人一起上路，我会被食人魔吃掉。"

铜斧见状，说："爷爷，你不要去，我替你去。"

爷爷说："你这么小的孩子，怎么能替我去，食人魔喜欢吃的是我这样的老头子。"

老婆婆也哭着说："铜斧，你未来的日子还长着呢，不能就这样白白死了。"

铜斧拍着自己的弓箭，说："你们放心吧，我会平安回来的，等我回来，我还要和爷爷奶奶生活在一起，照顾你们。"

次日清晨，铜斧被食人魔的使者带走了，他混在老人的队伍里，老人们都很喜欢他，一路上，铜斧边走边做记号。走了大约半个月，铜斧他们来到了一片荒漠，在荒漠上有几座尖尖的高山，上面盘旋着鹰隼。食人魔就住在山上的宫殿里，他的仆从一见老人们被带到了，赶忙生起篝火，把一个大泥盘子架在火上，准备给食人魔来场老人盛宴。

这些老人吓得浑身发抖，战战兢兢地等待着厄运的到来。等仆从们要把他们轰到大盘子上的时候，铜斧跳了出来，说："我先来。"说着，他一个箭步就蹿到盘子上，食人魔身形十分巨大，他的眼睛就有一人多高，他看着盘子里的铜斧，对仆人带给他这么一个年轻人很是生气，但是他肚子的确饿了，于是抓起铜斧，塞到嘴里。

铜斧没等他牙齿咬下，就顺着他的食道滑了下去，一直滑到食人魔庞大的胃里。他忍住恶心，掏出了早已准备好的黑曜石磨成的刀，把食人魔的胃割开。食人魔大叫一声，在地上翻滚起来，老人们在外面为铜斧加油叫好，铜斧用黑曜石刀把食人魔的肚子整个破开，食人魔就这样死了，而铜斧安然无恙地和其他老人一起返回了家乡。从那时起，世界上的老人可以在家中安静地辞世了，再也不用做食人魔的盘中餐了，而铜斧，也被后世称为铜斧神。

小瘸子和食人猴

这个世界有吃人的怪物，它们藏在各种地方，茂密的森林里，干燥的沙漠中，或者在幽深的蓝色海底。很久以前，在某个潮湿闷热的山谷中，人们生活得不太平，因为在他们周围的森林里来了两只食人猴，去打猎的猎人鲜有能平安归来的，即使有个把人丢了魂一样地回来，也两眼发直，疯掉了。后来，食人猴索性从林子里出来，它们跑到玉米地里，把玉米连根拔起，一束一束抛起，把正在种玉米的农夫抓来吃，玉米地成了屠场，尸骨散落一地，恐惧在整个部落蔓延。

部落从外面请来不知多少猎手和斗士，他们每个人都赫赫有名，拥有辉煌的战绩，曾经力克强敌或者捕杀过人们没见过的猛兽，但是他们进了这片林子，都没能出来。外来的萨满和巫师对食人猴也束手无策，在漆黑的夜里，部落里的人能听到回荡在山谷中的惨叫，有人说，是食人猴正在吃人，也有人说，是食人猴把鹦鹉捏死取乐。

部落里的人商量着离开这个山谷，远离食人猴，但是离开生养部落的故土，大家又舍不得，他们把最后的希望放在了一家三兄弟身上。部落里有一家人，兄弟四个，除了最小的兄弟是个瘸子，其他三个兄长都是健壮的勇士，这三兄弟为了部落的人，决定进林除怪，因为年轻，所以他们还有几分信心。

出发那天，大哥让老二和老三把弓箭擦拭干净。出门前，大哥看了一眼小瘸子，这个小弟弟又瘦小，又是残疾，长得也不好看，平时经常受到部落里的人的奚落嘲笑，大哥心里有点难过，万一自己和另外两个弟弟死了，谁来照顾这个小弟弟呢？于是他对小瘸子说："我们要去捕杀食人猴，路远，你腿脚不好，就留在家里等我们回来。如果我们一直不回来，你就赶紧和部落里的人一起跑，离开这里。"

小瘸子含着泪点点头，他知道大哥不带自己是为了自己好，他也不想成为哥哥们路上的累赘，他目送哥哥们离开，一直送到林子边，看着他们拿着火把进到林子里。

进了林子，三兄弟步履轻快，他们都是出色的猎手，脚底下几乎不发出什么声音，同时他们的目光四处打量，警惕四周的动静。因为有食人猴，他们已经很久没来过森林里了，这里没有一个活物，死一般寂静，走了一会儿，兄弟几个觉得闷得透不过气来，就像行走在巨大的坟墓里，连树叶落地的声音都能听到。他们费力地扒开杂草，跨过倒在地上的圆木，还要避免踩到沼泽里。当他们小心翼翼地过一片泥塘的时候，突然听到脚底下有个东西在叫："小心点，别踩到我！"

三人吓了一跳，在寂静无声的地方突然听到人言，心里不由得一惊，他们低头一看，是一只雌蛙，它蹲在一个小水坑里，一双大眼睛望着他们几个。

"我知道你们来干吗，"青蛙慢条斯理地说："我可以给你们出主意，但是，你们中的一个人得娶我。"

他们听了，都笑了，因为之前一直担惊受怕，心里像装了一块大石头，突然来了这么一只不知天高地厚的青蛙，气氛一下子松弛下来了。三兄弟本来不是刻薄的人，但是这个情形下，他们也说了一些刻薄话：

"娶你？娶个你这样的老婆，还不如不要那些劳什子主意。"

他们从青蛙身上跨了过去，扬长而去，根本不听青蛙在背后还在喊叫些什么话。

走着走着，前面出现了一小块空地，看着有点诡异，更可怕的是，空地上散落着人骨，血迹斑斑。他们还没来得及拿出弓箭，草丛里一张食人猴的巨脸就出现了，它的眼睛里满是红血丝，浑身长满了硬硬的黑毛。兄弟几人不禁退后几步，但是另一只食人猴就在他们身后，听到动静的他们几乎不敢回头。两只食人猴对视了一下，咕噜咕噜说了几句，大意是今天可以吃顿大餐了。

而在这时，家中的小瘸子守着火堆正在发呆，几天过去了，哥哥们还没有回来，家里只剩他一个人，时间过得很慢。这时，火苗跳起，火花蹿到空中突然变了一下颜色，小瘸子惊呼："他们一定是出事了，我该怎么办？"

他胡思乱想了一阵，自言自语道："不行，我得去找他们。"他费力地站起来，拿出自己的拐杖，出了门。他就这么一瘸一拐地进了森林，他走得慢，但是也走到了哥哥们曾来过的沼泽地，见到了同一只雌蛙。雌蛙对小瘌子提出了同样的要求。

小瘌子倒吸一口气，说："我没想到您能看上我，我又丑，又是个瘌子。"然后他腼腆地笑了一下，说："我愿意。"

青蛙高兴地呱呱叫了好几声，从小水坑里跳出来，对小瘌子说："跟我走，跟紧了，别往左偏，也别往右偏。"小瘌子依言而行，青蛙带着他从沼泽中一条极为狭窄的小径前行，果然往左往右偏一点都会陷入泥淖出不来。小瘌子看着黑酱一样的泥水，听到下面有极为凄惨的叫声，但是青蛙什么都没有解释，他也闭嘴不问。

就这样，一只蛙带着一个紧闭嘴巴的男人走出了沼泽地，来到了一口清泉旁，汩汩的泉水流到一个池子里，青蛙说："你要在这个池子里泡三次，每次都要泡很长时间，不能中途出来。在水中你会经历想象不到的疼痛，但是一定要忍住。"

小瘌子点点头，他扔掉拐杖，跳到池子里，开始的时候，他没觉得有什么异样，只是觉得水有点热。等他在青蛙的指示下第二次入水的时候，水已经滚开了，到了第三次的时候，小瘌子痛得已经麻木了，身上的肉摸上去已经不像是自己的了。等到青蛙说可以出来了，小瘌子赶忙跃出水面，趴在地上喘着气，当他站起来准备去拿自己的拐杖时，突然发现自己的双腿变得一样长了，不用拐杖也能健步如飞了。小瘌子试着跑了几步，又跳了起来，他发现这是真的，他高兴得像孩子一样。他俯下身，去看这神奇的水到底是怎么回事，却更加惊喜地发现自己的脸也有了变化，之前灰暗的皮肤变得透亮，五官仿佛被神重新排布了一番，一个英俊的年轻人在水中看着自己，他笑了一下，水中的美男也笑了一下。他摸着自己的脸，不敢相信这一切。看着小瘌子笑得像傻子一样，青蛙给他泼冷水，冷冷说道："先别高兴太早，你还有个重任，不过我会帮你完成的。"

这时，小瘌子才想起哥哥们，他很愧疚，居然忘了自己来森林是干吗的，他不安地看着青蛙。青蛙不知从哪里叼来两支箭，说："这是两支魔箭，从无虚发，每次都会命中目标，当两只食人猴在你面前跳来跳去，你别理会它们的障眼法，直接放箭，魔箭会射中它们。等你找到哥哥们的尸体后，在尸体上洒上这个葫芦里装的水。"

青蛙把葫芦和箭递给小瘸子，说："我在部落旁等你，你别忘了你的诺言。"说完蹦蹦跳跳地走了。

小瘸子有个优点，那就是做事不犹豫，他马上出发去寻找食人猴，走着走着，他看到哥哥们的尸体，幸好食人猴还没吃他们，所以尸首还是完整的。这时，几段树枝从小瘸子头上飞过，他回头一看，两只食人猴怒气冲冲地站在那里。小瘸子赶忙搭弓射箭，魔箭飞出，就像长了眼睛一样分别飞向两只食人猴，正中它们的心口。食人猴低头看着穿过身体的箭，不敢相信自己的眼睛，却也缓缓倒下了，地上发出咚咚两声闷响。

小瘸子马上捡起一根枝条，蘸上葫芦里的水，洒到哥哥们的尸首上，他们便复活了。

"发生了什么？"一个哥哥站起来，摸摸脑袋，迷茫地问："你是谁啊？"

"我是小瘸子，"小瘸子给哥哥们讲了事情的来龙去脉，然后他高兴地说："咱们得赶快回去，我的小青蛙一定等急了，我要娶它。"

哥哥们却有不同的意见，他们说："你听过谁家的男人娶青蛙为妻的，你这样做，我们也很难堪。"

小瘸子很坚定，说："我不会忘了是谁为我消除了腿疾。你们也不要忘了，是谁的神水让你们复活。"哥哥们还是不肯让步，吵吵闹闹的，小瘸子觉得心烦，大步流星地走在前面，哥哥们像饶舌的娘儿们一样叽叽喳喳跟在后面，就这样他们回了家。

还没到家，他们远远地看到一个月亮般美丽的姑娘站在门口，翘首以待他们归来。

小瘸子先到了门口，礼貌地问姑娘："请问你看到一只青蛙了吗？"

"看到了。"姑娘调皮地眨眨眼。

"它在哪儿？我要娶它。"小瘸子说。

"你认不出我了吗？我就是沼泽里的青蛙。"姑娘笑意盈盈地说。

大家都吃了一惊，姑娘在几个男人七嘴八舌的询问中讲出了自己的故事。原来，姑娘是被食人猴从很远的山村掠来的，它们本来色心大起，想让姑娘依从它们，但是姑娘一直不答应，它们索性就把姑娘变成青蛙，下了诅咒，除非有男人真心愿意娶她，诅咒才能解除。青蛙姑娘看到食人猴每次受了伤，都会泡在那个池子里，心知池中水有疗伤的功效，所以才给小瘌子先泡了神水，并且用神水救活了他的兄弟。

小瘌子很高兴，他迎娶了青蛙姑娘，至于魔箭是从哪里来的，他没有问，姑娘也没有说。

但是他的几个哥哥有些嫉妒，他们觉得小瘌子幸运过头了，人类就是这样，他们总是为没有得到的东西感到懊恼。后来，三兄弟经常在一起谈论，为何当初他们中没有人答应青蛙的要求。

而小瘌子，依然平凡而果敢地和他美丽的妻子一起生活着，直到死亡把他们分开。

夜鬼

将羽蛇神赶走之后，烟镜神仍不满意，他觉得羽蛇神离开的时候依然像个伟大的英雄，把自己比了下去，于是他把怒火撒到了阿兹特克人身上，因为他们是羽蛇神忠诚的信徒。烟镜神决定造一些帮手出来——一种在夜里出没的鬼怪。

他把动物的残尸放在熔炉里，施以黑魔法，到了夜晚，从里面爬出来了无数只形容残缺的夜鬼，他们有的少了头，有的断了胳膊，有的呈人形，有的则是喷火的妖兽，它们无一例外都能够引发人类心底最深的恐惧，就连勇猛的战士看了它们都会战栗。夜鬼身上还带着瘟疫的种子，它们在人类的居所出没，散播疾病、恐惧和死亡。白天，人们见了夜鬼自然会跑，会躲避，但是到了黑洞洞的夜晚，几乎不可能从夜鬼手上逃脱。夜晚变成地狱，到处都能听到夜鬼咯吱咯吱在啃食人类。

烟镜神造出来的夜鬼里有一种最为骇人，这种夜鬼长着小女孩的模样，长发及腰，走起路来一摇一摆像鸭子，喜欢出现在厕所，笑眯眯地看着上厕所的人，然后用一种尖厉的声音高叫，听到的人会马上忍不住跑出厕所，一直往前跑，直到倒地死亡。

第八章
阿兹特克世界

富饶谷地的最后主人——阿兹特克人

白令陆桥、玉米和没有轮子的世界

阿兹特克人的故事可以从几万年前讲起。迄今为止,科学家没有在美洲发现任何人类进化的迹象,因此这里的居民必然来自世界的另一头。

在冰川时代,海平面降低,白令海峡大片海底的陆地露出水面,形成了白令路桥,将亚洲和北美连接在一起。来自西伯利亚的首批"移民"经此来到了这片大陆。

没有人能确切知道这批最早的移民什么时候抵达美洲,也不知道他们的某一支子孙什么时候开始迁徙到墨西哥地区。

总之,这些人的后代同世界其他地方的人类一样,从狩猎采集,到发展农业,在自然和人类共同的选择下,玉米这种作物被他们种了出来,从而对整个美洲的文明都起到了关键作用。

尽管农业还算发达,但早期的居民依然面临诸多困难,比如,他们没有马,也没有骆驼。在缺乏驮兽的情况下，他们只有依靠手提肩扛，而这个缺憾还导致了另一个后果——印第安人没有发明出带轮子的运输工具，使得生产效率难以提高。但印第安人不知轮子为何物是个伪命题，印第安人其实已经意识到轮子的原理，否则他们不会雕刻出脚踩轮子的美洲豹。然而，古代美洲文明是丛林文明为主，山地丘陵，丛林密布，在没有大型牲畜可以拉车的情况下，人力携带是最简便实惠的方式。

地形通常会对一个地方的文化产生不可估量的影响。比如，墨西哥中部高原上的山脉就成功阻断了地区间的交流。因此，许多小部落城邦就发展起来，并且为了争夺资源而不断掀起战争。

墨西哥谷地（Valley of Mexico）坐落于跨墨西哥火山带，包含如今墨西哥城的大部分地区，以及墨西哥州、伊达尔戈州、特拉斯卡拉和普埃布拉州的部分地区。以自然条件来说，墨西哥谷地是一个非常适合人类生存的好地方。

首先，水源自给自足，墨西哥谷地里所有的河流都汇聚在特斯科科湖内。其次，气候温和，周围都是海拔超过5000米的高山，挡住了寒风。同时，物种资源丰富，湖泊的水并不深，适合捕鱼，山上也可以打猎。更为重要的是，泥沙在湖中形成一小块一小块的冲积平地，非常适合农业的发展。

人类从12000年前就在这里开始了自给自足的生活，并孕育出了前哥伦布时期的印第安文化。

消失的特奥蒂瓦坎

人类早期是否如同任性的孩子，这点无法在所有古老民族身上得到印证。但是，在中美洲密林中的奥尔梅克文化却像一面镜子，映照出人类的喜怒无常。在公元前2000多年兴盛起来的奥尔梅克文化从墨西哥湾海岸一直向外部延展，直到如今墨西哥城的位置——也就是后世阿兹特克人的都城。

奥尔梅克文化喜欢将艺术作品毁坏，再通过某种意识掩埋。这一看似矛盾的行为却为人祭埋下了合理化的种子。此外，金字塔和宽大的广场以及阿兹特克文化中的四个象限的世界划分，也能在奥尔梅克文化中找到端倪。

墨西哥谷地

现代墨西哥的阿兹特克体育场

在漫长的历史中，文明的出现如同灵光一闪。公元50年，印第安的建筑设计师们正在赶工全新的城市特奥蒂瓦坎的图纸：中轴线道路的一端是月亮金字塔，一端是太阳金字塔。说是金字塔，指的是形状，而与埃及金字塔完全不同的是，印第安人的日月金字塔是祭台。在当地语言中，特奥蒂瓦坎是"神明居住的地方"。而这条中轴线被后世称为"亡灵大道"。

特奥蒂瓦坎是前哥伦布时代美洲最大的城市，然而，城市主人是何方神圣，无人知晓，只能以地名将之称呼为特奥蒂瓦坎人。特奥蒂瓦坎人并非仙人般的不食人间烟火，他们生存的手段颇为简单，即发展商业。这里曾经是印第安商人进行兽皮、宝石和可可交易的地方，同时特奥蒂瓦坎人从山间开采出黑曜石，黑曜石成为当地特产，增加了城市的收入。

公元7世纪，特奥蒂瓦坎被毁灭。在神话中，印第安人对这座城市的分崩离析进行了诗意的描述：神以白粉涂面，穿上彩色的羽衣，点燃了篝火，在蒸腾的烟气和熊熊火光中，离开了自己的居住地特奥蒂瓦坎，消失在无尽的苍穹中。

一直以来，关于特奥蒂瓦坎文明的神秘消失有各种猜测，其中比较有说服力的是干旱等自然灾害或者游牧部落的入侵所致。但根据墨西哥人类学家琳达·曼萨利尼亚近年来的研究发现，辉煌一时的特奥蒂瓦坎很有可能是因内部冲突而崩溃的。

从特奥蒂瓦坎的发迹史来看，公元1世纪到4世纪，火山喷发导致人们纷纷移居到附近的盆地，并且聚居在特奥蒂瓦坎城。不同族群带来的新鲜文化使得这里成了多部族聚居的充满活力的城市。这些人中，不少人有手艺在身，而居住在城市里的商人为他们提供了工作岗位。如此一来，不断有新的移民拥入，城市得以发展。

据后世推测，特奥蒂瓦坎是一个等级森严的社会，管理者是神权政府，而城市的财富则来自商人阶层。此地有丰富的黑曜岩矿和肥沃的土地，民众根据职业划分为陶工、油漆匠、宝石抛光工、农民、渔民等，分别居住在城市的不同区域。

但是，随着时间的流逝，富有的商人阶层和城市的官员阶层之间的关系日趋紧张，当官员们坚持对所有的资源都采取垄断措施时，冲突最终爆发。暴民毁坏了城市的主要建筑、雕塑和壁画。整个城市成了废墟，人们散去，只留下年复一年不断生长的植被。

有趣的是，特奥蒂瓦坎并不是当时城市的名字，而是几个世纪以后来到这里的阿兹特克人，惊讶地发现了这片广阔的城市废墟，他们或许认为，只有神才有伟力能建造出如此雄伟的城市，因此，他们将此地称为"特奥蒂瓦坎"，意思是众神之城。而且他们认为，在这里，诸神升起了第五个太阳。

经常有人问起特奥蒂瓦坎与玛雅的关系，事实上，它们是地域相近的不同文明。

走马灯一样的统治更迭

特奥蒂瓦坎空空荡荡了许多年，但随着好战的北方游牧民族不断寻找大本营，谷地重新成为权力的角斗场。

比如，米斯泰克人来到这里，这个民族有精细的工匠和英勇的战士，算得上生产力和武力值都爆棚。米斯泰克人留下的精巧绝伦的金器、陶器等成为整个墨西哥地区的艺术珍品。

随后，托尔克特人在公元950年左右在谷地北部的图拉定居下来。在此后的两个世纪里，图拉逐渐成长为继特奥蒂瓦坎后美洲又一重要城市。

托尔克特人继承了特奥蒂瓦坎人对贸易的热爱，曾为寻找珍贵的宝石进行了大规模的探险。更为重要的是，他们崇尚武士精神。在他们的神庙里，绘有美洲虎、草原狼这些代表武士精神的图案。

托尔克特人崇拜许多神明，其中最有名的就是羽蛇神。他们以羽蛇神的名字呼唤主持羽蛇神祭典的大祭司，即托尔克特人的最高统治者。在经历惨烈的部落间战争后，托尔克特人的首领落败，不得不带领托尔克特人逃离了图拉，其中一部分托尔克特人到达了墨西哥谷地。而这段故事，被后来的阿兹特克人采纳，演化为羽蛇神与烟镜神之间的争斗。

开启阿兹特克人辉煌时代的那块幕布已经被托尔克特人拉开。印第安最后的辉煌时代就此到来。

富饶谷地的最后主人

托尔克特人的图拉毁于战争，一部分托尔克特人逃到了墨西哥谷地，和其他游牧或半游牧的部落聚居在这里。彼时，谷地地区有太多居无定所的小部落，为了震慑敌人以及对内树立威严，首领们开始自称有能力和保护神沟通，甚至能和神合为一体。故而，在后来阿兹特克人的传说中，也可以看到神就是部落首领的桥段。

在这个时期，阿兹特克人还是一个颠沛流离的游牧民族。他们用了两个世纪的时间才辗转迁徙到墨西哥谷地，最终定居在特诺奇蒂特兰，也就是如今墨西哥首都墨西哥城的位置。

在建立特诺奇蒂特兰之前，阿兹特克人曾受雇于多个部落当雇佣兵。但是由于骁勇善战，尤其是善于使用黑曜石制成的武器，阿兹特克人几乎百战百胜，这引起了雇主的恐慌。

雇主们联合起来暗算阿兹特克人，在谷地地区引发了一系列的战斗。这类部落间的争斗到了1428年有了结果：阿兹特克人、特斯科科人和塔库巴人在这一年结成"三联盟"，后改成"阿兹特克帝国"。

阿兹特克帝国通过武力扩张，将自己的力量延伸到墨西哥的大部分地区。15世纪时，已经建立起一个15万平方公里的帝国，面积相当于今天的意大利。

直到西班牙人到来前，阿兹特克帝国围绕着如何获取战争胜利和镇压其他部落，将一个庞大的体系运转起来。能够滋养这个体系的，是不停的战争、杀戮以及掠夺和进贡。阿兹特克人继承了托尔克特人的神话遗产，吸纳了其中的武士精神和血腥的一面，将自身行为不断宗教化和合理化。

他们不断发动战争，目的是获得更多的战俘作为人祭的牺牲品。阿兹特克人声称，鲜血可以为太阳提供源源不断的能量，以维持这个世界的基础秩序。

阿兹特克人从托尔克特人那里继承下来的羽蛇神是什么样子的？简单说，就是一条长了羽毛的巨蟒。在阿兹特克以及之前的几种文明中，它的形象频频出现在庙宇和建筑中。从形象上说，羽蛇神代表了某种矛盾性：无手无脚的蛇身意味着束缚，而羽毛又象征了飞翔的自由。从身份上来讲，它是神，也是人，被高高供奉在庙堂，也在现实中统治苍生。

根据传说，离开人类的羽蛇神会以白面长须男子的形象自水上而来，重新回到人间，而西班牙航海者的到来，让阿兹特克人误以为是羽蛇神归来，从而失去了反抗的勇气。1521年，在西班牙入侵者的围攻之下，阿兹特克人的特诺奇蒂特兰城陷落，阿兹特克贵族几乎全部惨遭杀戮。西班牙"疯女王"胡安娜之子查理五世开始统治这片新的土地。

世界诞生又毁灭——阿兹特克神话中的事情是否为真？

五个纪元

和许多美洲的印第安民族一样，阿兹特克人也相信，我们生活的这个世界曾经被创造和毁灭过好几次。在阿兹特克人的创世神话中，有五个太阳纪元，分别是美洲豹纪元、强风纪元、暴雨纪元、洪水纪元以及目前正在进行的被称为地震纪元的第五太阳纪元。

前四个黑暗的纪元中，世界处于动荡与不安之中，居民并未得到神明的过多怜悯，大多死于美洲豹之口，或者天灾之中。那么，从自然和历史上是否可以找到这四次灾祸的存在呢？这四次纪元的天灾是否只是一种隐喻？

先说美洲豹，美洲豹是中美洲一种常见的生物，在不同部落的神话中都有出现。阿兹特克人认为美洲豹习惯在黑暗中捕捉猎物，所以认为美洲豹的嘴巴可以直接通向幽冥。因此，面对如此诡谲的动物，阿兹特克人在描绘品行不佳的烟镜神的时候，不由得将美洲豹作为他的动物镜像加以详细描绘——认为此神披着豹皮、长着豹爪，同时，烟镜神也总与阴谋、复仇、洞穴、死亡联系在一起。

美洲的印第安人对美洲豹普遍又爱又惧。他们认为，这种身形流畅、双目炯炯有神的隐匿于密林中的生物是死去的人类所幻化而成的。当有人被美洲豹偷袭受伤或者死亡时，他们相信，是亡灵在报复族人。

不过，第一个太阳纪元中的巨人是谁呢？有学者认为，"巨人们"指的其实是大型哺乳动物。而当人类从亚洲通过白令海峡来到美洲的时候，美洲乳齿象等大型动物成了人类的移动粮仓，人类将它们捕杀殆尽。因此，敏捷而善于捕猎的美洲豹很有可能是人类自身的一个隐喻。其中最好的证明莫过于阿兹特克人将最勇猛的战士选入"美洲豹兵团"，称其为"美洲豹战士"。

而身为太阳的烟镜神从天上被砸了下来，世界陷入黑暗，很有可能指的是一次日食。

第二个太阳纪元中，被羽蛇神创造出的第一批人类被烟镜神变成猴子，据推测，早期的印第安人可能意识到了人类和猿猴间的相似之处，所以认为惹恼神明的后果是变成"猴子"是合情合理的。而所有的资料都显示，第二个太阳纪元毁于强烈的风，风卷走了一切，黄沙遮蔽了太阳。

第三个太阳纪元毁于热雨，也有人称之为"火雨"。许多人认为，在这一纪元，人类学会了使用火，火种的来源很可能是火山。"火像雨一样降落在人类身上"很有可能是指一场火山喷发，而太阳也随之消失，指的是喷发引起的浓烟遮蔽天日。

第四个太阳纪元毁于水。气象学告诉我们，当墨西哥湾受到中央高原冷风侵蚀时，热气流受压就会引起降雨，这大概反映的是冰河期结束时全世界都洪水泛滥的状况。

而第五个太阳纪元，被阿兹特克人视为最后一个纪元。神话资料显示，这个纪元的最后会出现地震和饥荒，或者更为可怕的灾祸——地震、火山喷发和洪水的同时出现，这与目前世界担忧的气候危机颇为相似。

备受崇敬的羽蛇神

羽蛇神是整个中美洲地区备受尊崇的神明之一。阿兹特克人的邻居玛雅人也供奉此神。羽蛇神的名字中，前半截是中美洲大咬鹃的尾巴羽毛，后半截是"蛇""双胞胎"的意思，所以这个名字可以说成是长着羽毛的蛇，也可以说是"灿烂的双胞胎"。因此，羽蛇神具有两种形态，犹如并蒂双生的花朵——长着翠绿色羽毛的蛇，或俊美白皙的男子。

美洲豹战士

羽蛇神

羽蛇神是中美洲一个古老的神。特奥蒂瓦坎有一座修筑于公元3世纪的羽蛇神神庙，此处代表天地汇合的地方，可以理解为墨西哥古老印第安民族的龙王庙。这些从事古老农耕的民族认为，雨水从天而降，是天与地之间的联系，而羽蛇神可以带来农业丰收所必需的雨水，因此，雨水带来的是生命和丰饶，正是羽蛇神把天和地连接在了一起。

在不少部落的传说中，羽蛇神是天空中的一条龙，可以用身上的海螺号角带来飓风，并降下洪水，惩罚人类。当然，奖惩有度才是一个好的神，羽蛇神也会用风调雨顺来奖励忠心的人类。

中美洲民族很爱搞"人神合一"这一套，所以在托尔克特人的谷地传说中，他是图拉的最高统治者，开创了一个和平安宁和禁欲的时代，但是最终如同欲望般不熄灭的火焰吞噬了他的城池。

在关于图拉的神话中，羽蛇神的凡间名字是托皮尔琴，意思是"我们的王子"，他的母亲是一位名副其实的公主。从历史现实上看，这代表着先后抵达谷地的部落努力和具有相似宗教崇拜的部族联姻，与公主这类贵族的血统融合带给他们统治这里的底气。

从现有的记载上来看，的确有一位对宗教血腥的屠杀方式做出改变的英雄，他向武士贵族阶层发起了挑战。他和他的追随者反对人祭，宣称神明想要的是鲜花和羽毛，并非血肉和挖出的人心。

全新的理念让当时的民众耳目一新，在宽松的氛围下，人们对宗教的热情高涨，也开始了比较大规模的农耕。辣椒、玉米等作物大量生长。在传说中，这些农作物大得惊人，玉米穗和人的臂弯一样，棉花天然就是五彩的，天空中，色彩鲜艳的鸟儿婉转歌唱。

按照历史的记载，图拉是托尔克特人所建，是定居民族和游牧民族共处的地方。来自北方的托尔克特人先是从事农业，然后开始建造城市，过上了城市生活。由于成了谷地的中心发展之地，大量移民拥来。每一批移民都保留了自己的传统习俗和宗教仪式。城市内部分工明确，工匠和祭司住在城里，地位较高。

据说，图拉的发展水平很高，聚集了中美洲所有的主要技术。文献记载，"那里有作家、珠宝商、石匠、泥水匠、纺织工以及矿工"。

在图拉,中美洲历法被设计出来,托尔克特人定下哪天是黄道吉日,哪天诸事不宜。知识也成为图拉吸引人的地方之一。图拉的祭司们是羽蛇神的信徒,可以为人们解释梦境、占卜吉凶。相传,祭司们可以到天上去获取知识,得到神谕。

羽蛇神的化身托皮尔琴带领着他的人民苦修、斋戒、放血,甚至在半夜用冰冷的水沐浴。但是图拉在过于庄严和肃穆的气氛下,还是走到了它的终点。

历史记载,由于不知名的原因,图拉无法吸引外族人,同时,城里的外族人和定居者之间的关系失去和谐的平衡,导致迁徙成为解决冲突的最便捷方式。到了12世纪,托尔克特人的统治陷入了崩溃,民众四散奔逃。在传说中,这段历史则体现为羽蛇神犯下人伦大错,导致城市崩塌。

逃出图拉的托尔克特人有些还是选择在墨西哥谷地居住,并保留部分风俗习惯,而另一部分人则向南和玛雅人融合,带去了对羽蛇神的信仰。位于墨西哥尤卡坦半岛的玛雅古城奇琴伊察也被历史学家认为是由一部分从图拉逃走的托尔克特人与玛雅人共同修建的。

100多年后,阿兹特克人来了。这个民族爱的是战神,对羽蛇神的态度很是含糊。他们认为,羽蛇神也是晨星之神,即"黎明时分的神",是太阳神的对手:因为只有晨星消失,太阳神才能露面。

这种对羽蛇神两面性的态度其实反映了阿兹特克人的矛盾的哲学。他们认为,光明和黑暗是对立的,那么,晨星和太阳理应相互仇恨。太阳帮助万物生长,那么晨星便是凶神。阿兹特克人认为,当晨星,即羽蛇神发怒之时,老人、孩子和统治者容易受到伤害。

有趣的是,玛雅人的传说里也出现了羽蛇神,而羽蛇神离开人间的年份和阿兹特克大乱的时间大致相当,当时历史上究竟发生过什么,目前不得而知。

爱挑事儿的烟镜神

在阿兹特克人的神话体系里,烟镜神是个类似恶魔的角色。这个凶神恶煞的神明被描述为"万能而无敌",而且"能看到每个人的内心深处"。从某种意

烟镜神

义上讲，他代表人性中的恶。

在太阳纪元的故事里，我们看到烟镜神引发战争，热爱挑事儿，又"邪恶"又"猥琐"。

烟镜神的名字顾名思义，是"冒烟的魔镜"的意思，从这面镜子中折射出的历史如同在烟雾之中，代表了阿兹特克人乃至托尔克特人对待历史的态度——云里雾里，不必深究。而镜子之所以能"冒烟"是因为它是由黑曜石制成的。黑曜石是一种黑色的火山石，常用于武器的制造。

烟镜神还被称为"黑暗中的太阳"，如果说太阳神是白日，那么烟镜神就是黑日。这种光明和黑暗的对立在中美洲民族的球赛中得到了某种象征性的体现。神话预言，到了第五个太阳纪元的终结，黑色的烟镜神将会取得胜利。

烟镜神受到阿兹特克人的敬畏，对烟雾镜的祭祀是所有阿兹特克祭祀中最具戏剧性的一种。首先，阿兹特克人在仪式举行一年前就早早找好一名俊美的战俘来扮演烟镜神。在这一年的时间里，战俘被教授各种礼节、乐理和舞蹈，并且在城里好吃好喝，受到极大的尊重。在祭祀开始前一个月，会有四名漂亮女子满足他的欲望。这是因为在神话中，包括诱拐的花神在内，烟镜神有四名伴侣。

等到祭祀当天，四名女子会用泪水送别"烟镜神"，而"烟镜神"踽踽独行，走上印第安金字塔的台阶。每走上一阶，就会折断一根笛子。等到了金字塔的顶端，祭司会毫不犹豫地挖出他的心脏。他的尸体不会像其他人祭一样被生生丢下金字塔，而是被抬到一边，再安葬。这个仪式对阿兹特克人至关重要，因为在他们看来，时间由此得以延续下去。

阿兹特克人认为，时间是宝贵的，是通过人祭贿赂像烟镜神这样不大正派的神明而"偷"来的。

南方蜂鸟神维齐洛波奇特利

根据阿兹特克人的传说，他们的祖先是从北方一个叫阿兹特兰的地方来的。到达谷地之前的阿兹特克人处于半文明状态，在迁徙的过程中狩猎，也偶尔农耕。它的内部充满了冲突和纷争，新的部落加入，或者老的部落分离。由于不同的部落有不同的神明信奉，因此，大家也经常为了供奉哪个神明而打起来，最终，南方蜂鸟神维齐洛波奇特利，也就是太阳神兼战神，最终成为阿兹特克人的保护神，也是他们漫长迁徙中的首领。

阿兹特克人对杀人不太在意，因为部落之间的分裂总是伴随着杀戮。生死这点事看破后，阿兹特克人呈现出两大特点：第一是自信，第二是勇敢。

一开始，阿兹特克人仿佛笼罩在霉运里。沿途经过的地区，当地人都不欢迎他们。就算是尝试定居，总是被人赶跑。更倒霉的是，他们不是被当作劳动力就是沦为奴隶为当地人劳作，受尽了折磨。一般来说，一个艰苦迁徙的民族通常是坚韧的，或者悲苦的。但是阿兹特克人相信自己是天选之子，是注定要统治世界的那种人。

最终，阿兹特克人被东赶西驱后来到了一个叫库库瓦坎的地区，这里蛇虫遍地，一片荒芜。当地部落允许他们在此定居，条件是阿兹特克人要充当雇佣军。阿兹特克人同意了这个要求。

由于迁徙的过程中内部不太平，阿兹特克人其实一直都在打仗，因而作战经验丰富，当他们加入库库瓦坎当地部落后就充分展示出了他们的骁勇善战。同时，他们还和当地人做生意，并且通婚。

据说，一位当地的公主获得了阿兹特克人雇佣军的指挥权，另一说法是通婚后阿兹特克人将她活剥做了祭品，献祭给了战神、太阳神——南方蜂鸟神维齐洛波奇特利。此举惹得酋长大怒，武力驱逐了这些野蛮的异乡人。

随后，阿兹特克人分化成了两支，一支离开，另一支则根据维齐洛波奇特利的指示往南来到特斯科科湖。当他们来到湖中央的岛屿时，他们看到叼着蛇的老鹰站立在仙人掌之上。维齐洛波奇特利告诉他们，应该在此地建立城邦。1325年阿兹特克人在这个地方建立了特诺奇蒂特兰，一座巨大的人工岛，也就是现在墨西哥城的前身。 而阿兹特克人看到的老鹰叼蛇的景象被绘制在现在的墨西哥国旗上。

有了固定的地盘，阿兹特克人逐渐发展出了更加精细和复杂的社会系统。尽管势力在增长，但是他们仍要依靠更为强大的特帕内克部落。特帕内克部落的首领对阿兹特克人战斗时表现出的勇猛十分欣赏，雇用了大批的阿兹特克人在自己的军队里。阿兹特克人也由此学习到了军队的管理和如何打理一个城市。

但是，不能当家做主让阿兹特克人很不甘。于是，他们和特帕内克部落打赌，来一场战斗，如果阿兹特克人取得胜利，那么所有的特帕内克人都要为阿兹特克人工作，并且服从南方蜂鸟神维齐洛波奇特利的神谕，如果阿兹特克人败了，那么特帕内克人可以随意向阿兹特克人复仇。

事实上，历史并非这样戏谑。现实是，对阿兹特克人有知遇之恩的特帕内克首领特索索莫克去世了，而阿兹特克人支持当初的首选继承人塔亚亚乌继承了王位，但是却被觊觎王位的特索索莫克的兄弟马斯特拉害了性命。马斯特拉篡位成功后，大肆报复从前支持塔亚亚乌的势力，包括阿兹特克人。伊兹科瓦特尔在危难之时成了阿兹特克首领，他与特斯科科部落以及塔库巴部落结盟，向马斯特拉发动了进攻。100天后，马斯特拉投降，并被放逐。

三个部落瓜分了特帕内克的土地，结成了同盟，取得了墨西哥谷地的统治权，历史上称为"三联盟"。

三联盟成为墨西哥谷地最强大的力量，迫使许多小部落臣服，从而不仅获得了特斯科科湖的大片土地，还不断向沿海大举扩张。

征战，不断征服，阿兹特克人和他们的盟友们品尝到了战利品的鲜美——他们将土地赏赐给出色的战士，将战俘带入特诺奇蒂特兰作为给神明的祭品。

阿兹特克人在三联盟中居于主导地位。他们改写了这一地区的文化，他们把自己的历史写入当地历史，并且对宗教进行了改革——强调了对南方蜂鸟神维齐洛波奇特利的尊崇，而人祭在宗教仪式上占据了非常突出的地位。

在阿兹特克人的描述中，维齐洛波奇特利作为太阳，每天穿过天空。从黎明到正午，陪伴他的是阵亡武士的灵魂；而从正午到落日，陪伴他的则是分娩时死去的女子的灵魂。可以看出，阿兹特克人认为女人在分娩的时候死去和男人战死沙场是一样光荣的，都可以获得在天空陪伴主神的资格。而到了夜晚，维齐洛波奇特利也没闲着，他要照亮死灵们的家园——地府。

在传说中，维齐洛波奇特利是太阳神，他的母亲被尊为大地女神，姐姐成为月亮女神，四百个兄弟成为星辰。但每天升起的太阳可以将月亮和星星的光芒都掩盖，足见其伟力。

阿兹特克人担心，尽管太阳神每天都可以打败月亮和星辰，但如果蜂鸟神输掉了和他们的每日战斗，太阳将不再升起，生命会陷入黑暗，所以和供奉烟镜神一样，阿兹特克人为此几乎痴迷于人祭。

蜂鸟神的母亲科亚特利库埃赢得了阿兹特克人莫名的敬意，她的形象十分可怖。她的头不是人类的样子，而是由两个巨大的蛇头组成，脸颊部位的装饰纹路象征着正在流出的鲜血。她用骷髅、人心和砍下的人手作为装饰，她浑身是蛇——腰带和短裙都是蛇组成的，而手和脚则是老鹰般的利爪。从这个形象上看，阿兹特克人是把自己日常所见的蛇和老鹰都加诸大地女神的形象里，让她显得又常见又骇人。据说，在阿兹特克帝国全盛时期，大地女神被供奉在主神的神庙里，地位卓越。

而月亮女神就没有那么幸运了。她名义上是蜂鸟神的姐姐，但是她却是弑母的罪魁祸首。在20世纪70年代末，墨西哥城铺设电缆的过程中，工人从地下发现了一块又圆又平的石头，上面的石刻引人注目：那是一个女人，断开了头颅、四肢和躯干，浑身赤裸。这就是月亮女神科伊奥莉沙乌基的石雕，本来放置在属于她弟弟蜂鸟神的阿兹特克大神庙阶梯的最下方。石雕的作用是接住人祭的尸体。在原本的传说中，月亮女神形象不怎么光彩，是一个叛徒，因此，石雕中她的头颅被砍下，四肢也是断裂的，腰上有骷髅的装饰，无一不象征着死亡。

人祭的主要目的是贿赂众神，可以看出由于地震、狂风等灾祸的频发，阿兹特克人无时无刻不战战兢兢地生活，选择用最宝贵的东西来献祭诸神——为了人类存续，他们不得不这样做——把人作为祭品献给神明。在阿兹特克人看来，时间会继续下去是件无比重要的事，他们时常担心自己的世界迎来末日。

还有一个细小的问题是：如果太阳神如此伟大，那么为何用世界上最小的鸟类蜂鸟来代表？据说是因为蜂鸟采食花蜜的姿势容易令人联想到献祭。尖尖的嘴刺向花蕊，如同吸食花朵的血液一般。

阿兹特克人的宇宙

阿兹特克人相信，宇宙是会死亡的，时间是由一个又一个的周期组成的，每 52 年为一个周期。时间最终将化为静止的虚无。

和中美洲其他民族一样，阿兹特克人也认为宇宙是从一个固定的中心向东南西北四个方向延伸的空间。宇宙有三个层面，分别是天国、地府和地面，而他们的都城特诺奇蒂兰就在宇宙的正中心。

阿兹特克人的诗歌中写道："谁能征服特诺奇蒂兰，谁能撼动天国之基？"意思就是说，如果特诺奇蒂兰遭遇毁灭，那么整个宇宙将随之崩溃。

阿兹特克人的王，在百姓眼中，既是国家的保护者，也是最大的祭司。他高高在上，拥有绝对的权力，也要在宗教仪式中当着民众翩翩起舞，负责维护宇宙的和谐。

阿兹特克人认为，鲜血对于宇宙的维系至关重要。因此，他们是出了名的尚武好斗。在他们心中，死在战场或者祭台之上，是对诸神最高的尊重。此外，他们还认为，妇女的分娩也如同一场战斗。人们会对尚在襁褓的婴儿说："或许等你长大就会明白死于黑曜石刀下是一件多么值得的事情。"

阿兹特克帝国全民皆兵，所有的男孩都要接受一定的军事训练。10 岁的时候，他们的头发就要被剃光，只在脑后留出一个小辫，算是成为战士的第一步。15 岁开始，就要接受严格的军事训练。他们要和经验丰富的战士一起行动，完成运输等一些与战争相关的任务，磨炼体力和意志。如果日后在战场上俘虏了敌方士兵，那么他们的身份就有望进阶。俘虏多人便可成为"精英武士"，那么社会阶层的改变就在眼前：可以成为军事将领或者君主智囊团中的一员。

成为精英武士后，他们甚至有了选出未来君主的权力。阿兹特克的王位不会主动传给长子，而是由阿兹特克武士、祭司和各级官员组成一个选举委员会，委员会成员有权利投票，从皇室家族范围内选出下一任君主，而选举的标准是看候选人的军事才能和宗教资质。

据说，新的君主一登基，就马上要率领军队进行一次远征，以展示自己的领导才能。这是一场考验。有位新君在首次战斗中只俘获了 40 个俘虏，而己方

阿兹特克战士

损失了300人，于是他成为谷地各个族群的笑柄。阿兹特克人怒发冲冠，为了让"整个王国不再为此人的软弱以及无能付出不应该的代价"，他们直接毒死了这位君主。

尽管阿兹特克人一再表明自己是不可战胜的，对其他族群形成了强大的威慑，但是这种威慑是双刃剑。日后，西班牙人联合那些对阿兹特克满怀仇恨的印第安部落，毁灭了这个王国。

最后的日子

噩兆

三联盟并非十分稳固。阿兹特克人日益骄横，修建了一个庞大的灌溉引水工程。但是工程失败了，洪水到来，冲垮了特诺奇蒂兰的房屋和花园，贵族们四散奔逃，十分狼狈。

阿兹特克首领只好向三联盟盟友之一的特斯科科部落讨教主意。特斯科科部落首领尼萨乌亚尔比建议，拆除水道，举行庆典来平息上天的愤怒。阿兹特克人只好采纳，待大水退去，谷地各个部落都派来了泥瓦匠，帮助重新修建特诺奇蒂兰，并在运河的两岸种上了巩固堤岸的树木。

但是，危机在这场大水后显露出来。人们在修筑城池的时候口口相传一个消息：阿兹特克首领曾暗害了一名劝阻修建水道的小部落酋长，为了伸张正义，拥有法力的特斯科科部落首领尼萨乌亚尔比降下天灾，以此惩罚傲慢的阿兹特克人。

大水过后，尼萨乌亚尔比威名远播，他发出预言，将有白色的神终结阿兹特克人的统治。

水道风波折射了阿兹特克人的统治危机。由于人力不足，他们不能直接控制征服来的土地，外来的民族随时会因畏惧人祭而发生叛乱。尽管征战中获得的财富在不断积累，但财富促进人口增长就会引发更大的掠夺需求。阿兹特克人不得不进行越来越疲惫的远征。

事实上，西班牙人到来之前的几年出现的噩兆已经令阿兹特克人胆战心惊，人们陷入了某种未知的恐慌。

比如，明亮的彗星出现于天际，占卜师因不能解释这一天象而被阿兹特克首领罚在牢里活活饿死。

特斯科科部落首领尼萨乌亚尔比预言了阿兹特克的崩溃。他说，自己愿意拿整个部落的声誉和阿兹特克首领来打这个赌，对方只需拿三只火鸡。赌局以球赛的形式举行，在中美洲，素来有球赛定天意的传统。尽管阿兹特克人赢了前两场，但特斯科科人赢了后三场，这样的失败令阿兹特克人十分不安。他们开始不自信，害怕未来。

越怕什么，就越来什么，这是历史的定律。此后的日子里，每到半夜，天上就降下一条火柱，神庙相继燃烧。

空中无风，特斯科科湖却波浪滔天，水中隐约听到一个女人的哭喊："我的孩子们呀，我们都要完蛋了，我们要到哪儿去呢？"

阿兹特克首领开始噩梦连连。恍惚间，他看到一些鬼怪来到他眼前，但他还没看清这些鬼怪，鬼怪即刻又消失了。

最不祥的信号应该是一种怪鸟的出现。猎人发现一只奇怪的鸟，便抓来献给首领。大家都说，这种鸟的头上长着一面可以照见天空的镜子，但首领看镜子的时候却发现里面分明是一支军队。

这些事情显然并不是真实发生的，但是却清晰反映出阿兹特克人面对西班牙人的恐惧。

羽蛇神降临

阿兹特克的征服者科尔特斯在1519年的时候登陆尤卡坦半岛。他和他的士兵带着从古巴偷来的船只偷摸来到中美洲。路上有一些流浪的西班牙人加入了这支队伍。

科尔特斯出生于西班牙一个小贵族家庭，从小胆子大，热衷冒险。1504年，他加入西班牙的殖民军队，1519年初，来到墨西哥湾，在玛雅人居住的地方登陆。玛雅人对入侵者奋起反抗，但是和中美洲其他民族一样，他们从来没见过马匹。

当科尔特斯带着骑兵冲过来的时候，玛雅人被骑兵踩踏而落败。

听到玛雅人战败的消息，尤其听说打败他们的是"乘船过海而来的脸孔雪白"的人，阿兹特克当时的君主蒙特苏马二世很震惊，因为这与"羽蛇神归来"的传说不谋而合。于是他派了一支使团前去拜会，并希望能劝说这些人离开。

蒙特苏马二世的担心是有依据的。根据阿兹特克历法计算，每52年是一个周期，在第52年，也叫作雪阿卡特年，上天会降下灾祸或者考验。而1519年正是一个雪阿卡特年。

科尔特斯别有用心地招待蒙特苏马二世的使者们观看他的部下表演骑马冲锋。当一名使者看到一个西班牙军官头戴银盔，不禁惊呆了，因为这和羽蛇神的头盔十分相似。他小心翼翼地提出要求，希望将头盔带给君主一观。科尔特斯慷慨答应了。

蒙特苏马二世见了头盔，越发坚信这些白色脸孔的家伙就是羽蛇神的化身，马匹是他们的神仙坐骑，而火枪是他们的杀人法器。他思忖无法和神抗争，那么最好还是用钱买平安。他献上了一些珍贵的礼物：车轮大小的盘子，一个是金的，一个是银的，还有用宝石和彩色羽毛编织的珍贵长袍。

本以为礼物能让这些"神"见好就收或是等下一个52年再来，不料这些金银之物大大刺激了西班牙人的贪欲，他们要求，非要见到蒙特苏马二世不可。蒙特苏马二世只好答应，并派人送信，称欢迎他们到阿兹特克的首都特诺奇蒂特兰去看一看。

途中，科尔特斯一度想在反抗他的"阿兹特克圣地"乔卢卡大开杀戒，让这座城市尸横遍野，成为废墟，以在阿兹特克人面前立威。终于，在一个清晨，西班牙人抵达了特诺奇蒂特兰。当晨雾散去，他们被眼前的景象惊呆了：整个城市如同浮在水面之上，水道纵横，市井俨然，人们乘坐小舟往来，如同仙境。

而阿兹特克人也打量着远道而来的不速之客，小声议论着他们的来历。

西班牙人进入城市后受到了阿兹特克人的优待，蒙特苏马二世竟然还安排这些人住进了自己父亲的宫殿。尽管科尔特斯一行人已经耍够了威风，但毕竟周围有数以万计的阿兹特克人，他们生怕对方对自己下手，于是科尔特斯决定先下手为强,以士兵冲突为由,趁机将蒙特苏马二世挟持到自己的兵营,逼迫对方效忠当时的西班牙国王。

为了赎回自由,蒙特苏马二世让手下送来数不尽的金银珠宝,而科尔特斯还在地宫中发现了大量的宝藏,就是著名的"蒙特苏马宝藏"。后来有一款著名的游戏"祖玛",就是以此为灵感开发出来的,当全世界都热衷玩这款游戏的时候,人们大概率不知道"祖玛"一词来源于一位阿兹特克王的名字"蒙特苏马",而在当地语言中,这个名字的意思是"愤怒的主宰者"。

蒙特苏马二世已经无法主宰任何事情,懦弱的他在劝说同胞顺从入侵者的时候,被愤怒的阿兹特克人扔了石头,砍伤了脑袋。但是,最终他因何丧命,众说纷纭。

青玉米节

就在西班牙人抢掠了"蒙特苏马宝藏"后,阿兹特克人世代积攒的财富以及神庙里的神像都被搬走。这一系列的暴行,激怒了阿兹特克人,他们开始暗中酝酿起义。

到了青玉米节,成千上万的阿兹特克人聚集到战神南方蜂鸟神的神庙,为的是向外来者炫耀自身文化的尊贵。然而他们迎来的,却是西班牙人一剑砍掉了用草药种子熬制塑造的战神的鼻子。科尔特斯的部将阿尔瓦拉多害怕阿兹特克人就此发动起义,于是将现场600名阿兹特克人屠杀殆尽。

面对这场祭典中的屠杀,看着祖先的节日被屠杀的血泊玷污,阿兹特克人气愤至极,他们将西班牙人的驻地包围了将近七天,直到科尔特斯率领2000名援军赶到,他们才转战到了山中。

1521年,科尔特斯卷土重来,这一次他将仇视阿兹特克的几个部落召集起来,组建了一支规模庞大的军团,将特诺奇蒂特兰围住,城内居民坚持抵抗了两个多月,终于城还是被攻破,阿兹特克帝国宣告终结。

史料记载,阿兹特克贵族几乎被屠杀殆尽,只有少数儿童幸存。蒙特苏马二世的侄子末代君主夸乌特莫克被吊死。据说,开城之后,曾有四个印第安学者带着他们珍贵的史书前去投降，本以为胜利者能保存这些宝贵的记载，但是西班牙人放狗咬死了这些学者，阿兹特克人的记载随风飘逝。

后世分析，阿兹特克帝国的覆灭与南美的印加帝国有相似之处。首先，西班牙人在武器上具有显而易见的优势，他们拥有热兵器，大炮、步枪等，还有马匹，阿兹特克人曾经以为骑在马上的西班牙人是半人半兽的神明。

更重要的是，西班牙人将美洲原住民从未患过的各式传染病带上了岸。阿兹特克人遭遇天花等传染病后，人口从 1500 万骤降至 300 万。瘟疫也成为导致阿兹特克帝国迅速衰落的原因之一。

在大炮、病菌的轮番攻击下，阿兹特克人最终一败涂地。

第二部分

玛雅人的故事

第一章
当世界还小的时候

大周期的开始

又要讲一个关于创世的故事了,天地之间一片黑暗,没有光,也没有大地,只有天空和无边无际的海洋。海洋翻滚着黑色的巨浪,天空中唯有呼呼的风声。慢慢地,在风中诞生出天空之神哈里科恩,而从海底走出了海洋之神古祖玛兹。哈里科恩形如一道闪电,古祖玛兹黝黑而体胖,他俩在海面上碰面了,彼此对视,说出了世界上第一句话——"创造"。他们的相遇就是我们宇宙大周期的开始。

他们首先创造的是大地,要在浩瀚的汪洋中造出供动物生息的土地,他们运用神力,合力退去海水,露出大地,又让部分土地继续隆起,形成连绵的山脉。他们在山上和平原上撒满种子,高高低低的绿色植物开始漫无边际地生长,世界有了新的面貌。

但是,除了他俩,依然没有别的会说会动的生命体,世界依然一片死寂。"多想有个会叫唤的东西啊。" 海洋神古祖玛兹嘟囔着说。"那我们再造出一些动物吧。"天空神哈里科恩说。于是,他们造出了美洲虎、鹦鹉、野鹿和巨蟒等动物,动物们让大地热闹起来了,听着美洲虎的吼叫和鸟类的啾鸣,两个神满意极了。

二神创世

玛雅人眼中的宇宙

"咱们教它们说话，怎么样？"古祖玛兹喜滋滋地说。

哈里科恩沉吟了一下，回答："可以试试。"

他随手抓来一只野狼，蹲下看着狼的眼睛说："跟我学说话，随便说一个字也好。"

可惜，不管哈里科恩怎样教，野狼依然只会嗷嗷叫，他只好放开了它。

古祖玛兹抓到一只美洲虎，但是对方怎么也学不会语言，嗓子里只有低沉不耐烦的吼叫。

一连试了几种动物，都不成功，它们只会发出含糊的声音，无论如何无法形成悦耳的语言，尖叫声、咕噜声和吱吱声弄得哈里科恩和古祖玛兹又急又累，只好坐下来休息。

"我觉得这些生物一点也不尊重我们。"古祖玛兹开口说。

"是的，"哈里科恩说，"我们没有造出来懂得如何尊重我们的生物。"

"好吧，"古祖玛兹把手一挥，所有的动物被一股看不见的力量推到了森林里，"你们永远都要待在森林里，我们即将造出来的生物将成为你们的主人，你们要服从他们。"

泥人和猴人

在造人之前，哈里科恩和古祖玛兹想到的是这种生物必须懂得敬神，要会祭祀他们，定期献上自己在大地的收成，因此柔顺乃是第一大要务。古祖玛兹建议，用海底柔滑细腻的沙子来造人，但是沙子怎么也捏不起来，他烦躁地把沙子扔回了大海。哈里科恩用手在地上挖了一块泥，捏出了一个泥人，给古祖玛兹看，古祖玛兹觉得不错，也捏了一个泥人。两个泥人被神力赋予生命后，蹦蹦跳跳地走了。两位神见状大喜，不畏疲倦，用一个晚上的时间做出了许许多多的泥人。

大地上从此开始有了这种泥土颜色的小人儿，但是他们的身体不大灵活，经常撞在一起，撞掉胳膊腿儿是常事，有时身体都撞成碎块，无法复原，而且因为两位神只用了一个晚上造他们，制作难免粗糙，他们的面部不平衡，一边高一边低，说话还是含含糊糊的，比动物强不了多少。虽然他们繁衍很快，大大小小的泥人迅速占满大地，但是这种不成功的生物让两位神越看越懊恼。

哈里科恩给自己和古祖玛兹宽心，说："也许泥人会祭祀我们，供奉我们，那么如果这样，我们还是可以接受它们。"于是，两位神将他们的历法和祭祀的特定日子告诉了泥人。但是到了日子，泥人没有丝毫要祭祀神明的意思。古祖玛兹大怒，说道："这些一点尊卑都不懂的泥人，我们还是毁灭了它们吧。"他念动咒语，让海面上涨，淹没大地，泥人躲避不及，很快化为一摊摊的泥水，最终消融在海水之中，海水退去，大地又是一片干净。两位神不得不思考下一轮的造人。

接着，他俩开始了第二次的尝试，哈里科恩从河边取来芦苇，将之变成女人，古祖玛兹从海底的珊瑚树上取材，造出了男人。由于这次造出的男人和女人的脸上都有细细的绒毛，所以被称为猴人。起初，这些猴人看起来比泥人强得多，相貌不错，彬彬有礼，而且繁衍很快。但是，过了一阵，猴人的缺点就显现出来了。他们的头脑很简单，内心没有感情，对自己的创造者——天空之神哈里科恩和海洋之神古祖玛兹没有感恩之心，虽然没有像泥人那般完全不祭祀神明，但是他们对这两位神一点也不虔诚，祭祀活动时常敷衍了事。哈里科恩和古祖玛兹看在眼里，很是不满。

终于，古祖玛兹忍不住了，对哈里科恩说："我们辛苦创造出来的世界，就让这样的生物主宰吗？不如再重新来过。"哈里科恩说："我也正有此意。"

但是猴人并不像泥人那样容易毁灭，他们不怕水，智商也高，可以从火中逃生，为了彻底毁灭它们，哈里科恩和古祖玛兹颇费了一番脑筋。

而此时，猴人还在过着自己安静的小日子，它们有自己的村庄，有农舍和牲畜，吃得饱，穿得暖，它们认为这样的日子会维持到地老天荒，不会改变。它们并不知道，神明已经震怒，灾难即将降临。

猴人的末日

哈里科恩性格本就急躁，他急于把对神不够恭敬的猴人从世界铲除。他念出了最可怕的咒语，从天上召唤来两头可怕的嗜血怪物，一个叫挖眼巨兽，形如

猴人

老鹰，长着尖尖的利爪，专门挖猴人的眼睛，一个叫放血巨兽，两只巨掌长满黑色茸毛，能把猴人的脑袋拔下来，令它们血如泉涌。古祖玛兹也硬起了心肠，从山谷最幽深处放出了根本不是动物但却以动物形态存在的怪物——碎尸美洲虎和撕肉美洲虎，它们的眼睛里冒着蓝色的烟火，牙齿咬得咯咯响，体形是普通美洲虎的十倍。这四头巨兽聚在一起，准备对猴人进行一场大屠杀。

不少玛雅部落的古籍中都记载了那个开始屠杀的悲惨黄昏。傍晚时分，一个猴人孩子正在空地上玩耍，忽然从天上啪嗒掉下一块沥青，小孩觉得好玩，上去用手触摸，被烫了一下，他赶忙把手缩回去，但沥青烫掉了他手指的皮，他疼得哭了起来。这时候，不远处的小树枝啪的一声折断，因为又一块滚烫的沥青掉了下来。慢慢地，天上熔化的沥青一块一块掉在地上，就像下了一场黑色的沥青雨，地上有的猴人身上沾到了落下的沥青，被烫得尖叫起来。沥青雨越来越密，猴人惨叫声不绝，有的猴人已经被烫倒在地上，身上依然不断被天上降下的沥青击打，最终全身焦黑，抽搐死去。

跑得快的猴人赶忙跑回了家，以为有屋顶就安全了。但是一到家，他们就看到，原本饲养在家中的狗、火鸡等家畜都冲到了屋子里，这些看起来怒气冲冲的家畜面目狰狞，口吐人言，控诉着猴人虐待并最终吃掉它们的罪行。等罪行宣布完，家畜们扑上去，把猴人按在身下，撕咬起来，还嚷嚷着："以前你们吃我们，今天尝尝我们的厉害，看我们咬死你们。"猴人刚遭遇了沥青热雨，又被家中的牲畜百般撕咬，又惊又惧，他们退到了厨房里，把门闩上，把狗和火鸡挡在外头。听到外面动静小了，猴人们舒了一口气，但是厨房里的锅、坛子、石磨居然都长出了眼睛，它们盯着猴人，就像看着仇人一样。石磨先开了口："你们让我的脸整天都在磨东西，让我承受了多大的痛苦，今天我都要还回来！"坛子、锅子和其他炊具都瞪大了眼睛，站在石磨身后，咬牙切齿地说猴人如何用火熏黑了它们的脸，烤焦了它们的嘴，现在到了复仇的时刻了。炊具们像火山爆发似的一股脑儿飞向了猴人，石磨狠狠碾，锅子拼命砸，可怜的猴人被击打成了碎片粉末，不复原来的形状。

猴人们四散奔逃，有的手脚并用爬到了屋顶上，房顶便轰然倒塌，有的爬到山上，山石就即刻滚落，将他们砸死，有的攀到树上，树枝则像人的手臂一样抓住他们，把他们掼在地上，周遭的一切都变了。

猴人们明白，末日已经降临，神明对自己不够满意的作品十分愤怒，将降下最残酷的灾祸毁灭他们。最后一批猴人在地动山摇之中看到一个山洞，正张着黑色的大嘴等着自己，他们抱着最后一丝求生的希望冲进了山洞，等他们全部进入山洞，大地震动，洞口像吃饱的巨蟒一样合上了。就这样，最后一批猴人永远被埋葬在了那里，被神明斩尽杀绝。

在烟尘中，世界上没了主宰生灵，又恢复了最初的模样，这个纪元结束了。

第二章
七金刚鹦鹉和双胞胎神

欺世盗名的七金刚鹦鹉

上一个纪元结束后,一场滔天洪水席卷了人间,此时正当北斗七星升起的时候,所以这个星宿代表的七金刚鹦鹉就趁机声称自己是世界的新主宰。这个时候,天上既没有太阳,也没有月亮,只有一道朦胧的光透过厚薄不匀的云层从天上照射下来,这只怪鸟称自己既是白天的太阳,又是夜晚的月亮,他可以让世界明亮起来,不过这得看他的心情。

七金刚鹦鹉其实是满意这种昏暗的光线的,因为他显得格外耀眼。他浑身上下金灿灿的,羽毛是金子和银子打造出来的,上面还镶嵌着玉石,他有个大脑袋,头上的羽毛更是华美无比,五彩缤纷,像是用各色碎宝石拼出来的,他的牙齿是用最为坚固的蓝宝石做的,所以他经常大叫,目的就是为了让大家看到他的牙齿。他最为得意的是白色的喙,他的喙通体发亮,在很远的地方都能看到。

由于之前两位造物神哈里科恩和古祖玛兹都回到天上休息了,七金刚鹦鹉见无人管他,便更加嚣张了。他狂妄地说自己可以控制时间,制定历法,而且他的生活愈发奢侈,他用金丝编成窝,每天舒舒服服地住在里面,还派遣他两个儿

七金刚鹦鹉

子去骚扰动物，索取供奉。

他两个儿子也是怪鸟，同样狂妄无比，一个叫"造山者"席帕克纳，一个叫"毁山者"恩斯奎克，他俩互相吹牛，一个说自己可以造物，一个说自己可以毁灭世界，总之，他们将自己的能力吹嘘得和当年的天空之神哈里科恩与海洋之神古祖玛兹不相上下。这种狂妄的态度让天上的两位造物神很是不满，如果他们想要造出更为谦逊的生物来重新主宰世界，那么怪鸟家族就必须被消灭。

第一代双胞胎神

除了被毁灭的猴人，世界上还生活着少量的半人半神的生物，因为数量很少，并没有神明在意他们。为了制服七金刚鹦鹉，哈里科恩找到了其中的双胞胎兄弟乌纳普和巴兰凯，告诉他们为了让真正的人类来到这个世界上，请他们把怪鸟家族势力从世界上清除出去。这对兄弟聪明而强壮，一口答应了哈里科恩。

兄弟俩先是躲在暗处，观察七金刚鹦鹉的习性，发现他特别喜欢吃一棵刺梨树的果子，于是他俩埋伏在这棵树下，等着他露面。过了不久，七金刚鹦鹉果然喜滋滋地来吃自己心爱的果子，他在地上踱步的样子有些扭捏，巴兰凯不禁笑出了声。七金刚鹦鹉听到有动静，停了下来，乌纳普觉得时机正好，吹了一支箭矢，直射七金刚鹦鹉的脑门，鹦鹉受到惊吓，拍打翅膀准备飞走，但是箭正好在他起飞的时候射到他的肚子上，他吃痛，掉了下来，引以为傲的大白喙摔在了地上，碎了。这时，乌纳普冲上去，准备结果鹦鹉的性命，但是七金刚鹦鹉不是那么容易对付的，他拍着翅膀，拼命挣扎，他的蓝宝石牙十分尖利，趁乱一下子咬住了乌纳普的胳膊，使劲扯了下来。乌纳普的肩膀顿时血流如注，两兄弟制不住七金刚鹦鹉，只好让他跑了。

乌纳普忍痛包扎好伤口，对弟弟说："看来对付他没这么容易，还得想点别的办法。"弟弟巴兰凯点头称是。

七金刚鹦鹉带着乌纳普的一条胳膊回到自己的窝里，跟老婆吹嘘："他们两个人用吹矢对付我，天杀的还让我摔碎了我的白喙，不过你看，我弄了他们一条胳膊回来，他们中的一个人已经残废了，估计再也不敢找事了。"说着，鹦鹉用牙齿咬住那条胳膊,放在火上烤,过了一会儿,肉香飘出,七金刚鹦鹉和老婆一边吃肉一边说:"告诉咱两个儿子,以后见到这对双胞胎不要客气。"吃罢乌纳普的胳膊,七金刚鹦鹉才算平了心头之恨。

就在这个时候,双胞胎也在苦思对付七金刚鹦鹉的办法,他们决定到北方去找两位神通广大的老人,一男一女,男的外号叫"白猪",女的被称为"白熊母"。兄弟俩跋山涉水找到了两个半神,乌纳普告诉了他们事情的经过以及自己是怎样被七金刚鹦鹉啄去了一条胳膊,他说:"这个七金刚鹦鹉战斗力很强,尤其是牙齿很厉害,我们不能强攻,只能智取。"白熊母听了以后,沉吟片刻,说:"既然你说他摔碎了喙,那他一定要找医生,我们扮作医生或许可以接近他。"众人称好,双胞胎兄弟扮作一对被萨满收养的孤儿,而白猪和白熊母则扮作萨满夫妇,一起出发去七金刚鹦鹉的地盘找他。

这时,七金刚鹦鹉正在犯牙痛,当听说有萨满会治牙,马上就请他们进来了。四人进门后,狡猾的鹦鹉先是打量了双胞胎兄弟,他俩穿着斗篷,手缩在里面,弯着腰,弓着背,显得很顺从的样子。鹦鹉开口询问白猪二人:"你们二位一看就是老萨满,那这两位是谁呢?是你们的孩子吗?"白熊母笑道:"我们二人没有儿子,更没有孙子,这是我们收养的两个男孩子,别看他们看着笨手笨脚的,在治病的时候也能搭把手。"鹦鹉信了,对两位老人吐苦水:"自从上次我被人伏击以后,我的眼睛就疼,还有我的牙,你们看,我美丽的白喙碎了,牙齿也松动了,我觉得里面一定是生虫了。"白猪假意仔细查看了鹦鹉的眼睛和牙齿,说:"牙齿里的确有虫,我们需要把牙齿拔下来,剃掉虫子,再重新装回去。你的眼睛痛也是牙齿引起的,所以,拔牙是最好的选择。"七金刚鹦鹉多疑,说:"你们会不会趁机偷走我珍贵的蓝宝石牙?"白猪作势要走,说:"你要是怀疑我们,就不要治了。"

七金刚鹦鹉实在是牙痛,只好同意,白猪和白熊母开始拔牙,他们把鹦鹉的蓝宝石牙齿一颗颗拔出来,不时小心翼翼地为他止血,鹦鹉觉得很舒服,闭上了眼睛。他们把牙齿放在双胞胎兄弟的托盘上,然后把早已准备好的白玉米粒拿出来填在鹦鹉的牙槽里,牙齿弄好后,他们又轻轻剥去鹦鹉眼周围的金箔片,

双胞胎神

鹦鹉一点知觉也没有，等他睁开眼的时候，发现自己的眼圈没有一丝光彩，如同斑驳的石头，他大怒，想去咬这四个家伙，但是自觉牙齿软绵绵，使不上力气，此时，乌纳普和巴兰凯从斗篷里跳出来，一下子制服了鹦鹉，大声呵斥他："没了金子和宝石，你还剩什么？没有人再会听你得意扬扬的鬼话，以为你是什么天地之主，你不过是只普通的怪鸟！"没了金子做装饰，没了蓝宝石牙，七金刚鹦鹉气势已堕，挣扎了几下，就服软了。直到现在，金刚鹦鹉的眼圈还是石灰般的白色，而且上喙大，下喙小，就是之前摔碎的样子。

告别的时候，白猪和白熊母决定送乌纳普一样礼物，他们逼七金刚鹦鹉吐出了臂骨，用法术使之重新长出血肉，恢复如初，按在了乌纳普的肩窝上，这样乌纳普又有两只手臂了，可以去对付七金刚鹦鹉的两个儿子——"造山者"席帕克纳和"毁山者"恩斯奎克了。

席帕克纳和恩斯奎克的覆灭

席帕克纳和恩斯奎克虽然是七金刚鹦鹉的儿子，但是他们却有人形，虽然外表和父亲不一样，但是内心则完全继承了他的妄自尊大。在双胞胎动手前，就有人想除掉席帕克纳了。有一次，席帕克纳在森林里，随手拔了几棵大树，丢在一旁，在森林里生活的四百个男孩看到了，他们认为这个破坏成性的大块头是个危险人物，必须除掉。他们和席帕克纳说，请他在地上挖一个洞，大到足够能装下他，他们愿意支付他金子作为将洞穴填满的报酬。席帕克纳答应了，干得还很起劲，洞快挖好了，但是狡猾的他识破了男孩们的密谋，就在男孩们把一棵大树砍倒准备砸死席帕克纳的时候，他迅速挖开了另一条通道，逃跑了，但是男孩们还以为他被砸在了挖好的地洞里。为了迷惑男孩们，席帕克纳还剪下自己的一些头发和指甲，让蚂蚁带到地面。这下男孩们确定席帕克纳已经死了，尸体就在地洞里。为了庆祝胜利，男孩们喝酒喝到酩酊大醉，就在这时，席帕克纳突然出现，杀死了四百个男孩，把他们的尸体都丢到地洞里。后来，这些男孩的灵魂升上了天空，变成了四百颗星辰。

双胞胎听说了四百个男孩的死讯，感到痛心，他们决定先对席帕克纳动手。

他们打听到席帕克纳特别喜欢吃螃蟹，于是用石板和鲜花做了一只巨大的假蟹，放在山上，然后发出风声，说这是一只非常美味的螃蟹，世间罕有。果然，席帕克纳闻风而来，但是，当他刚碰到螃蟹的背壳的时候，变成背壳的石板突然翻转过来，将席帕克纳死死压在下面，席帕克纳奋力挣扎，结果连同石板一起栽到了山谷里，他的脖子在落地的时候扭断了，他喘出几口粗气，白眼一翻，就死了。就这样，双胞胎没费什么力气就除掉了席帕克纳，然后他们出发去找恩斯奎克。

恩斯奎克是个不折不扣的破坏者，他的外号是"毁山者"，最喜欢干的事就是把高山夷为平地，顺便毁坏这世间值得珍惜的一切自然美景。乌纳普和巴兰凯扮成年轻的猎人，做出一副很崇拜恩斯奎克的样子，告诉他，在南边突然又耸起一座高山，直插云霄，惹得恩斯奎克听了心里直痒痒，他命令兄弟俩为他带路，并且摩拳擦掌要去毁了它。

乌纳普和巴兰凯一前一后夹着恩斯奎克，走在路上，他俩不断用吹矢打鸟，等到了吃饭的时候，他俩先是把岩石碾碎成细细的粉末，仔细地涂在死鸟上，然后将猎物烤熟。恩斯奎克大口大口地吃着烤鸟，并不深究兄弟俩为何要这样做。其实，乌纳普和巴兰凯是在施魔法，他们让恩斯奎克吃掉被岩石泥土包裹的食物，预示着他在死后也会被泥土所包裹。

恩斯奎克一行人来到了那座传说中新冒出来的高山，他动用蛮力，却发现奈何不了这座山，因为此山正是双胞胎制造的幻象。恩斯奎克看得见山，却毁不了，心里十分着急，他拼命用手去抓，用肩膀去扛，用脚去踢，但是山都纹丝不动，最终恩斯奎克累死了，他倒在大地上，身体渐渐变硬、变脆，好似一个陶人，表面出现了岩石泥土龟裂的样子，终于，他变成一座小土山，上面寸草不生。又一个巨怪被消灭了，双胞胎完成了天空之神哈里科恩的嘱托，胜利返乡。

老大乌纳普在母亲的安排下结了婚，妻子又为他生下了一对双胞胎，奇怪的是，这两个孩子长得一点也不像，一个是猴子的模样，有毛茸茸的脸，大家直接给他起名为"猴子"，另一个婴儿身材矮小，如同森林里的精灵，但是手指却异常灵活，大家都叫他"工匠"。

双胞胎制服了七金刚鹦鹉，杀死了"造山者"席帕克纳和"毁山者"恩斯奎克，名声大噪，他们的机智与勇敢被众神交口称誉。在造物神创造出人类之前，聪明的双胞胎还发明了一种有趣的球赛来消磨时间，因为球赛太有趣了，以至于死神都垂涎，死神希望双胞胎死去，来地府陪自己踢球，服侍自己。

第三章
双胞胎神的故事

地府之路

乌纳普和巴兰凯本性非常贪玩,为了玩,他俩发明了一个踢球的游戏。巴兰凯把橡胶树割开,用空心椰子壳接住树流出的白色的液体,过一个昼夜,将椰子壳敲碎,就有了一个完整的橡胶实心球。乌纳普找了几张兽皮,裁成护肘护膝和护腰。他俩合力,把大石块雕成圆环,挂在半空,二人比试,看谁能先把球踢入圆环。二人玩得不亦乐乎,有一天,他们无意间来到通往地府希巴利巴的路上,他们击球的声音吵得死神们不得安生。听到球咚咚响,死神们心烦意乱,议论说:"这两个人好大胆子,在我们头顶上玩球,有本事下来和我们玩,他们完全没把我们地府希巴利巴放在眼里。""要不,让他俩到地府来陪我们玩,顺便给他们一点颜色瞧瞧。"一个死神建议说。

众死神称是,他们聚集在一起商量了一下,他们希望得到兄弟俩的皮具和橡胶球,因为他们实在是想不出来那是怎么做的,于是他们派遣了猫头鹰信使去寻找二人。

猫头鹰很快飞到了二人踢球的地方,传递了口讯。听后,巴兰凯将信将疑,问道:"死神们邀请我们去踢球,是吗?""对,"猫头鹰响亮地说,"马上就走,对了,你们还要带着你们踢球的皮具和球。"

通往地府的道路并不顺利,他们先是沿着陡峭的石梯一步一步前往地下,走了一会儿,前面就是深深的峡谷。猫头鹰轻巧地飞了过去,落在那一头,略带挑衅地看着他俩。兄弟俩对视一眼,乌纳普给弟弟鼓劲,说:"我们连欺世盗名的七金刚鹦鹉都不怕,他两个儿子也败在我们手下,区区一个地府,算得了什么?"他二人使出吃奶的劲头,跳过了峡谷。猫头鹰拍着翅膀,说:"小子有本事。"接下来,兄弟俩游过了令人作呕的血脓之河,爬过了布满钉子的高山,来到一片金色沙漠。在沙漠的边缘,猫头鹰说:"这是最后一道关卡了,通过了,你们就是作为活人第一个进入地府的。"乌纳普和巴兰凯进入了沙漠,开始平平无奇,巴兰凯还和哥哥说笑:"怎么这样安静,死神们在哪儿等着我们呢?"话音刚落,沙子窸窸窣窣,下陷成一个又一个的小沙坑,就在他们疑惑之时,沙坑里钻出了大大小小的黑色的蝎子,猫头鹰见状大笑不止:"这才是最后一关!"

兄弟俩十分狼狈,生怕蝎子的毒针刺到自己,一时间手忙脚乱。乌纳普把踢球的皮具递给弟弟巴兰凯:"赶紧穿上,护住身体。"蝎子越来越多,乌纳普强迫自己镇定下来,他反复告诉自己:"我是打败过七金刚鹦鹉的英雄,这些蝎子难不倒我的。"

由于兄弟俩穿上了护具,身手又灵活,所以蝎子一时间也找不到进攻的办法。蝎子群有些焦躁,正当此时,不远处一大片沙子陷下去,扬起来的沙尘几乎让兄弟俩睁不开眼,等尘埃落下,出现在他们眼前的是一只巨兽般的蝎子,胸前的一对大螯黑得像黑曜石,闪烁着属于地府的光芒。他们看着蝎子,大蝎子也转动着眼珠,看着他俩。

"怎么办?"巴兰凯问哥哥,额头上冒了汗。

"看起来强大的东西都有自己的弱点,我们好好观察这个家伙,看看哪里是它的弱点。"乌纳普低声说。

这时,蝎子的巨螯插到沙土里,掀起一场沙子雨,趁着两兄弟揉眼睛的工夫,它冲到他俩面前,举起巨螯,眼看就要落下。

双胞胎神

古玛雅人球场球篮

乌纳普大喊一声："蝎的后面没有甲壳，攻击那里。"

巴兰凯不知什么时候拿出来橡胶球，一脚就踢到蝎子的软肋上。蝎子疼得缩成一团，尾巴咯吱咯吱直抖。乌纳普趁机一刀砍断蝎子的尾巴。蝎子挣扎了几下，倒在沙子上，不动了。

猫头鹰见兄弟俩杀死了蝎子，便从半空落了下来，扭着一张胖胖的脸，撇着嘴说："好了，通往地府圣殿的路，就在你们脚下了。"话音刚落，大地抖动，从地下升起一条黑色的大路。

兄弟俩正要问猫头鹰，这条路先开了口，它的嘴巴像一个洞，一张一合地说："沿着我行走，你们会到达地府的中心——死神的圣殿，但是，年轻人，我有预感，你们将再也不能回到人间。"

"别乱说话，"猫头鹰呵斥黑路，"他们是死神阁下们请的朋友，我会送他们回来的。"然后回头对兄弟俩说："请吧。"

就这样，兄弟二人去往死神的居所。

死神的诡计

进到死神的圣殿里，乌纳普和巴兰凯看到眼前有一排死神，个个呆若木鸡，他们心想，到了人家家里，不能失礼，所以恭恭敬敬对着他们鞠了几个躬，说："死神大人们，你们好。"死神们毫无反应，兄弟俩又说了一遍，对方还是无动于衷。

殿堂的尽头，黑暗的角落里响起了笑声："哈哈，还以为这兄弟俩有多机灵，原来也蠢得要命。"

"可不是，连我们摆了木头人迎接他们都没发现。"

从浓得像焦油一般的黑色里走出了一排人，有的手持骨头做的棍棒，有的脚下流脓，脸色发黄，还有的长得非常胖，其他死神加在一起都没有他身材宽，兄弟俩知道最后这个胖死神其实最可怕，看起来笑眯眯，但凡有病人垂危，他便一屁股坐在人家胸口上，使其吐血或者窒息而亡。其中一个死神说："你们来了很好，明天带着工具和球，准备比赛。"然后，指着两张石凳说："你们坐吧。"

乌纳普和巴兰凯依言坐下，刚一坐下，二人便感到屁股灼热无比，原来这

玩球的双胞胎神

是烧得炙热的石凳，要不是赶紧站起来，屁股就烧煳了。死神们见状，笑得前仰后合，胖死神揉着肚子，直嚷自己肚子都笑疼了。

"你们屁股受伤了，不能踢球了，你们去那间小屋睡觉，有人会给你们送火把和卷烟的。"脚下流脓的死神说。二人到了屋子一看，里面漆黑一片，只好蹲在地上。过了一会儿，有个小仆人来了，给他们带来一个松木做的火把和两根卷烟，说："死神要你们点着火把和卷烟，但是明天，你们必须把火把和卷烟还给他们，这两样东西必须看起来和现在一样，不可有丝毫损耗。"

这个时候，死神们在商议："明天他们交不出原样的火把和卷烟，我们就杀了他们，这样踢球的皮具和球就归我们了。"

小屋里，火把渐渐烧完，卷烟也被兄弟俩抽掉了，他们并没有把死神们的要求放在心上，只是顾念着屁股上的烫伤。

第二天，死神们问他们："昨天给你们的火把和卷烟去了哪里？"

"已经点完了。"巴兰凯说，"我们的屁股好多了，什么时候开始踢球？"

死神们相视一笑，露出狰狞面孔，说道："好，你们交不出和原来一模一样的火把和卷烟，那今天就是你们的死期。"胖死神像大山一样压下来，把兄弟俩死死压在身下。过了一会儿，他抬起屁股一看，乌纳普和巴兰凯两兄弟已经断气了，眼睛睁得大大的，脸上还保留着死前的惊诧，就像是无法相信自己战胜了那么多强大的对手，最终却因一个可笑的借口死在屁股之下。

在掩埋尸体之前，死神砍下了乌纳普的头，把它挂在树上。说来也奇怪，过了不久，挂着人头的树上果实累累，从远处看和一颗颗人头一样。死神们觉得忌讳，下令任何人不许接近这棵树。

兄弟出世

和死神在一起居住的还有血神，血神的女儿血月亮是个好奇心很重的年轻女孩，她看到树上长出像人头一样的果实，觉得新奇，便靠近树，想看个清楚。风吹着树梢沙沙作响，一颗果实居然开口讲话了："血月亮，你愿意摸摸我吗？"血月亮点点头，伸出了手，说时迟那时快，果实居然对着她的手心啐了一口唾沫，然后便消失不见了。血月亮低头看，眼睁睁看着唾沫钻进了掌心，随即，她的肚子开始热乎乎的，仿佛有两团血肉在里面打架。血月亮慌忙跑开了，身后树上的果实在微风中轻轻碰撞，发出悦耳的声音。

血月亮的肚子大了起来，没几天的工夫，她就生下了一对双胞胎兄弟，即小乌纳普和小巴兰凯。当得知女儿有失检点，血神大怒，他命令女儿杀死刚出生的双胞胎，然后自裁。死神们也纷纷附和，他们还派了猫头鹰监督她自杀。血月亮是个聪明的女孩，她在无人处对猫头鹰说："父亲不过是一时气愤，才说要杀我，如果我真死了，他定会迁怒于你。"猫头鹰听了，翅膀不自然地抖动了一下。血月亮趁机继续吓唬它："到时候，他会把你浑身的血都放掉，你会全身干瘪地死去。"猫头鹰听了，果然害怕起来，说："那怎么办，死神们要我把你的心带回去给他们，有什么东西可以代替心脏骗骗他们的吗？"血月亮拿出一块心脏形状的红色松脂，说："你拿这个去交差，就说这是我的心，就行了。"猫头鹰衔起松脂，飞走了。死神们拿到红色的松脂，下令仆从把火弄旺一些，然后把松脂丢进去焚烧。松脂融化，散发出香气，胖死神还啧啧赞叹，说不愧是漂亮的血月亮的心脏，连烧起来味道都这么香。

告别猫头鹰后，血月亮也没有耽误时间，她马上动身去找自己的婆婆——乌纳普和巴兰凯的母亲。她来到人间，进了乌纳普的家门，看到一位老妇人和两个孩子在家中，其中一个孩子长得很像猿猴。她表明身份，对老人说："我是血月亮，你的儿媳，我身上怀了乌纳普和巴兰凯的儿子。"老人听了很生气："你是哪里来的？我的儿子们已经很久没有回家了，但愿他们没死在地府。"血月亮说："我来自地府，是血神的女儿，我的确是你的儿媳，你会从我生的孩子身上看到他们的模样。"老人哼了一声，指着猴子和工匠说道："看见这两个孩子了吗？他们才是我的孙子，你这个来历不明的女人，还是赶紧离开这里吧。"

猴子和工匠看了一眼身怀六甲的血月亮，相视一笑，充满不屑，他们继续吹笛子和画画，浑然不顾劳作的祖母和风尘仆仆的怀孕继母。血月亮见状，柔声哀求："您年纪大了，让我来照顾您和孩子吧，我唯一的愿望就是让孩子平安降生，得到天地和神明的认可。"

老人说:"好吧,既然你说你可以照顾我,那我现在饿了,你去给我掰点玉米回来。"血月亮答应了,拿起筐,出了门。猴子和工匠一反常态走在前面,说要给她带路,等到了他家的玉米地的时候,血月亮才知道原来地里只有一株玉米,上面也只结了一穗玉米,猴子和工匠在田垄上笑得直不起腰来。血月亮揪下一些玉米须,装在筐里,然后向农神查哈尔祈祷,过了一会儿,筐里的玉米须就变成玉米棒,满满当当的,猴子和工匠目瞪口呆,心知这位继母有些手段。

血月亮把玉米带回了家,没想到老人一见满筐的玉米,嚷嚷起来了:"你是把所有的玉米都摘下来了吧,让我们以后吃什么?"她跑到田地里去看,发现唯一的玉米还好好地长在那里,赶紧回家对血月亮说:"你真是我能干的好儿媳,你就留下来好好生孩子吧。"

到了分娩的时候,老人和两个孙子却躲得远远的,血月亮在天神的帮助下才生下来双胞胎兄弟——小乌纳普和小巴兰凯。两个孩子一出生,哭闹不止,老人很心烦,说:"吵死了,把他俩扔到外面去吧。"猴子和工匠巴不得祖母这么说,他俩一人一个,把小双胞胎丢在蚂蚁窝上,但是一天一夜过去,婴儿安然无恙。猴子和工匠又把他们扔在荆棘丛里,他们照样在里面安睡,没有受到任何伤害。血月亮在恢复身体后,将孩子重新带回了家。

孩子在血月亮的照顾下很快长大,他们身体强壮,喜欢在阳光下玩耍,而他们的哥哥——猴子和工匠则喜欢待在家里吹笛子、画画,用一些美丽的艺术玩意儿去逢迎祖母。老人偏爱他俩,她让小乌纳普和小巴兰凯出去打猎,打回来的猎物做成香喷喷的饭菜,给两个长孙吃,而血月亮和小双胞胎只能吃些残羹冷炙。

过了玉米收获的季节,老人要求更多的猎物,小乌纳普和小巴兰凯经常一整天都在山里,又累又饿,血月亮觉得忍耐已经到了极限。一天,她对两个孩子交代了一番,就躲了起来。小乌纳普和小巴兰凯打猎回来,老人见他们两手空空,很生气,责骂他俩为何不带猎物回来。小乌纳普不慌不忙地说:"奶奶,我们打了很多鸟,都挂在了树上,请两个哥哥和我们一起去取吧。"老人同意了,猴子和工匠同他们一起来到一棵树前,双胞胎指指树上的鸟,果然如铁铸在树杈上一般密密麻麻,猴子和工匠见状大喜,想马上吃到鸟,他们开始爬树。双胞胎用从母亲那里学到的法术把树不断变高,两个哥哥惊慌失措,手忙脚乱,小巴兰凯喊道:"你们把裤带解下来,拴在树梢上就不会掉下来了。"猴子和工匠照做了,结果马上就变成不折不扣的猿猴,裤带变成猴尾巴,嗓子也只能发出猿鸣一样的吱吱声。小乌纳普和小巴兰凯看着哥哥们滑稽的面孔,不由得哈哈大笑。

变成猿猴的猴子和工匠别无他法,只得从一棵树跳到另一棵树上,一直跳到幽幽的森林深处。

祖母看到只有小双胞胎回来了,而且对兄长的下落一言不发,她感到害怕,便向回到家中的血月亮求饶,请血月亮原谅自己之前的过失。血月亮对儿子们说:"从今天起,你们不要去打猎了,你们要拿起锄头,去种玉米。"

小乌纳普和小巴兰凯天还没亮就去了地里,他们把石锄和石铲往地里一扔,念动母亲教的咒语,结果锄头自己就把地锄好了,铲子自己就把杂草都铲干净了,一片荒废已久的田地就这样整好了。兄弟俩在田垄上睡了一觉,还拿着吹箭筒玩了一会儿。快天黑了,老斑鸠叫了起来,他们知道该回家了,于是从地上抓了把泥,涂在脸上,又把木头的碎屑撒在头上,就好像砍了木头,在泥地里打滚过一般。

"奶奶,我们今天可是累坏了。"小乌纳普故意在老人面前抖抖身上的土,让她看自己脸上的泥。小巴兰凯补充说:"不过我们今天把玉米地给整好了,可以播种了。"老人听罢将信将疑,说道:"这可是好几天的活儿啊,你俩这么快就干完了?不行,我要去地里看看。"兄弟俩撇嘴,笑了笑,心想:"奶奶真是老糊涂了,我俩的手段还信不过。"

过了一会儿,老人气急败坏地回来了,一见二人就骂:"你们两个小坏蛋果然是骗我,一天什么活都没干,却骗我说都干完了!"小乌纳普和小巴兰凯不敢相信,赶忙跑到地里去看,果然,砍掉的树又长回来了,藤蔓和杂草也依然爬满地,一切如故。小巴兰凯又把石锄和石铲扔在地上,念动咒语,让它们自己干活,不一会儿,田地又整好了。小乌纳普说:"弟弟,咱俩找个地方躲起来,抓住干坏事的家伙。"

他俩趁着夜色,找了个土坑,躲了起来。不一会儿,大大小小的动物都出来了,它们在月光下直立起身子,齐声言语道:"站起来,连起来,枝枝蔓蔓长起来。"

植物就像听到命令一样生长起来，很快就将整理好的田地恢复了原来的样子。小乌纳普和小巴兰凯跳了起来，去捉最大个的美洲虎，但是美洲虎身形灵活，捕捉没有成功；又去追野鹿和兔子，但是只揪掉了它们的尾巴，所以这两种动物的尾巴特别短。兄弟俩又眼睁睁看着野猪、野狼从自己身边溜走，很是恼火，最后只抓到了一只老鼠。

他们用火烧掉了老鼠尾巴上的毛，所以到现在老鼠的尾巴都是光溜溜的，没有毛。当他们想取老鼠性命的时候，老鼠开口说话了："我本不该死在你们手里，你们也不该在玉米地里。"

"你说什么？"小巴兰凯的手稍微松了一点，让老鼠喘了口气。

老鼠说："你们的父亲，乌纳普和巴兰凯死在了地府，他俩最宝贝的玩意儿就是实心球和踢球的一身装扮，这些东西就藏在你们家屋顶上，连你们的祖母都忘记了。"

小乌纳普和小巴兰凯嘀咕了一阵，决定带着老鼠回家。他们先是设法把祖母和母亲支到河边去打水，然后让老鼠爬上屋顶，把系着球和护具的绳子咬断。东西掉了下来，兄弟俩如获至宝，兴致勃勃地玩起球来，你踢给我，我踢给你，玩了很久，不知不觉，来到了当年父亲和叔叔踢球的地方，正好在地府的正上方。

他们踢球的咚咚声又吵得死神们心烦意乱，死神们说："这是什么声音，竟和当年乌纳普与巴兰凯踢球一样令人讨厌。"地府仆役出去一看，说："是两个长得与乌纳普和巴兰凯一模一样的年轻人，他们在踢球。"

死神们商量了一下，说："那么，就请他们来地府吧。"

兄弟涉险

小乌纳普和小巴兰凯又如当年的父亲和叔叔一样被请到了地府，死神们又故技重施，在幽暗的大殿里弄上了一些泥塑，并且躲在暗处，想看小双胞胎对泥塑行礼。但是兄弟俩早有准备，他们觉得屋子太黑，所以也不忙着行礼，而是找来一只蚊子，让它到里面去咬人。蚊子飞到死神的大殿里，绕了泥塑一圈就飞走了，它发现了躲在暗处的几个死神，便朝着第一个死神的脸叮了上去，第一个死神"哎哟"叫了一声，叫着第二个死神的名字问他："你知道是什么东西在叮我吗？"蚊子又冲着第二个死神去了，叮了一下，第二个死神又叫出了第三个死神的名字，就这样，小兄弟在门外听得清清楚楚，等知晓了所有死神的名字后，他们从容地进门，冲着黑暗里的死神们行了个礼，叫出了所有死神的名字，令对方哑口无言。

"你们坐下吧。"一个死神指着石凳说。

小巴兰凯摇摇头，说："我们不坐，那不是给我们的凳子，那是一块烧热的石头。"死神的计策又失败了。

死神们焦躁起来，对兄弟俩说："你们去那间黑屋子里休息，给你们火把和卷烟，记着，一个晚上火把和卷烟不能有任何损耗，明天要交出一模一样的，否则，你们的死期就到了。"说罢，死神们哈哈大笑，觉得兄弟俩和他们的父亲叔叔的死法一样，倒是怪有趣的。

进了黑屋子，小乌纳普就把火把和卷烟熄灭了，小巴兰凯笑眯眯地伸开手掌，原来他准备了几根红色金刚鹦鹉的羽毛和几只萤火虫。他们舒服地躺在屋里睡了一觉，清早醒来，他俩细心地把红色羽毛粘在火把上，让萤火虫趴在卷烟上，交给了前来的死神。

死神们恼羞成怒，他们先后把兄弟二人关在尖刀屋、严寒屋、美洲虎屋和烈火屋，但是兄弟俩都凭借着超人的智慧和小心谨慎渡过了难关。死神们看不能奈何二人，便对二人说，最后的考验是杀人蝙蝠屋，如果能再平安出来，就和他们比赛踢球。整整一个晚上，兄弟俩都守在墙角，拿着刀，没让蝙蝠靠近自己半步，到了第二天早上，小乌纳普有些懈怠，把头伸出窗外看天是否亮了，但早有死神埋伏在外面，把小乌纳普的头一下子砍了下来。死神们简直高兴坏了，把他的头赶紧收起来。

小巴兰凯望着兄长无头的尸体，心里满是愤懑，但是他很快镇定下来，他找来一个南瓜，在上面刻上小乌纳普的五官特征，念动从母亲血月亮那里学到的咒语，带着南瓜脑袋的小乌纳普又站了起来，而等着南瓜头和小巴兰凯的是和死神们的球赛。

地府的天空也有各种光线变化，在临近黄昏的时候，天空泛红，还透着铁

手刃敌人的双胞胎神

灰色，死神们在等着他们。小巴兰凯和半死的兄长到了球场，他看到死神们脚下的球正是兄长的脑袋。小巴兰凯球技娴熟，比赛开始后，他很快控制了球，在进球后，故意把球踢到场外。他装作找球，和南瓜头兄长一起到了树丛，然后迅速把南瓜头摘下来，把小乌纳普的头按回原处，为了麻痹死神，又把南瓜变成脑袋。等比赛重新开始，南瓜在死神们的脚下重击中爆裂了，于是双胞胎宣布比赛结束，他们胜了。

死神们是不会认输的，他们又给了双胞胎一个考验——穿过一条火沟。双胞胎心里有数，他们毫不犹豫地冲进了火里，身体烧成了灰。死神们又是一阵高兴，他们本想把兄弟俩的骨灰撒到土里，但是又怕再次长出果实，兄弟俩会再次轮回，一个死神提议，不如撒到水里去，被鱼儿吃掉就彻底不能复活了。

当死神们兴高采烈地把骨灰撒到冥河里，小乌纳普和小巴兰凯的身体竟在水里重新组合，长出血肉，五天后，兄弟俩在水中变成人鱼，复活了。在水里游了几天，兄弟俩找了把石刀，在鱼尾间一划，就分出了两条腿，他们上了岸，衣衫褴褛，眼睛亮亮的，因为想到了报复死神的好法子。

就这样，地府里多了两个杂耍艺人，他们善于跳舞，一会儿跳猫头鹰舞，一会儿跳猴子舞，除此以外，他们还会变戏法，把东西丢进火中烧掉，然后再将其恢复原状，更令人咋舌的是，他俩可以把对方砍成碎块，然后还能复生。他们的名声在地府越来越大，死神们也听说了，议论纷纷："这两个人是什么来路，有这么大的本事？"于是让仆从请二人来给他们表演。

"你们从哪里来的，是什么时候死的，来到了地府？"面对形如乞丐的小乌纳普和小巴兰凯，死神们还真没认出来。

小乌纳普使劲弯着腰，小巴兰凯则做出愁眉苦脸的丑样，说道："我们是孤儿，父母早就死了，我们也不知道自己怎么也就死了，来到了死神老爷们掌管的地府。"

"好吧，你们尽情表演，舞跳起来，火烧复原和起死回生的本事都拿出来，能在地府死了再活，这个本事我们还从没见过。"死神们吩咐说。

兄弟俩先是跳各种动物的舞蹈，让死神们看得眼花缭乱，然后又当众烧了死神的大殿，片刻间大殿又恢复原样。他们找来一条狗，剁成一块一块，然后在尸体上盖上红布，掀开后，狗儿又活蹦乱跳。死神们看着很过瘾，说："你们在彼此身上试试。"兄弟俩依言，小乌纳普把小巴兰凯的心脏挖出来，小巴兰凯随即倒地闭气，当心脏被放回胸腔里，他又神气地站起来；小巴兰凯把哥哥分了尸，剁下了四肢，扔得远远的，还挖出了心脏，给死神们看，这时，死神们已经亢奋了，嘴里喊着："活！活！活！"小巴兰凯手心向上，慢慢抬起，兄长的身体站了起来，四肢和心脏也长回来了，恢复原状，死神们兴奋得不能自已，一个死神不假思索地说："你们把我们杀死，然后让我们复活。"兄弟俩点了点头，他们迅速把死神们一个一个砍倒，还将心脏挖出，其余没死的死神都在哈哈大笑，觉得这个游戏有趣极了。等轮到最后一个死神的时候，他发现兄弟俩的眼神不对劲，他大叫："你们不是杂耍艺人，是那对双胞胎。"但为时已晚，他也死在了刀下。兄弟二人把死神们的尸体堆在峡谷边，一个一个丢下去，剩下的仆从吓得浑身发抖，向他们求饶。小乌纳普宣布说："我们的父亲被死神用卑劣的手法杀害了，我俩也曾饱受死神设下的种种死亡陷阱之苦，现在已经报仇雪恨。但是你们和死神所带来的权势都将不复存在，你们不配得到天神的怜悯，等待你们的只有野草和无尽的沙漠，你们只能把罪恶的生灵带走，记住，不要用你们肮脏的血去污染世人。"说罢，兄弟俩将地府砸了个够，正要离开，一只猫头鹰飞来，给他们指引了父亲和叔叔的埋骨之处，正是地府的球场。兄弟俩把遗骨挖出，用泪水和温柔的话语告慰他们的灵魂。"我们杀死了死神，清除了世界上的死亡、毁灭与痛苦，"小乌纳普说，"现在我们要回家去看母亲了。"

在家中，血月亮正焦急地等待儿子们归来，当他们被火烧成灰的时候，她种的甘蔗的嫩叶也随之枯萎，她以为儿子们已死，终日以泪洗面。当看到两个儿子安然无恙地归来，甘蔗也萌芽了，从此血月亮便奉甘蔗为神明，说它是"一家的中心"。

看望完母亲，小乌纳普和小巴兰凯就告辞了，他们在一片光明中飞升上天，一个变成太阳，一个变成月亮，但是没人知道他们之中谁变成太阳，谁变成月亮。从此，天下光明，就连夜里也有光亮。

第四章
玉米造人

基切人始祖

双胞胎顺利上天,成为日月,人间仿佛又安静下来了,寂寞许久的天空神和海洋神又开始琢磨着造人了,因为如果没有主宰的生物,神不过是个空壳子,得不到供奉。

他们找来了狐狸、草原狼、鹦鹉和乌鸦这四种动物来帮忙。"去寻找一块土地,让新造出来的人类能繁衍生存。"天空神这样下了命令。"物产最好要丰富一些,"海洋神补充说,"这样他们就能给我们更多的供奉。"

于是,四种动物组成的寻地小分队就这样出发了,那时候,大地一片干旱,只有山上才有泉水流下,动物们就往远处的山的方向前进,在快到目的地的时候,狐狸突然大声说:"你们看,好多果子!"鹦鹉和乌鸦最爱吃浆果,听罢赶紧抬眼眺望,果然,眼前郁郁苍苍,低矮的灌木丛里缀满了深色的浆果,散发着醉人的香气。草原狼又喊道:"前面有玉米。双胞胎神家最喜欢玉米。"就这样,动物们对这片土地很满意,这里有果子、有玉米,还有山上流下的清泉汇成的小河。它们在河边喝水,刚喝了一口就吐了出来,乌鸦说:"这水怎么这么苦?"

鹦鹉若有所思，说："那么，这块地就叫苦水地吧，苦涩的水里竟长出甜蜜的果子和香甜的玉米，多么有意思的事啊！"

它们摘了一些果子和玉米，带回去给天空神和海洋神，如此说了一番，神表示很满意，天空神先把动物带来的黄白两色的玉米碾碎，用自己的洗手水去搅拌，然后和海洋神一道，用这种软软的玉米面团捏出第一批人类——四个年轻的男人，他们的名字分别是美洲虎奎兹、美洲虎奈特、黑美洲虎和今无存。

他们四人从诞生之日起，就显现出和当年木人的完全不同，他们是聪敏的孩子，口齿清晰，对神的意志心领神会，干活从来不叫累，种植出来的农作物和打猎得来的猎物大部分都献给神。他们还有个特点，就是视力超凡，多远多高的物体都能看得清清楚楚，甚至连山峦的走势和海洋的深处都能看清楚，由此，四个人类的始祖很快积累了浩如烟海的知识，对自己生存的土地也越来越熟悉。他们惊叹神竟然创造了这么美丽的世界，所以对神充满崇敬。

看着几个最初的人类这么出色，造物的天空神和海洋神也很兴奋。海洋神对天空神说："这几个人和我们之前造出的那些玩意儿不一样，你看，他们的眼珠子里透着智慧的亮光，走路都带着风，关键是，他们懂得尊重我们。"

天空神笑而不语，心里对四人也是很满意。

海洋神顺势说："要不咱们再多教他们一些东西，他们会变得更聪明。"

天空神和海洋神轮流为美洲虎奎兹、美洲虎奈特、黑美洲虎和今无存传道授业，回答他们的问题，对宇宙的古往今来无所不谈。渐渐地，聪敏又虚心的玉米人就有了神一般的智慧，天地间，再也没有能难倒他们的事情了。

然而，神开始不安了。

最先开口的依然是海洋神，他说："我再也没有什么知识可以教这些家伙了。"天空神也说："是的，有一次，黑美洲虎问了我七金刚鹦鹉这只怪鸟是谁生出来的，我竟不知道。"海洋神有点焦躁地说："不能让他们的能力再这样增长下去了，否则世上的事情就不再由我们来掌控了。"

天空神说："那好办，先把他们非凡的视力拿掉。"

二神将四个玉米人叫来，海洋神想了一会儿，说："这个世界你们也看得

玛雅玉米造人

玛雅玉米种类丰富

墨西哥经典小吃玉米粽

差不多了,你们透视的本事和千里眼的本事我们要收回来。"

玉米人们没有说话,乖乖地让神拿掉了自己神奇的视力,然后他们揉揉眼睛,发现神还给他们保留了能看清近处的视力,而远处的山和树木则是模模糊糊的黑点,再也看不清了,泥土岩石也无法再透视。神就这样将他们拴在原地,使他们成为平凡的生物。

但是,即便如此,小心眼的神依然不放心。天空神决定给四个玉米人找配偶,用女人去阻碍他们对世界的探索之路。海洋神从海底挖出湿漉漉的白沙和黑沙,捏出四个女人,给她们随便安上了几个名字——红海龟、虾屋子、水蜂鸟和鹦鹉窝。四个玉米人一觉醒来,发觉身边多了几个女人,天空神和海洋神笑眯眯地看着他们,宣布他们结为夫妻,从此在人间繁衍。

这四对夫妻生了许多许多孩子,过上了安定的生活,玉米人也不再想探索世界的事情了,而他们生下的孩子各种肤色的都有,不同肤色的孩子组成了不同的部落,他们还给自己起了一个高贵的名字——基切人。

第一次黎明

在这个时候,世界上除了基切人以外,还有一些人类,有人说他们是神在七金刚鹦鹉统治时期随手造出来的,总之不是神用玉米造出来的,所以出身不高,只在人间苟且度日。基切人不屑于与他们为伍,基切人住在高山密林之中,不让凡人看到自己的生活。

基切人和其他人类在一起生活,他们共享日夜,但是他们都从来没有见过太阳,双胞胎神变成日月,但是没有出来普照人间,世界在一片朦朦胧胧的光亮和昏暗中一天一天过去。所以,作为被神眷顾的玉米人,基切人还承担着让太阳降临的重任。他们每日除了采集和狩猎,便是向天神不断祈祷,让光明伟大的太阳来到人间,普照万物,使得人间有光明的法则。

在他们的虔诚祈祷下,金星出现在暮色中的天际,让基切人激动不已,因为金星是太阳的使者,在金星升起后,接下来必然是旭日东升。一个孩子问妈妈:"为什么我们一定要有太阳?"妈妈回答说:"只有稳定的光和热,我们玉米人才能在这片土地上长长久久地生存下去,基切人的生活才有了可以崇拜供奉的凝聚核心。"孩子懵懵懂懂,大约也明白了,太阳不仅可以提供光和热,还能成为基切人心的牵绊。说罢,妈妈把孩子的头发向上梳理,扎成一个朝天的辫子,基切人一向以长脸为美,头顶上的辫子象征着玉米穗,这种审美一直延续数千年,作为神眷顾之下的玉米人,基切人充满骄傲。

金星出来了,基切人的首领决定带着部族向金星的方向迁徙,直到他们的祈祷可以感动太阳,使之显身。他们走过暗黑的沙漠,跨过湍急的河流,终于到了一个叫图兰的地方,定居下来。图兰是个开阔的地方,有不少肥沃的土地,基切人开始农耕,他们认为自己应该以玉米为食,这样才是不忘初心,不忘自己的来处。不过种地就要靠天吃饭,就在基切人种了几年地之后,一场大冰雹把玉米全都砸到了地上,更糟的时候,冰雹把基切人的火种熄灭了,他们陷入了困顿。

有个无足轻重的小神出来,他叫托希尔,只有一条腿,只能一蹦一蹦地走。他对基切人说,他愿意成为他们的保护神,给他们火种和食物,但是他有个条件。

基切人又饿又冷,急于摆脱困境,便问独腿神托希尔是什么条件。托希尔说,基切人必须以人为祭品,献给包括他在内的诸神,献祭的方式是把肋骨切开,伸手把心脏掏出来,用这些扑通扑通跳动着的新鲜心脏来祭神。万般无奈之下,基切人只能答应,但是他们留了个心眼,没答应独腿神一定要用基切人来祭祀,这为他们日后征战、掠夺奴隶埋下了伏笔。

看到基切人答应了自己的条件,独腿神很是得意,把自己的脚后跟在草鞋上来回蹭,使之产生火花,火花点燃了周围的干草,就这样基切人又有了火种。独腿神又弄来了一些野生玉米,让基切人渡过了难关。

基切人首领以暂时找不到战俘为由,只以鹿肉和兔肉来祭祀神明,独腿神托希尔虽然有些不高兴,但是也没有其他办法,但是为了突出自己神明的地位,托希尔勒令基切人不能吃四条腿的动物,只能吃肥大的虫卵。那时,每个基切人的家里都供奉着独腿神的石像,打来大的猎物,将喉咙咬开,让动物的鲜血流进石像的嘴里,算是完成了对神的供奉。

基切人的首领觉得一天到晚只能吃虫卵和玉米,过得很憋屈,于是他决定带领部众继续寻找太阳。告别图兰的生活不是一件容易的事情，很多基切人已经习惯了每天种玉米的生活，从树林里打来大的猎物，奉献给神，自己只吃虫卵，甚至他们对黄蜂的虫卵和蟋蟀的虫卵还有不同的烹饪方法。但是首领激励他们，太阳还没有出世，光明和幸福并没有降临，就这样，基切人又上路了。独腿神托希尔也继续跟着他们。

基切人身上披着兽皮，手里拿着装满干玉米粒的口袋，在黑暗中向东行走，因为独腿神告诉他们，东边是太阳升起的地方。由于基切人不停地寻找太阳，有的天神觉得很烦，他们联起手来，弄来厚厚的毯子一样的乌云，连一丝丝光线都不给人间了。基切人在黑暗中蹒跚而行，又累又饿。

忍饥挨饿的基切人爬上了一座高山，在山顶上，他们精疲力竭，一步也走不动了，于是坐下开始祈祷，期盼着太阳出来，给世间丰富的食物，驱散饥饿和寒冷。突然，太阳出来了，人间的第一个黎明降临了。基切人第一次看到了太阳，新生的太阳就像一张金色的盘子，它的光芒就像金色的匕首般锋利。太阳这时还不会控制自己的光热，一下子就把原来潮湿的土地晒得干裂，小一些的河流也纷纷蒸发断流。基切人不敢抬头，生怕被阳光刺瞎了眼睛。

随着时间的推移，太阳的光逐渐柔和下来，清晰而不失温暖，感受到暖烘烘的阳光，山谷里、森林里的小动物都跑出来了，和基切人一起沐浴光芒，但是阳光也催生了世界上第一批猛兽和毒物，狼虫虎豹，各色毒蛇，也都从地下钻出来了。

就这样，好的，坏的，都在阳光下了。

祖先们的消失

在目睹了第一次黎明后，独腿神托希尔开始逼迫基切人履行承诺，为他献上人祭。基切人没有办法，只好跑到森林里去，伏击附近部落的猎人，他们模仿动物的叫声，将猎人引诱到自己的包围圈，然后上前将他杀死，切开肋骨，挖出心脏，用鲜血和心脏来祭祀独腿神。

临近部落的人发现密林开始变得不安全，很多男丁失踪，还在林子里发现了一具具尸体，大多已经被野兽撕咬坏了，但是很明显的是，这些人并非死于猛兽口中，而是被挖心而死。

部落的人选出一个强壮的男人当诱饵，让他装作打猎的样子深入密林，果然，基切人上当了，他们照常伏击了这个男人，正当他们准备用刀子捅他的肋骨的时候，他不断扑腾、剧烈反抗，从而引来了部落的人，就这样基切人的行迹败露了。基切人傲慢地告诉凡人们，自己是神用玉米造出来的天选之子，太阳也是在他们的祈祷下才来到了人间，他们杀人是为了敬神。但凡人们管不了这些，基切人高人一等的态度惹恼了他们，他们大声咒骂着基切人的保护神独腿神，但是凡人又打不过基切人，只好回去再想办法。

凡人部落的首领们商量，用美女去诱惑基切人，然后摸清他们的老巢，将之一网打尽。他们选出四个漂亮的姑娘，让她们进入森林，找个清澈的小水塘，脱去衣衫，沐浴戏水。这四个凡人姑娘虽然貌美，但是她们的长相不符合基切人的审美——脸不够长，头发也不是玉米穗的样子，所以基切人将她们抓住，轻蔑地将她们送回了部落。之前受到咒骂的独腿神决定惩罚凡人，他用绘有美洲虎、大蟒蛇、大黄蜂和草原狼的斗篷将美女们裹起来，送还到部落，还声称斗篷是送给首领的礼物。

看到这些精美的斗篷，部落首领们果然很高兴，他们马上将斗篷穿在了身上，彼此夸耀。没想到，斗篷忽然自己动了起来，首领们看着身边的人露出惊骇的表情，也害怕起来，斗篷上的动物活了起来，在部落里大肆吃人，巨型黄蜂也不断蜇人，被蜇到的人浑身抽搐，很快死去。首领们知道上当受骗了，怒火中烧，决定发动一场战争来了结和基切人的恩怨。

基切人和他们的保护神得罪了凡人，因此附近几个部落的男丁集合起来，装备上最好的武器，雄赳赳气昂昂地向基切人生活的森林进发。他们一进入森林，就在独腿神的监控之下，等他们走到林子的深处，独腿神用法术迷倒了整个队伍，使其昏昏睡去，还恶作剧地将他们每个人的胡子眉毛和头发都剃掉，并且偷走了他们的武器。等凡人们醒来，发现自己的毛发没有了，十分难看，更加生气，他们哇哇叫着冲到基切人的堡垒，声称要把独腿神唯一的腿给剁下来。

基切人数量虽然不多，但是他们用几个大葫芦装了黄蜂，等凡人攻上堡垒的时候，基切人就往他们身上撒蜂蜜，然后打开葫芦嘴，让黄蜂飞出来，黄蜂最爱蜂蜜，成群的黑烟般的黄蜂就冲着凡人们去了，在他们的胳膊上、大腿上和脑袋上叮出大包，他们疼得嗷嗷直叫唤。正当凡人军心大乱之时，在独腿神托希尔的带领下，基切人用弓箭和石斧杀得凡人没有反手之力，节节败退。

最终，凡人臣服于基切人，答应每年为他们进贡食物，更重要的是，给他们提供人祭的祭品，让独腿神永享供奉。

这批基切人是四个玉米人和四个女人生下的第一批后代，他们活了很多年，经历了没有太阳的岁月以及寻找太阳和人祭的时光，在和神的心意相通之中，他们了解到死亡即将到来，生命已到了尽头。他们在一个黄昏为自己唱起了挽歌，他们尊自己的首领为鹿王，他们的时代也被后人称为鹿王时代。

挽歌唱罢，太阳落山，第一批玉米人的后代就像空气一样消失了，也没有尸首留下。

第五章
不存在的末世

让考古学家掉到"兔子洞"

维拉·蒂斯勒是一名热衷玛雅文明的西方考古学家。2003年，她和她的团队在墨西哥湾沿岸发现了一组玛雅古尸。检查后发现，一块胸骨上有极其干净的切痕，而切口为横向，不太可能是在战斗中留下的。于是，她得出一个结论：这是一场手术。

当在其他尸骨上也发现了类似的切痕后，她联想到属于中美洲的玛雅人的风俗习惯。她恍然大悟，玛雅祭司们如同手法娴熟的外科医生，可以在这些牺牲者还活着的时候就用薄薄的石刀切开他们的胸腔，心脏在跳动中被取出，献给神明。而此时，牺牲者的意识是清醒的，同时也感到无上荣光。

对于维拉·蒂斯勒来说，这不是屠杀，更像是一种关于人类献祭的兔子洞，充满未知的恐惧和期待。这些人因什么而死？

事实上，与阿兹特克人一样，玛雅文明中也充满人祭、鲜血、朝圣、金字塔等元素。而且和阿兹特克文明一样，玛雅文明的鼻祖也可以被视为中美洲最早的文化主流——奥尔梅克文明。这个文明在消亡前留给后世的是数不尽的精美玉器和类似纪念碑一样的神秘的巨大的石制头像，同时，还有对于这个世界四个方位的划分方式和对天文学的出奇关注。

和其他中美洲文明一样，玛雅人也认为自己所处的宇宙是非常不稳定的，但是又处于严密的组织之中。他们悲观地认为，这一套宇宙运行的系统中，人类和其他生物的位置都是上天注定的，各有天命。任何人和力量都无法改变宇宙最终毁灭的命运，但是可以用鲜血将衰落的过程延迟。

同时，玛雅人的创世说比一般民族的神话来得混乱，有天空之神哈里科恩和海洋之神古祖玛兹的联手创世说，也有巨鸟神七金刚鹦鹉的欺世盗名说。据史学家考证，在玛雅文明的最初时期，七金刚鹦鹉作为主要鸟神的地位是很崇高的，然而在玛雅朝代的更迭中，它沦为了一个自负的骗子。

玛雅人重视谦虚的品德，所以他们需要一个从高处跌落的神明来当负面教材，告诫族人不要骄傲自大、贪慕虚荣。而七金刚鹦鹉因其滑稽的鸟类造型不幸成为这样一个典型。

到了公元 1000 年后的玛雅后古典时期，人们更加崇拜墨西哥中部的羽蛇神，而在西班牙人征服之前，农牧神又成了他们的心头好，可见玛雅人十分务实，会根据实际需要调整自己的神明排序。

此外，玛雅人喜欢成双成对。比如，他们的神话中，双胞胎神占据了很大的篇幅。双胞胎神上天入地，无所不能，同时在人间还拥有正常的生活，还是足球高手。对于任何一个玛雅少年来说，都是绝佳的有代入感的偶像。玛雅人认为雨神和玉米神也是成对出现的，这样可以确保他们的农作物丰收。

玛雅人的末日说

关于玛雅人最著名的传说，莫过于 2012 年的末日之说。因为玛雅人的古书中记载："在 2012 年 12 月 21 日，一个时代将结束。"

事实上，这是一场误读。2012 年世界末日的说法，确实来源于玛雅人的历法。在玛雅人的历法中，于公元前 3114 年 8 月 13 日开始的纪元将于 2012 年 12 月 21 日结束，共计 5125 年。但是，一个纪元的结束不代表世界的毁灭，而是意味着另一个新纪元周期的开始,而且这种毁灭和开始是周而复始的。

玛雅人沉迷于研究时间与周期,而发达的历法是他们最重要的成就,在雨林中仰望星空是他们最大的爱好。他们的历法历史可以追溯至公元前5世纪,和阿兹特克人的历法也有不少相似之处。

玛雅人历法的最大特点是由不同长度的周期组成。比如,卓尔金历中规定一年有260天,由20个神明图像和0到12的13个数字,不断组合循环,和中国的天干地支有点像。此外,还有365天的太阳历,这两种历法经18980天重合一次,构成了52年的新周期。值得一提的是,玛雅人通过星象观测,推断出一年有365.242129天,这同今天科学测定的绝对年长365.242198天的数值,相差不足千分之一。

在没有望远镜的情况下,玛雅人计算出了天体的精确运行周期,除了太阳周期外,玛雅人还特别重视金星的运行。他们认为每175760天将会有301个金星回合周期,一个周期约为583.920266天,而今天测得的金星会合周期约为583.92天。玛雅人将自己在地球上观察到的太阳运行的黄道带划分为13个星座,用13种动物来命名,如青蛙、鹿、美洲虎、鳄鱼……他们还知道春分、秋分、夏至、冬至的存在,这对农业的发展很有好处。

然而,有着灿烂天文学成就的玛雅人,在农业生产力发展上却极其落后。农业是最原始的刀耕火种,完全是靠天吃饭,农作物以玉米为主,因此有人管玛雅文明也叫玉米文明。玛雅人几乎没有畜牧业,也没有驯化马、牛等大型牲畜,因此他们没有耕地的帮手,也没有驮兽,连轮子都没有使用。

玛雅文明这种先进与落后并存的矛盾性让现代人摸不着头脑。直到今天,依然有人认为:玛雅文明是外星人留下来的。

由于玛雅文明的神秘性,水晶头骨也曾是名噪一时的谎言。科学家曾对水晶头骨进行了电子扫描,发现了现代机器打磨的痕迹,所以水晶头骨很可能是现代加工的。

玛雅金字塔

玛雅人的天文学之所以发达，和他们善于利用工具有关。在肉眼观测天体的时代，如果想要得到准确的天体测量数据，最简单的方法就是借助更长的测量基线，这样可以提高精确度，而通过更长的观测周期，则可以更准确地测算出时间。

玛雅人热衷修建"天文建筑"，通过这些建筑的连线，形成规模不小的观测网络。因此，西方人在雨林深处，可以发现一些废弃的玛雅建筑，其中最为常见的，通常都是作为天文观测的神庙。

由于有着精密的数学和天文知识，建筑是玛雅文明的另一个奇迹。和埃及金字塔一样，玛雅金字塔也是用巨大的石块制成，但是玛雅金字塔有细细的台阶，正常人需要手脚并用，才可以从这样的台阶爬上顶端，甚至有人说，玛雅人是外星人，身高两米，因此爬台阶不费劲，云云。

玛雅金字塔的顶端是一个平台，上面是神庙之类的建筑，作用是祭祀和举办庆典。令人吃惊的是，玛雅人和埃及人事实上并不属于同一个发展时期。也许被前面提到的惊人的数学和天文学成就所震撼，人们通常会忘记，玛雅文明属于石器时代，那时人们还未发明使用青铜器，更不用说铁器。不光没有金属工具，玛雅人也没有轮子和驮兽，那么几十吨的石块，完全用石器和木器采出来，而且要依靠人力来搬运，着实难以想象。

玛雅金字塔全靠数学取胜。在尤卡坦半岛的奇琴伊察，有一座著名的玛雅金字塔。它的每道阶梯有91层，四道共有364层，加上顶部的就恰好是365层。这个数字正好与一年的天数契合。而东西轴线倾斜的夹角恰好是21度，这与在春分当天太阳的运动有关。在春分的那一天，当太阳开始落下的时候，落日的余晖在金字塔的脊上呈现蛇形，与底部雕刻的羽蛇神的头部连在一起，就可以产生极具动感的光影变化，如同一条闪闪发光的金蛇。

玛雅人认为人的周遭神无处不在

奇琴伊察玛雅金字塔

第六章
神话和现实世界的玛雅

玛雅人的历史、美食、艺术以及对世界的贡献

在西班牙人的入侵下,玛雅人的世界被割裂成"神话里的世界"和"现实世界"。

尽管生产力停留在石器时代,但一点也不妨碍古代玛雅人建造起许多宏伟的殿堂、神庙和陵墓。如今,人们还能在尤卡坦或者洪都拉斯、危地马拉的热带雨林中,看到宛如游戏画面的遗址,特别是断壁残垣上鲜艳的色彩和美丽的图案。

玛雅人崇尚艺术,这和中美洲地区整体的氛围有关。玛雅神话中的双胞胎神就被视为所有艺术家、音乐家和舞蹈家的守护神。玛雅人认为,如果孩子有幸出生在玛雅历法的第11天——"一只猴日",那么他长大后就一定会成为天赋异禀的艺术家。

1946年,一名美国摄影师吉尔斯·海雷在墨西哥恰帕斯州探访玛雅遗址时,得知有一处在雨林深处尚未公开的遗址。在那里,吉尔斯看到了一组风格奇特的壁画。后来,学者专家复制并且加工了这些壁画,恢复了其艳丽的色彩。人们这才得以窥见,8世纪末古典时期尾声玛雅贵族的生活。

乐手吹起响亮的号角，雨神的扮演者摇摇晃晃出现，一场庆祝胜利的庆典就此举行。壁画底色是绿松石色，人物黧黑，装饰夸张。有趣的是，每个人头顶还有一个小小的名字标签，像极了永远存于石壁上的珍贵留影。

这些壁画后来被称为博南帕克壁画，是当今世界有名的壁画艺术宝藏之一。从这些壁画中，人们试图分析玛雅社会的结构。

事实上，玛雅人的世界比较松散，从来没有一个城邦统一整个玛雅世界。在城邦的内部，首领自然就是国王，国王下面会有分管不同事务的贵族们，这些人同时也是武士，能够管理军队。老百姓中有商人、农民、猎人、手工艺者……从而形成一个金字塔架构。

在中美洲，宗教是权力的重要来源。国王通常也是最高祭司，他可以让自己进入一个致幻的状态，直接与神明进行交流，用人祭的方式来维护宇宙万物的运转。因此，在玛雅的雕塑中，国王的形象千变万化，有时候是玉米神的化身，有时候则是雨神的代表。

基切人是南部玛雅人中比较重要的一支，生活在危地马拉的高山峡谷中。15世纪，这个民族在高原地区迅速扩张，而且留下了一部类似玛雅圣经的书——《圣书》，记载了从天空神海洋神创世，到七金刚鹦鹉，再到双胞胎地府历险的神话故事。基切人也将自己描述为天选之子，相比较其他部落的人，有神明的额外眷顾。他们称自己为玉米人。

玛雅人培育了许多后来在世界具有极为广泛影响力的食物，比如，玉米、西红柿、南瓜、豆子、红薯、辣椒等，最有名的就是玉米。玉米本是美洲的一种野生植物，经过玛雅人的培育，变成高产的粮食品种。玉米的种植非常重要，因为它为人类的定居和农耕生活奠定了基础，早期的玛雅人以玉米为主食，辅以豆类、辣椒和南瓜。

玉米在玛雅神话中地位崇高，第一批人由玉米做成，而双胞胎去地府寻找父亲的遗骸也被看作是玉米一样不懈怠的探索。在玛雅的艺术品中，经常将人头表现为玉米穗的样子。

欧洲人后来将玉米以及南瓜等传播到全世界，成了世界上许多地方的主要食

博南帕克壁画

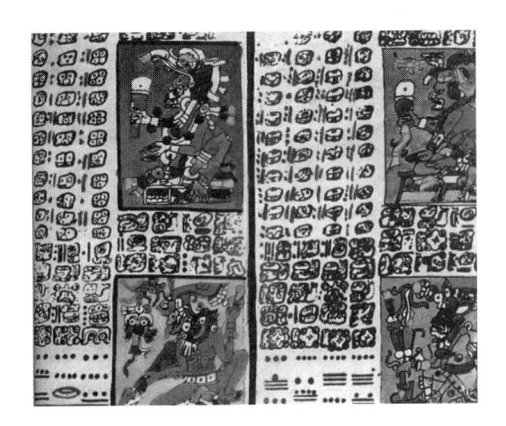

《波波尔乌》内容

玛雅人的圣书《波波尔乌》记载玛雅主要神话故事

物。此外，玛雅人还是火鸡的培育者。而火鸡已是欧美家庭圣诞节必备的美味佳肴，看来，全世界都应该感谢玛雅人为人类的延续和发展做出的不可磨灭的贡献。

在《圣书》的结尾，基切人记录了一个叫作"幸运的旅行者"的家伙，这是西班牙征服者阿尔瓦拉多的新名字。此人野蛮征服了基切人。因此，这部玛雅人的神圣著作，以开天辟地开始，以国家毁灭收场。在结尾，基切祭司写道："关于基切人的一切已经足够了，因为它将不复存在。"

的确，那些神秘文明的宏伟叙事以及末日预言，都和如今的玛雅人的生活无关。神话中那些玛雅人已经消失了，现存于世的几百万玛雅人，正在按照自己的方式活着，作为这个星球的普通人，经历着喜怒哀乐、生老病死。

与众不同的审美

玛雅人对人类的脑袋特别感兴趣，于是在上面将自己独特的审美发挥得淋漓尽致。比如，为了使头部像美洲豹，他们会用木板夹头的方式对刚出生的婴儿的脑部进行塑形。因为婴儿头骨柔软，而且具有弹性，受到外力挤压后，里面的组织会自然地转移到未被挤压的地方。在精巧的技术下，婴儿的脑组织不会受到损伤，颅腔大小也不会有大的改变。他们也希望让头变得更窄，来模仿玉米的形状。

玛雅人还喜欢在面部和身体上呈现美洲豹的花纹，他们会用刀子在身上划出自己喜欢的图案，然后在上面填充泥土，使皮肤结痂，形成立体的图案。

许多玛雅人的作品通常令人忍俊不禁，他们的眼睛俗称"对眼儿"或"斗鸡眼"。因为他们想象中太阳神就是长了一双这样的眼睛，因此对眼是美的。为了让孩子从小练就世间最美丽的眼睛，玛雅母亲们会在孩子的头发上拴一个小球，使小球正好垂在孩子的两眼之间，天天看，久而久之，就成对眼了。

不得不说的玛雅文字

玛雅人有自己的文字，形成于前古典时代的晚期，基本上是公元前 300 年到公元 100 年。通过考古，人们发现玛雅人已经在金字塔和宏大的公共建筑上用文字记录礼仪、历法和大事件。古代玛雅人用树皮或者鹿皮来作为载体，还会刷

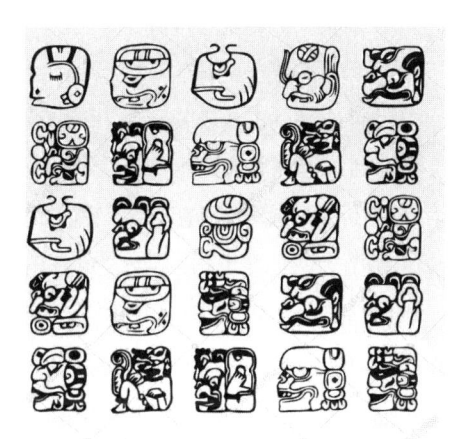

玛雅文字

上一层薄薄的类似石灰的底子，在这个底子上，玛雅人用不同颜色的墨水绘制各种形象，图文都有。通常是坐着或者站着的神，戴着精美的头饰，旁边有一些类似文字的象形符号。

这些符号是文字的雏形，而且基本都在介绍历法，对天气做出预测。后来，发展成为一种书写复杂的拼音文字，不同的音节有不同的图案。玛雅文字的词汇十分丰富，有三万多个，通过这些文字，玛雅的历史得以记录。

尽管在历史上，玛雅人的手抄本成千上万，但是其中绝大多数都在16世纪被宗教狂热的西班牙入侵者烧掉了，只有三四个手抄本幸存于世。被派往尤卡坦半岛的西班牙主教迭戈是刚愎自用的家伙，他毁了玛雅人不少著作，竟然还说："我们发现了许多用他们自己文字书写的书，里面除了魔鬼、谎言和迷信外，什么有价值的东西都没有，所以我们要把它们全烧光。"

在过去的数十年，玛雅文字开始被破译，现在玛雅的文字大部分都能够被释读了。这对研究玛雅的历史、文化和宗教提供了极大的帮助。

文字是玛雅文明的密码。据说，在殖民时代，当一个玛雅家族的家主去世之后，新的继任者要按照古老传统，必须通过祖先流传下来的《巫师与美洲虎之书》的相关谜题问答的测试，才会被认为有继承这个统治家族的资格。

值得一提的是，不同家族所流传的谜语书文本内容是有不同的，这也是为了防止谜语被家族以外的人知晓，从而篡夺他们的权力。

第七章
消亡与被征服

盛极而衰

玛雅文明灿烂而独特，然而在公元9世纪后，突然出现了衰落。城邦繁荣不再，不少城邦开始变得无人居住。而又过了100多年，许多城邦竟然在炎热的雨林中渐渐萎缩，最终成了废墟。

衰落的原因被归结为气候。历史学家普遍认为，公元800年以后发生了严重的干旱，造成了农业的减产，而身兼祭司和国王职责的首领们无论怎样举行人祭或者对着上天祈求降下甘霖，都没有作用。这种威信的下降，不啻让玛雅社会陷入一场大地震。

战争也是一个不容忽视的原因。有大量的证据显示，在古典时代的晚期，玛雅城邦之间的战争达到了惨烈的程度。号称蛇国国民的卡克奇克尔人与崇拜美洲虎的提卡尔人发生了连续多年的战争。战争的目的包括控制重要的贸易路线，以及获得珍稀禽类羽毛和宝石等资源。但是，更为重要的是，双方都是人口众多的城邦，当有了俘虏，便可以举行人祭，如果抓到了对方的贵族那便可以作为高级的祭品，更好地讨神明的欢心。

后人电脑模拟古代玛雅人的城池

玛雅建筑 1

玛雅建筑 2

手拿敌人心脏的玛雅战士

玛雅智者在讲授知识

当破解了玛雅文字后，曾经有史学家对玛雅人的印象从和平生活在雨林中的神秘"科学家"变成残暴的屠夫。在玛雅的文字中，记录了数不尽的战斗和人祭，甚至有人直指玛雅人的君王都是"虚荣的暴君"，而"血是古代玛雅仪式生活的灰烬"。

在经年的残酷战争和屠杀中，玛雅世界在不断缩小。一些城邦退却了，为了保全族人性命，他们决定北上。记载显示，古典时代晚期，有一部分玛雅人从玛雅中心地带向北迁移到达了尤卡坦半岛的北部，在那里形成了非常有名的奇琴伊察地区以及周边的玛雅新城邦。

奇琴伊察也是个谜。它是玛雅人所建，但是恢宏的羽蛇神神庙明显具有玛雅人精密的数学计算色彩和远在几百公里外的墨西哥谷地的托尔克特人的建筑细节风格，这种结合让这座建筑成为北部风格和南部风格的交融。

玛雅世界衰落以后，阿兹特克的文明在墨西哥谷地兴盛起来，在 15 世纪形成了强大的阿兹特克帝国。阿兹特克人用自己特有的方法在一片湖泽之中建立了一座壮丽的水上之城。而在 16 世纪上半叶，几百名西班牙人在不满阿兹特克残暴统治的其他族群的帮助下，摧毁了阿兹特克。

事实上，无论是出走，还是城邦的废弃，玛雅世界都在西班牙人到来之前就进入了消亡的快车道。和阿兹特克人一样，给了玛雅人最后沉重一击的，也是瘟疫。

病菌和传教

了解过历史的人都知道，灭美洲原住民者，非火枪，乃病菌也。

人类几乎所有病菌最初都来自动物，而在西班牙殖民者到达前，美洲大陆上没有牛马，没有猪，没有鸡，也没有黑鼠。因此，天花、肺结核、麻疹、鼠疫等几乎所有危险的病菌都无处寄生。而美洲的动物，又恰好不是病菌的合适宿主。

由于美洲与欧亚大陆隔着海，所以避免了来自外界的病菌侵袭。美洲成了某种意义上的"伊甸园"。但这既是幸运，也是不幸。因为不曾暴发瘟疫，因此整个族群都未能得到免疫。随着西班牙人的到来，大量病菌被带到美洲，地区性

《方士秘录》

流行传染病的出现是一件容易的事情。那些致命的病菌让未能统计出具体数据的大量的玛雅人死亡。

但是玛雅人对文化的保存却比阿兹特克人好。原因有以下三点：第一，和阿兹特克人不同的是，玛雅人的居住状态相对分散，而大一点的城邦早在几百年前就解体了，大部分玛雅人居住在丛林和山区，这使得传教士找不到他们的传教对象，工作上的时间成本和路程成本都比较高，而在墨西哥谷地的阿兹特克帝国，传教士很容易就能通过一两所大型的学校，对阿兹特克贵族子弟进行集中教学和传教。但是玛雅人在相对保存自己文化的同时，也很难融入天主教主导的主流社会。

还有一个原因，在玛雅人数量相对多的尤卡坦半岛，气候变化无常，降雨量少，对于需要从土地里获取食物的玛雅人来说，上帝显然没有雨神来得实际，因此在玛雅民间，传统信仰根深蒂固。

此外，玛雅贵族没有阿兹特克贵族那般骄奢淫逸，根据西班牙人的记载，甚至很多玛雅贵族的住宅还是"用芦苇和木头铺设而成"，因此玛雅人也没那么仇恨上层，西班牙传教士的说辞在他们听来，就是一种天方夜谭。

然而，同化的速度虽慢却也是一直在进行。在尤卡坦半岛居住的玛雅人留下一部《方士秘录》，其中包含历史与预言。有一名不具名的玛雅先知曾预言了西班牙人的入侵和玛雅文化的被同化。

"你们将与入侵者联姻，将穿和他们一样的衣服，戴同样的帽子，说同样的语言。"

人工智能与玛雅人

玛雅神话中，出现了不少"人"的概念，泥人、猴人等等。但是玛雅人关于"人"的定义，很有意思："人"的定义非人类，人类是人，但其他非人类的实体也可能是"人"。

古代玛雅人将"人"的概念运用在各种实体上。在神话中，当神欲毁灭木人的时候，锅子等炊具都具备残暴的人格特点，开始像武士一样杀戮。

这种"人格化"实体的方式，极大地帮助了早期的玛雅人讲述故事、构建图像甚至制定社会结构。可以说，在玛雅人幻想的世界里，想要碰到真人，还真不容易呢。

在早期的玛雅陶瓷器皿上，观者很容易找出这些无生命物体的面部，它们像人一样拥有眼睛、鼻子和嘴巴的基本组合。可以看出，它们的创造者在努力赋予它们"人"的形态。

要想厘清玛雅人的哲学概念，宛如在四处是镜子的迷宫里走上一遭。首先，人类这个概念，对于玛雅人并不重要。他们认为，人类只是居住在这个世界的众多主体之一，重要性不高。

第二点，这些原本"非人"的实体是不是需要通过人类才能"人格化"，答案也是否定的。"非人"实体不受人类束缚，并且也不会从与人类的联系中获得成为"人"的资格。

按照玛雅人的思维方式，真正的人类如何将自己和"非人"实体区别开来呢？他们认为，可以通过体验肉身的需求，还要对外与其他同类交往，在身体和精神的双重体验中，人类和"非人"实体才得以区别。如果挪到现代社会，这个问题就可以转化为人工智能与人类的区别，那么人类可以通过饥饿、倦怠和性这样明显的需求，以及信仰、祈祷和心甘情愿为感情付出的特点，从自我需求和对外交往两个维度，成为和人工智能迥然不同的实体。

此外，古代玛雅人也相信，"非人"实体可以进入人们的生活，也可以退出，它们还会对人类喋喋不休地说话，生命的活力这一点，它们也具备。

因此，世界在玛雅人眼中只怕是有点过于喧嚣了，所有的事物都在讲话，向人类发出友善或者不友善的信号，他们必须学会分辨这些"非人"实体的迹象。他们看到，斧子自己在得意地砍树，锅自己冒出热气，而一切都是因为它们具有人格化的特征。

当这个世界开始担忧人工智能是否会让人类社会发生剧变时，古代玛雅人早就在设法习惯这样的世界，边界是多元化的，生活没有必要固化。

第三部分

印加人
的故事

第一章
安第斯山最初的那些事

印加创世

在天地鸿蒙之时，有个叫空的神明从北方而来，他的身体极为柔软，如蛇一般在地面蜿蜒而行。他可以用意念移开巨石，甚至是山峦，因为他是太阳神的儿子，为所欲为是他在这个世界上的特权。

空有一张美洲豹的脸孔，也有四肢，但是他觉得自己的样子不够好看，所以他用泥土捏出四肢协调、身材健美的小人儿——人类，作为帮助神明统治世界的助手。空造出了男人和女人，还给了他们肥沃的土地。那些赤身裸体的男女喜欢吃水果，空就让水果的成熟期变短，只需几天果子就能从青涩变得成熟，咬下去香甜如蜜。

在空无条件的宠溺下，人类像顽皮的孩子一样对空索求无度，一会儿要在白天看到月亮，一会儿要骑在动物身上取乐，空都一一满足。慢慢地，人类开始不拿空当回事了，荒疏了对他的祭拜，也不去修葺空的神庙，终于人类惹恼了空，空决定让人类吃点苦头。

空用法力把沃土变成坚硬如铁的荒原，上面寸草不生，也停止了降水，人

印加人织物上的空

们要喝水的话，要去很远的小河里挑水。人类叫苦不迭，忙向空忏悔自己的过错。空勉强原谅了人类，但是他的怒气没有完全消除。他让山顶的雪水融化，从山上流到山下，形成新的河渠。在新的水源的浇灌下，坚硬的泥土软化，可以长出谷物，但是收成很少，并且要等很久才能收割，总之，人类如今的生活和之前轻松快活的日子相比有天壤之别。

但是，空的好日子也不长久。空的兄弟、太阳神的另一个儿子——帕查卡马克也来到了这个世界，他见空造出的世界不错，就对空的统治地位发起了挑战。在一番天地为之色变的打斗中，帕查卡马克打败了空，取得了世界的统治权。空不得已，带着他的两个孩子，一路跑到海边，他们一起穿过水面，消失在海上，从此无影无踪。

造人

留在世界上的帕查卡马克打量着自己的战利品，他对这个世界的景色基本还算满意，但是当他看到了空留下了人类，就觉得心烦。"空这个家伙，造出这帮赤身裸体不知羞耻的玩意儿，真不如没有。"于是帕查卡马克一挥手，用法力把空造的人都变成叽叽喳喳的猴子。而他自己，也学着空的样子造出了新人类。

帕查卡马克创造出来了一男一女，但是粗心的他没有给这对男女提供任何食物，男人很快就饿死了。女人不知帕查卡马克去了哪里，只好向他的父亲——太阳神印蒂祈求帮助，于是太阳神用光线使女人受孕，生下了一个孩子。帕查卡马克从远方回来了，他看到女人有了自己父亲的孩子，认为这是父亲对自己能力的蔑视，他感到愤怒，说："你就这么希望地面上留下你的野种吗？"他残忍杀死了孩子，把尸体切成碎块；又种下了孩子的牙齿，地上长出了金灿灿银晃晃的玉米；还种下了孩子的肋骨，长出了木薯和土豆；接下来埋葬血肉，结果地面发芽，长出了蔬菜和红彤彤的水果。

看到了帕查卡马克的暴行，太阳神印蒂很生气，他拿起了孩子残尸中的肚脐和阴茎，造出了自己最小的儿子——维拉科查。帕查卡马克生怕维拉科查的诞生威胁到自己在人间的统治地位，想再次杀死他，可惜，维拉科查已经被太阳

帕查卡马克

维拉科查

神转移到一个安全的地方去了。为了泄愤，帕查卡马克杀死了维拉科查的母亲，用她的尸体喂了山鹰。然后，帕查卡马克跑到一座高山的山顶上，静下心来，又创造了一对男女，看着这对赤条条的小人儿，帕查卡马克吸取教训，给了他俩一些吃的，又教导他们为这个世界繁衍后代。不过，他时常会想弟弟维拉科查到底被父亲藏到了哪里。

帕查卡马克手下的人越来越多，他们打猎种植，热热闹闹。

不过，在世界的南方，是另一幅景象。南方的中心是的的喀喀湖（位于今秘鲁和玻利维亚交界处），湖中心的岛上居住着非神非人的巨人，而他们的首领就是太阳神的第三个儿子，也就是空和帕查卡马克的弟弟——维拉科查。维拉科查和巨人在一起生活，每天负责帮助太阳升起。太阳每天都是从的的喀喀湖里升起来的，但是巨人因为不喜欢光亮，所以总是想把太阳淹在湖里，这让维拉科查很不高兴，他惩罚了巨人，将他们变成石头。没了巨人，维拉科查决定去找兄长帕查卡马克，为母亲报仇。

维拉科查卷土重来了，和帕查卡马克狠狠打了一架，把对方生生赶到了海里，从此陆地上的事都由维拉科查说了算。但是他和帕查卡马克一样，怎么看留下的人都不顺眼，于是他把这些人变成石头。万事皆有牺牲品。帕查卡马克造出来的人就这样一点一点凝固，最终成为没有生命的冷冰冰的石头，石头上还留着衣服上的花纹。维拉科查又有点后悔，他将这些有特殊花纹的人形石头称为华卡，也就是日后印加各个部落的圣物。该用什么样的生命去填充这个世界——维拉科查像他的兄长空和帕查卡马克一样，思考起这个问题。最后，他只好向父亲太阳神求助，请他帮忙造出另外一种人。印蒂送了他三颗蛋，分别是金蛋、银蛋和铜蛋。维拉科查敲碎了金蛋，蛋中钻出来一个贵族模样的男人，银蛋里钻出一个女人，铜蛋里钻出来一个平民，这三个人繁衍后代，建立了印加的基本社会结构。

第二章
印加王的诞生

水神的诞生

人类被创造出来之后，只维持了一段很短暂的和平时光，他们身上的好战本性逐渐暴露出来，就算掌握了耕种打猎的本事，还是喜欢抢夺别人的东西，部族之间不断打仗，趋炎附势，弱肉强食，世风日下。就在人间道德天平渐渐失衡的时候，五颗巨蛋悄悄出现在鹰山上，水神帕里亚卡卡打算用这个方式来到人间。

帕里亚卡卡还在蛋里，他却早早派遣他的儿子瓦塔亚库里来到了人间，当了一个普通的樵夫，瓦塔亚库里来到人间的使命是帮助父亲出世。虽然贵为神子，但瓦塔亚库里在人间不过是个一贫如洗的穷小子。他有个邻居叫坦塔纳姆卡，是个假萨满，整天说自己可以通神，假借神的旨意欺骗信众，以此敛财。但是由于人间风气败坏，坦塔纳姆卡反而很受欢迎，各个部落的人络绎不绝地登门拜访他，询问吉凶。

有一天，坦塔纳姆卡突然患了重病，起不来床了，也没有办法继续替人占卜吉凶，当地人对他的神力产生了怀疑，而他也召集了当地所有的医生来给自己看病，不过没人说得清他的病是怎么来的。

穷小子瓦塔亚库里从海上打鱼回来，困倦不堪的他歪在小丘边睡着了，他梦见一只狐狸在往小丘上爬，而另一只正好要下来，两只狐狸见面打了个招呼，说起了坦塔纳姆卡的病。从狐狸的话中瓦塔亚库里得知坦塔纳姆卡的妻子在烤玉米的时候被一颗七彩的玉米粒烫到了私处，于是她将这颗玉米粒拿给自己的情人吃，这种恶心的行为招来了神明的谴责，神让一条毒蛇盘踞在她家屋顶，让一只双头的癞蛤蟆藏在石磨下，是它们的毒气把坦塔纳姆卡给弄病了。

坦塔纳姆卡有两个女儿，大女儿已经嫁人，小女儿还待字闺中，于是瓦塔亚库里来到坦塔纳姆卡家说自己有能力治病，如果治好病，他要娶小女儿为妻。尽管对眼前的穷小子将信将疑，但怕死的坦塔纳姆卡放下了架子，同意了。但是大女婿却恼怒起来，说："这么一个穷小子凭什么可以和我比肩？"瓦塔亚库里没理他，直接转头对坦塔纳姆卡说："你的病是因为你妻子和别人通奸，招来了毒物，损害了你的身体，但是你应该向大家承认，你并非神明，否则不会像一个凡人一样生病。"话音刚落，坦塔纳姆卡的妻子叫起来："你是什么人，凭什么如此污蔑我？"瓦塔亚库里一声不吭，从屋顶找出了毒蛇，从石磨下找出了双头癞蛤蟆，坦塔纳姆卡的妻子泄了气，马上承认了自己的不忠。

坦塔纳姆卡病愈后，如约把小女儿嫁给了瓦塔亚库里。但是瓦塔亚库里心里还惦记着另外一件事，那就是自己还未出世的父亲。在结婚前，他赶到了鹰山，父亲帕里亚卡卡还在其中一颗巨蛋里。空气中有种气息微微流转，像是无数只蝴蝶在鼓动翅膀，这是以前从未有过的，瓦塔亚库里知道，父亲快要出世了。

坦塔纳姆卡家的麻烦事还没完。大女婿对这门亲事很是不满，他认为自己这样颇有身份的人不能和一个打鱼种地的穷小子结为连襟，他提出要和瓦塔亚库里进行各种比赛，好好羞辱瓦塔亚库里一番。瓦塔亚库里接受了挑战，他跑到山上和还未有人形的父亲讲述了这件事。帕里亚卡卡告诉儿子，不管什么比赛，只管应战便是，他自会暗中相助。

大女婿提出，第一个比赛是比舞蹈和美酒。大女婿笃定穷小子不通音律，也拿不出什么好酒。但是帕里亚卡卡告诉儿子，去对面的山上，变身成一只羊驼，倒地装死，清晨会有狐狸夫妇经过那里，狐狸太太手上会有一罐美味的玉米酒，狐狸先生则拿着笛子和小鼓，当它们看到他，会以为他是一只可以吃掉的羊驼，然后慢慢靠近他，当它们靠得足够近，他就用全身力气大喊，把它们吓得连东西都忘记拿，这样就可以得到乐器和酒。瓦塔亚库里照父亲说的做了。

到了比赛那一天，大女婿先开始跳舞，他带了两百个女舞伴，跳得十分热闹。轮到瓦塔亚库里，他掏出了笛子和小鼓，和妻子两个人一个吹笛子，一个打小鼓，边奏边起舞，优美的音色和曼妙的舞姿让大地都陶醉得微微颤动，第一轮舞蹈比赛瓦塔亚库里赢了。第二轮的美酒比赛，从狐狸太太那里得到的酒罐里倒出了不尽的美酒，可以供在场每一个宾客饮用，这一轮依然是瓦塔亚库里获胜。

不甘心的大女婿又提出比衣服，瓦塔亚库里穿着父亲给的雪衣压倒性获胜。大女婿接着说比赛戏狮，瓦塔亚库里在泉水旁寻到一头红色的狮子，他为这头狮子念诵歌谣，引得狮子和他一起起舞，当他们起舞的时候，天空出现了彩虹，这道彩虹便是瓦塔亚库里的神性化身。

大女婿接连受挫，被愤怒冲晕头脑的他还要接着比，他提出比赛盖房子，看谁能在一天时间里盖出又大又好的房子。大女婿雇用了许多工匠，在一天之内就盖出了一间像模像样的房子，而白天的时间，瓦塔亚库里一个人只打好了地基，大女婿认为自己这回稳操胜券。到了夜晚，瓦塔亚库里唤出了天上飞的、地上跑的所有的动物帮自己盖房子，到了天明，一栋漂亮的宅院就矗立在那里。瓦塔亚库里又赢了。

瓦塔亚库里对大女婿说："每次都是你来定比什么，这次轮到我来定了。"大女婿同意了。瓦塔亚库里提出比跳舞，大女婿和他的妻子就像往常那样跳起来，瓦塔亚库里突然念动咒语，将他们二人变成鹿。变成鹿的大女婿四蹄扬起，撒腿就跑，他的妻子跟在后面，瓦塔亚库里追上了他的妻子，将她的头按在地上，变成一块石头，而大女婿则跑上了山坡，不知踪影。从那个时候起，人们便开始猎鹿来吃。

这个时候，帕里亚卡卡和他的兄弟从鹰山上的五颗巨蛋中孵化出来了，他们变成五只隼，飞上天空，落地的时候化为人身。当得知这个世界上的人崇武尊富，甚至还有像坦塔纳姆卡这样冒充神明、欺世盗名的人时，几个神极为恼怒，他们化身为暴雨,将所有的房屋和牲畜都一股脑地卷进海里,只有少数品性纯良的人得以生还。

帕里亚卡卡为了惩罚世人,把原本肥沃的土地变成旱地,作物生长慢,人们即使付出艰苦的努力也收获寥寥。帕里亚卡卡掌握着水源,他不是个自律的神,他曾经在人类的村庄里游荡,要求和村子里最好看的姑娘交欢,如果被拒绝,他便切断这个村子的水源,如果对方应允,他就让不尽的水流入她的村庄,所以人类不是很喜欢他。

第一代印加王

维拉科查和帕里亚卡卡一样好色,他在人间游荡的时候碰到一位美丽的少女,叫卡薇拉卡,他被她迷住了,于是变成一个英俊的年轻人向她示爱。卡薇拉卡专心在树下纺线,根本不搭理他。维拉科查清清嗓子,用甜蜜的声音对女孩说:"你可晓得我是谁?我的伟力足以创造这个世界。"卡薇拉卡听了心下气恼,她把维拉科查当成了喜欢勒索人类的水神帕里亚卡卡,于是没好气地说:"不管你是谁,休想从我身上讨去什么便宜!"说完继续低头纺线。

维拉科查心生一计,他变成一只鸟,飞到她头顶的树上,把自己的精子放进一枚成熟的果子里,然后让果子正好落在女孩的面前。卡薇拉卡干了半天活,口也渴了,看到有果子,就吃掉了。

吃完果子几个月后,卡薇拉卡的肚子大起来了,九个月后,她生下了一个健康的男孩,但是她自己都不知道怀了谁的孩子。

当孩子满月的时候,卡薇拉卡把村子里的男人召集在一起,甚至还让萨满把死去的男人的灵魂也叫回村里,她问道:"是谁让我怀上了孩子,可否现身?"没人答话。卡薇拉卡问了三遍,都没有人回应。于是她说:"我把孩子放在地上,他向谁爬去,谁就是孩子的父亲。"这时,维拉科查穿着破破烂烂的衣服赶来了,他也没搭腔,而是混在人群中看热闹,孩子在地上爬来爬去,睁着圆溜溜的大眼睛在众人的脸上看来看去,然后他径直向维拉科查爬去。一看孩子的父亲是这样一个衣衫褴褛的人,卡薇拉卡大怒,她抱起孩子,向着大海的方向跑去,她

瓜亚纳易

曼科

如今的的喀喀湖畔的印第安人

一边跑一边喊："我宁可和孩子一起变成石头，也不愿意承认你是他的父亲。"维拉科查赶忙追赶，但是卡薇拉卡跑得太快了，他没能追上，于是他一路上到处问人和动物是否看到卡薇拉卡，如果动物给出了积极的回答，就能得到维拉科查的祝福。比如，秃鹫就对他说他一定能找到她和孩子，维拉科查就高兴地赐予秃鹫长寿和惊人的捕食能力；而豚鼠说了丧气的话，维拉科查就诅咒它生生世世为人类所食。

在寻找卡薇拉卡的路上，维拉科查意外地碰到了哥哥帕查卡马克的两个女儿，算是自己的侄女。他觉得二女也十分美貌，便动了歪心思。他夸赞大女儿比妹妹更美貌，性情更温柔，大女儿十分高兴，她不知道眼前的人是自己的叔叔，就愉快地接受了对方的赞美，打算和他在一起。小女儿则要警惕一些，对维拉科查爱搭不理，这反倒更激起了他的兴趣。在得到帕查卡马克的大女儿之后，他又开始追求小女儿，但这次他的嘴皮功夫没什么用，小女儿不吃他这一套，她听得不耐烦了，变成一只鸽子，飞走了。维拉科查一气之下，把她们母亲的鱼塘捣毁作为报复，让鱼儿游入大海，从那时起，海里才有了鱼。

维拉科查继续寻找卡薇拉卡和他的儿子，而这个女孩却在山顶，把儿子洗干净，亲吻他的脸颊，决定以儿子为祭品，向太阳神印蒂祈求帮助，惩罚维拉科查。她让儿子坐在干柴火堆上，正当她要点火的时候，天上降下一只雄鹰，当着卡薇拉卡的面把孩子叼走了。鹰飞到的的喀喀湖，湖里有许多用水草编织的浮岛，鹰把孩子放在其中一个小岛上，就飞走了。孩子只好一个人在岛上生活，他是维拉科查的儿子，所以生而知之，以水草为食，与飞鹰和鱼为伴，很快就过了22年。

在22岁的时候，他对岛上孤孤单单的生活感到了厌倦，便用草做了一叶扁舟，离开了小岛，到了的的喀喀湖畔。看到周围群山叠嶂，他感到十分新奇，但是好心情没有维持太久，就来了一伙强盗，把他绑走了，卖给附近的部落当祭品。

在运送的路上，男孩和强盗学会了说话，他还给自己起了一个名字——瓜亚纳易，意思是鹰之子。强盗把瓜亚纳易带到一个大部落里，交给了酋长，酋长看他身材魁梧，相貌堂堂，决定在最重要的祭典上杀他献祭，所以先把他关在牢房里。

因为瓜亚纳易的皮肤比当地人要白皙，头发是卷曲的，说起话来比鸟儿还要动听,来牢房参观的人每天络绎不绝,最后,连酋长的女儿茜卡尔都忍不住来瞧这位英俊的俘虏。见到彬彬有礼的外乡人,茜卡尔动心了,她决定把这个男人从死亡的边缘拯救出来,并且终身陪伴他。

茜卡尔找了机会,避开看守,和瓜亚纳易说了自己的计划。她说,只要他愿意,她愿意冒着生命的危险来救他,但是有个条件,那就是他无论走到哪里,必须把她带在身边。瓜亚纳易被姑娘的深情打动了,答应了她。

茜卡尔出了牢房,假传了父亲的旨意,说,为了祭典的庄严,献祭的俘虏必须手持斧头,于是瓜亚纳易顺利得到了一把斧头。当天晚上,茜卡尔偷偷把牢房打开,被惊醒的看守想阻拦他们,但是瓜亚纳易用斧子砍死了看守,带着茜卡尔逃了出去。

他俩在星星天神的指引下,逃到了的的喀喀湖,瓜亚纳易很快用水草编织出了一条小船,带着茜卡尔来到满是浮岛的湖心。瓜亚纳易很满意,因为他回到了他熟悉的小岛,他和茜卡尔结了婚,教会妻子如何在岛上生活,太阳神印蒂赐给他们一棵可以渗出甜水的大树,让他们和孩子可以生活下去。

瓜亚纳易和茜卡尔生了好多孩子,他们把孩子安置在不同的岛屿上,他们也并非不和外界接触,他们捕鱼,和岸上的人换取织物和粮食,当瓜亚纳易快要死的时候,他指定最爱笑的儿子阿塔乌继承自己的家长位置。阿塔乌是个活泼和善的人,他娶了一个岸上的女人,女人很快怀孕,当她快要临盆的时候,湖上忽然起了风暴,所有的浮岛都开始摇晃,人们不禁抱怨说:"这是什么神人诞生了,难道他不愿意在岛上生活吗?"

待到婴儿呱呱坠地,风暴就停息了,太阳从乌云后面冒出了头,雨过天晴,人们又开始赞美这个刚出生的孩子:"真是福星,能止住风暴。"阿塔乌给儿子起名曼科,意思是独一无二。

小曼科长到七岁,小伙伴都不愿意和他玩耍,因为总有一只巨大的鹰跟着他、保护他。曼科去问父亲,父亲回答他说:"你的祖父被一只鹰带到了岛上,又乘着小船到岸上的世界找到了自己的妻子,也许你是要带领大家离开岛屿回到岸上的人。"

曼科长大后，父亲阿塔乌过世，他成为众多岛屿的大家长，这时，浮岛已经无法供更多人生活了。曼科召集大家，说他愿意带领大家离开这里，但是如果有人想留下来，他也不勉强。就这样，曼科带着200人，包括自己的兄弟乌丘和妹妹奥克洛，乘坐小船来到了岸上。在岸边过的第一个夜晚，曼科做了一个梦，他梦见太阳神印蒂对自己说："曼科，你是我的后代，注定统治大地上的一切，我赐给你一根比胳膊短、有两个指头粗的金棍。"在梦中，曼科接过金棍，不解地问："这根棍子是做什么用的？"太阳神印蒂回答："当你们停下来吃饭或者睡觉的时候，你就把棍子插在泥土里，如果它完全陷入土中，就表示此地肥沃，你要带着部众居住在那里。"

曼科醒来，发现金棍就在身边，知道梦中一切属实，便向周围的人说了此事。听后，人人欢喜，除了一个心胸狭窄的家伙——卡其。卡其是个冷酷的家伙，还是个投掷石块的高手，他每到一个地方，都会和当地居民发生冲突，总是要杀死几个人，给这支迁徙的队伍惹来不必要的麻烦。卡其很嫉妒曼科，便对曼科阴阳怪气。他还经常用石斧劈开大山，弄得碎石和尘土飞扬，以此来示威。对于总是斜眼看自己的卡其，曼科起初百般忍耐，但是过了一段时间，队伍里其他人也怨声载道，希望曼科能清理卡其。可是卡其神勇，没人是他的对手，后来曼科想了一个好办法。

曼科先是叫卡其过来，神神秘秘地告诉他，神赐的金棍落在了前一日留宿的山洞里，请他去取回来。卡其有私心，觉得倘若自己拿到金棍，那首领的位置属于谁可就不一定了。于是他很痛快地答应去取金棍。

有两个人陪同卡其一起去，但是卡其不把这两个人放在眼里，毕竟没人打得过自己。到了山洞，卡其主动要求进洞取物，二人守在洞口。就在卡其进洞后，二人遵照曼科的指示，找来了石块和木头堵住了洞口，让卡其出不来。卡其在漆黑的山洞里找了半天，也没摸到金棍，返回的时候又看到洞口被堵，心知上当，于是挥舞石斧，想要劈开大山好出去，但是当他将洞顶劈开后，山体塌陷下来，轰的一声将他埋在了下面。洞口的两个人看到一切如曼科所料，心中敬服，随后转身离开。而这个地方也被后世印加人奉为圣地，告诫自己要尊重印加王，不可造次。

印加太阳神印蒂

国土属于太阳神

曼科带着部众继续前行，究竟哪里是神赐之地，大家都很茫然。队伍中难免有人抱怨，甚至对曼科的能力产生了怀疑。经过漫长的迁徙，他们爬上了山顶，第一次俯视库斯科河谷。在山顶，曼科无意中将金棍立在地上，结果土地就像有吸力一般，将金棍吸了进去，整根金棍消失在地里，而这时，天空出现了一道彩虹。人们情不自禁欢呼起来，原来这里就是他们应该建立家园的地方。曼科的兄弟乌丘在彩虹下长出了翅膀，飞上了天空，他有幸见到了太阳神印蒂。印蒂浑身金色，脸庞浑圆，有狭长美丽的眼睛，乌丘几乎不能睁开眼。印蒂告诉他，他的兄长曼科是自己在人间的代言人，他们将在库斯科成就伟业。

乌丘飞回地面，将神谕带给人们，人们纷纷拜倒，高呼万岁。而乌丘则倒在一边，变成一块纺锤形状的石头。这块石头也成了印加贵族的圣物，贵族少年在成年礼上都要向它叩拜。

但是这时库斯科城被酋长阿尔卡维卡及其部众所占，曼科的妹妹奥克洛想了一个办法，她杀死了一个附近村落的村民，把尸体剖开，取出内脏，把热乎乎血淋淋的肝脏叼在嘴里，就大摇大摆地走进库斯科城。城里的居民见了，人人惊惧，不知她是何方神圣。人群里突然有人喊道："莫不是丛林里那些食人族来了？"人群就像回过神来一样，纷纷逃出城去。留下的人也是越思越怕，没几天，也都跑光了，只剩下了阿尔卡维卡光杆一人。曼科带领部众拜见了这位酋长，他走到阿尔卡维卡面前，用威严而浑圆的声音告诉他，太阳神愿意将库斯科赐予自己的代言人成为龙兴之地，这是神的旨意，不得违拗，而阿尔卡维卡也只得拜倒，表示愿意。

曼科建立了自己的国度，他总是对子民说，自己是太阳神的后代，代表太阳统治人间，他所制定的法规都是太阳神的意志，不得违拗。因为太阳神叫印蒂，所以人们称曼科为印加，这就是印加名字的由来。

第三章
印加王的故事

距离西班牙人到来 100 多年前，安第斯山还是各个部落势均力敌的时代，错综复杂的安第斯神明体系里有无数掌管自然界的神，这些神有各自的领地，每个部落都供奉着自己的神。印加部落和其他民族一样，他们信奉造物主维拉科查，并为这个神加了许多头衔来歌颂他的存在，称他为"世界的指挥者""万神之王"。

印加部落一直不算强大，不过是在各部落的夹缝中勉强生存而已，但是维拉科查子孙的命运出现了转折。这个转折要从一位不受宠的王子说起。

王子名叫帕查库提，他不是父亲心目中属意的继承人，母系力量也很弱，所以一直游离在权贵之间的钩心斗角之外，但是他是个有抱负的年轻人，在安第斯灼热的日光下，看着山鹰在半空盘旋，帕查库提默默认定自己便是上天选中的那个人。他将统一安第斯，建立一个伟大的帝国，让山鹰飞旋的地方都变成自己的领土。他记得小时候乳母给自己讲的故事，天地万物都有神明操控，太阳神印蒂是宇宙中最大的神，印加人是他的子民，他派遣使者教会印加男人种植，教会印加女人纺织。

帕查库提的父亲怀拉科查是个固执但怕死的男人，他早早就指定了继承人，好让野心勃勃的帕查库提趁早死了心。在一次羌卡人对库斯科的进攻中，怀拉科

库斯科印加太阳神庙 　　　　　　　　印加都城库斯科

印加梯田

神兽羊驼

现代复刻太阳神祭祀仪式

印加人防御工事

查决定放弃库斯科，带着继承人逃到深山中去保存实力。而帕查库提决定拿起武器，保卫印加人的圣地库斯科，他带领留守的男子与崇拜蛇的羌卡人接连进行了数场血战，据说打得风云变色，连城外的石头都参加了战斗，羌卡人节节败退，库斯科保住了，帕查库提王子赢得了印加战士们的崇敬。一心想得到父亲认可的帕查库提把羌卡俘虏带给父亲，让父亲在他们身上擦脚——这是印加人胜利的仪式。但是他的父亲拒绝了，可能是觉得儿子的大获全胜反衬出了他的无能。他高傲地拒绝了儿子的献礼，说这是属于下一代印加王的荣耀，要由他指定即位的王子来完成。帕查库提十分生气，说他的兄弟跟娘儿们一样，怎么能完成践踏俘虏这么重要的事情。怀拉科查很生气，想杀了这个烦人的儿子，帕查库提只好决定和父亲一战。

有这样一个传说讲述了帕查库提是如何下定决心的，说的是帕查库提在山路上，被小溪中发出的一道光吸引，走过去发现溪水中有一块晶莹剔透的水晶石，石头里居然有一个小人。小人从石头里走出来，装扮如同印加的贵族，戴着黄金大耳环，额头系着红色的头巾，但是他明显并非人类，因为他的胳膊上缠绕着吐着信子的毒蛇，肩膀和两腿之间有美洲狮的头。帕查库提王子吓坏了，拔腿想跑，但小人叫住了他，让他不要害怕，说自己就是造物主维拉科查。维拉科查向他透露，他不仅会成为印加之王，还会是众国之王，他的军队将征服许多土地。维拉科查称自己会保佑印加的军队战胜一切强敌，但作为回报，印加人必须敬奉他为保护神并时常献祭。维拉科查把藏身的水晶石送给了帕查库提王子。若干年后，帕查库提从水晶石里看到了自己要征服的土地。

得到神佑的帕查库提下定了决心，兵谏了自己的父亲，成为备受争议的新印加王。在即位仪式上，帕查库提看到了贵族们不屑的眼神，他们和自己一样，有长长的耳垂。印加贵族的身份不仅体现在华贵的衣饰上，而且从脸上也一望可知，他们的耳垂被沉沉的黄金大耳环坠得很长。这种耳垂是贵族特有的，在一年一度的卡帕克节上，12岁到15岁的印加贵族少年举行成年礼，他们将接受一系列的考验，残酷的考验后是神圣的穿耳仪式，他们的耳垂将被金针刺穿，然后插入一枚金色的耳环，随着年龄的增长，越来越多的功勋让耳环越来越大、越来越沉。帕查库提明白，统治印加，还要在未来开疆拓土，仅作为长耳者是不够的。

帕查库提宣布自己是太阳神印蒂之子，受到造物主维拉科查的庇佑，代表光照万物的太阳统治人间。后来他如同罗马人一样用军纪严明的队伍征服了许多部落，废除了不少他们主神的节日，取而代之的是专门纪念太阳神的节日。

为了向太阳神献祭，印加人每天都献上数不清的豚鼠和羊驼，在重要的节日或者胜利庆典也用活人来祭祀，15岁以下健壮的少年是最理想的祭品。在祭祀的时候，少年们可以先饱餐一顿，喝上一壶美酒，醉倒后被带到太阳神庙割喉。

这一切都是印加王帕查库提推动的结果，他缔造了印加帝国的中兴和强大，但是对他个人而言，他对自己天上的父亲印蒂的态度和他对自己人间的父亲一样，并不十分认可，一方面他如此公开努力让人们相信太阳神是无所不能的，但是私下里他却对自己身边的人表示，太阳并不是万能的，否则他怎么会允许卑贱的乌云挡住自己的光芒，所以至高的神明依然是维拉科查。

与此同时，在库斯科，修建太阳神庙的浩大工程在帕查库提的监督下一刻不停，印蒂的地位得到充分的体现。这座宗教建筑称为"科里坎查"，但是大家都叫它"黄金屋"。巨大的石块经过磨合，隼接在一起，上面镶嵌着密密麻麻的宝石，以至于石头原本的颜色已经看不出来了，两个手掌宽的黄金带环绕着整个神庙，门廊和门框镶嵌上金板，神庙的花园里没有活生生的植物，只有黄金制作的惟妙惟肖的玉米和土豆，有叶有秆有花有穗，连泥土都是金块。这些只是陪衬，最主要的是以庙宇为中心向四周呈辐射状修建的六间礼拜室，第一间便属于太阳神印蒂，墙壁上全是黄金板，礼拜室的内墙上悬挂着金制日盘，上面镶嵌的金丝代表太阳的光芒和火苗，它摆放的位置正好可以被初升的太阳照射到。每天清晨，祭司们怀着敬畏之心看到印蒂礼拜室内发出耀人夺目的金光。

祭司们有男有女，他们享受了印加民众上缴给神明的税收，几千名祭司在太阳神庙工作，大祭司通常是印加王的亲兄弟。祭司们每天要宰杀一头白色的羊驼献给太阳神印蒂，一头棕色的野兽给造物主维拉科查，还会顺手照顾一下庙中供奉的其他神明，这些神明来自印加王征服的土地，如果这些土地上的人顺从印加帝国，那么他们的神尚可获得礼遇，如果有一丝造反的苗头，神像马上会被拖

印加信使

战争在印加人的陶器中是常见的绘制主题

印加武士和妇女

坐轿的印加王

出神庙，当众加以鞭笞羞辱。

女祭司数量也不少，住在另一座神庙，她们的选拔和培养从 10 岁左右开始，只有出身高贵的女孩才有机会获得这种"选女"的身份。被选中后，她们要跟随年老的选女学习主持宗教仪式、纺织、印染、酿酒，三年出师后，她们要参加太阳庆典，在那里印加君主和贵族将从她们中挑选自己中意的女人，留在身边，而剩下的则打发回去，宣布她们为"太阳贞女"，即嫁给印蒂的女人。这些女孩必须忠于自己的太阳神丈夫，如果发现她们与世俗男子有不恰当的情感，就会被活埋。到了献祭之时，这些女性的命运会更为悲惨，因为按照惯例，人祭所用的女性也是从太阳贞女中挑选。

第四章
印加灭亡

秘鲁的印加人是南美印第安人发展最兴旺的一支,印加人以迷信著称,对自然界的各种信号所代表的吉凶深信不疑,认为都是上天传递下来的警示。大约1512年的时候,第12代印加王瓦伊纳在库斯科中心广场上率领群臣祭祀太阳神的时候发生了一件怪事,在众目睽睽之下,一只天上飞的安第斯山鹰被五六只游隼追着啄,山鹰不敌,从空中掉下来,正好掉在了印加王和群臣之间,就这样摔死了。山鹰是印加帝国的象征之一,这个信号无疑是个凶兆,臣子们议论纷纷,都说只怕不久的将来帝国将会迎来流血和内战,而此事发生在太阳神祭典上,意味着印加帝国国祚不保,太阳神的信仰也会被某种强大力量所摧毁。

其实,在山鹰事件之前,印加帝国就发生了不少奇怪的事情,大大小小的地震不断,树木成片死亡,在海边的印加人还发现,涨潮次数明显增多,更为骇人的是,月亮周围多了三道圆环,第一道是血液一样的红色,第二道是黑绿色,第三道如同烟雾,有点看不清。印加王瓦伊纳找来占卜师解释天象,占卜师流着泪说,这是上天示警,印加帝国要亡了。他解释说,第一道红色的圆环昭示着战争和鲜血,当这一代印加王去太阳神那里安息后,他的儿子将同室操戈,血流成河。第二道黑绿色的圆环意味着在内战之后帝国灭亡,土地落入外族之手。

印加武士

不同装扮的印加武士

印加武士抵御西班牙入侵者

第三道烟雾一般的圆环预示着现在强大的帝国、对太阳神的信仰、辉煌的神庙，这一切都将化成烟雾，直至消失。瓦伊纳听了，暗暗心惊，但是他还是装作不在乎的样子对占卜师说："你觉得太阳神会这样惩罚自己的子孙吗？"

时间过了三四年，也没发生什么事，大家对亡国之说也渐渐遗忘。印加人解释说大概是太阳神又变了主意，之前的天象不过是警告罢了。但是，印加帝国内部派系林立，之前山鹰死在太阳神祭典上的事情又被翻出来了，瓦伊纳还听说有一伙白人鬼鬼祟祟在海边活动，他为这些消息心烦意乱。

一天，瓦伊纳去湖里洗澡，没想到着凉了，很快开始发烧，这时候天空出现了绿莹莹的彗星，不祥的天象又来了，这些凶兆让占卜师和祭司们十分惊恐，只怕印加帝国在劫难逃。瓦伊纳听到各种流言，又急又气，一病不起，弥留之际，他对身边的儿子们说："很久以前有一个预言，说的是印加帝国13代而亡。我们的国土上会出现一些从未见过的人，取代我们去统治这片土地。这些年上天示警不断，我想他们可能已经来了，既然是天命，就不要违抗，顺从他们吧，避免流更多的血。"他身边的儿子们中就包括后来通过内战上台的第13代印加王阿塔瓦尔帕。

瓦伊纳死后，印加帝国果然陷入了内战，瓦伊纳和基多部落公主所生的阿塔瓦尔帕打败了自己同父异母的兄弟瓦斯卡尔。瓦斯卡尔之前已经清洗了一批印加贵族，而阿塔瓦尔帕作为外来公主所生的王子本身在库斯科没有根基，更是大肆屠杀，清扫政敌，印加帝国由此元气大伤。后来的故事被史书撰写过多遍，阿塔瓦尔帕中了皮萨罗的圈套被俘，如约缴纳金银赎金后被杀，一小支西班牙队伍就这样控制了整个庞大的帝国。

西班牙人能如此长驱直入有一个重要的原因是，他们身上携带了天花等来自欧洲的病毒，让印第安人陷入了死亡的旋涡。病毒比西班牙的火器更可怕，印第安人成批死去。其实在阿塔瓦尔帕被杀之前，在沿海活动的西班牙人已经把天花病毒带到了这片土地上，据说第12代印加王瓦伊纳和他最开始指定的继承人都死于天花。这种病毒在美洲大陆上从未出现，所以印第安人身上没有任何抗体，染上了唯有死路一条。

印加帝国陷入了凄惨的境地，成百上千的印第安人同时死去，田地荒芜，尸体在棚屋里堆积成山，没有人种地了，牲畜也无人照管，大家纷纷逃离疫区，但是到了荒野，他们又被饥饿折磨，直到活活被饿死。天花、伤寒、感冒、麻疹、白喉夺去近 90% 的印加帝国核心区的人的生命。印加人彻底慌了，他们认为宇宙的秩序被白人破坏了，印加王是太阳神的儿子，他的被杀造成了天塌地陷的结果，世界末日就要来了。很多人不想被动等待末日的降临，他们认为应该推动末日尽早到来，这样宇宙才可以重生，印加秩序才能重新建立。

第五章
迷失在历史与现实的印加帝国

找到了

1911年7月,南美秘鲁,35岁的美国探险家海勒姆·宾厄姆和当地向导沿着安第斯山脉东麓的一个陡坡,穿行于一片湿漉漉的森林。冬天多雾,他们什么也看不清,深一脚,浅一脚,费力前行。还有一个秘鲁军人,名叫卡拉斯科的中士也紧紧相随,他们要找的是一处传说中的遗迹。

相传,在前方的山峰之上,某个高耸入云的地方隐藏着一处古老的印加遗迹。但是,就连宾厄姆这个异乡人也知道,在这片秘鲁东南部的丛林中,关于印加遗迹的传言就像金刚鹦鹉一样满天飞。所以他非常肯定,自己要找的古城一定不在这里。他连今天的午饭都没带,就打算随便看看。

美洲最伟大的遗迹之一,在几个小时后,就由这几个被闷热而潮湿的旅行折磨得如同苦行僧的考古队发现了。

宾厄姆不会讲当地土语,他用不太熟练的西班牙语和中士交流,中士再把内容翻译成印第安语言克丘亚语给向导。宾厄姆时不时听到他们之间说起"马丘"这个词,一会又成了"比丘",然后这两个词连在一起成了"马丘比丘"。他们

马丘比丘

从山腰转过来的时候，当地人紧紧抓住了宾厄姆的胳膊，指着前方一个巨大的山峦说着"马丘比丘"。"古老的山峰，"卡拉斯科中士翻译道。

当地人说："你们要找的遗迹，就在云端上的马丘比丘。"

马丘比丘，被称为"失落之城"，是南美洲最伟大的原生文明——印加文明的见证。它曾在15世纪随着西班牙人的入侵而成为印加王族最后的栖息地，后来，它又在一夜之间神秘地成为空城，销声匿迹400年从未被西班牙人找到，直至1911年被发现后震惊世界。

马丘比丘是一座贵族的行宫，曾经也是印加王族的避难所。它最初的功能，据历史学家的推断，是神庙和贵族学校。在西班牙人到来之前，素有"安第斯山的亚历山大大帝"之称的印加王帕查库蒂建造它是为了在接近太阳的高山之上，通过一些仪式，与太阳神对话。

马丘比丘坐落在高山之巅，时常被山雾遮蔽。倏忽来去的云雾穿行其中，因此，当地人说，每到夜晚，会有印加魂魄从地面升起，带走活人。为了保平安，当地人在睡觉的时候经常会藏一面小镜子或者闪亮亮的金属片在身下。

因为，印加帝国的覆灭，的确无法令印加人甘心。

黄金国的悲剧

在距离马丘比丘130公里的地方，是印加人庞大帝国的中心点——首都库斯科。印加人将那个位置形象地比喻为"肚脐"。

庞大印加帝国的毁灭与黄金不无关系，而一切关于黄金的喧嚣是从16世纪初西班牙人在巴拿马的一次探险开始的。

航海家兼征服者瓦斯科·努涅斯·德·巴尔沃斯（Vasco Núñez de Balboa）那时正带着人在巴拿马地峡进行第一次探险，很多年以后来看，这是人类一次伟大的开拓，但是当时这些西班牙人心中并没有什么崇高的使命感，他们在经过当地科马格垒人（Comagre）部落的时候随手抓了几个印第安人当奴隶使唤，在部落里他们还发现一些镶嵌宝石的粗糙金器，并理所当然地以武力据为己有。巴尔沃斯几个手下分赃不均，打了起来。

这时候，部落长老的儿子潘奇亚多（Panquiaco）面对这些外来的强盗，忍无可忍，从屋子里跑出来说了一句："你们这些不知从哪里来的白人毁坏我们的金器，把镶嵌完好的宝石抠出来装进自己的口袋，请远离我们的土地，去别的地方找金子吧，我保证你们可以找到更多金子。"

西班牙人听到了金子一词，立刻停止了打斗，赶忙问这个"别的地方"在哪里，距离远不远。潘奇亚多说那个地方叫图玛纳玛（Tumanama），距离本地有六天路程的距离，要翻过山，乘船划过一片不大的海域就可以抵达。没有人知道潘奇亚多当时是不是为了免灾而胡乱指路，但是在他的指引下，西班牙人的确发现了从未见过的新海域，欧洲人所书写的世界史认定这片海是巴尔沃斯这伙西班牙人发现的，但是此人并不知道这个发现有多伟大，被金子搞得晕头转向的他在1513年匆匆忙忙给了这个海一个名字——南方海。后来，这片大得超乎想象的海有了一个新名字——太平洋。1519年，巴拿马城在太平洋海岸线上建立，三年后，西班牙冒险家帕斯卡·德·安达科亚（Pascual de Andagoya）以此为据点朝着巴拿马东南方向开始了旅程，直到圣米盖尔海湾，那里的印第安人对西班牙人说，在每个满月的夜晚都有武士乘着独木舟来侵略他们，这些人来自海湾的另一头一个叫秘鲁的地方。安达科亚和他的人沿着南美的海岸线开始了探险，他们想得到的依然是金子，在圣胡安河流域，他们第一次听到了印加帝国的名字，据说那里崇拜太阳神，黄金遍地。

印加帝国的名声在西班牙冒险家的朋友圈里迅速扩散，通过对传闻的比较，他们认为种种印第安传说中的黄金国就是这个伟大的王国，贪念一起，势如燎原，1524年三个贪婪成性的冒险家带着一伙亡命之徒开始了对黄金国的寻找，他们分别是弗朗西斯科·皮萨罗（Francisco Pizarro）、迭戈·德·阿玛格罗（Diego de Almagro）以及埃尔南多·德·鲁克（Hernando de Luque）。他们起初不敢深入内陆，只沿着南美的海岸线寻找，一无所获，在和当地印第安人的战斗中，阿玛格罗还丢了一只眼睛，自觉晦气的他经常把"这桩买卖让我少了一只眼"这句话挂在嘴边，其实心中已生退意。艰苦而没有方向的找寻以及不时的战斗让这支探险队筋疲力尽。

欧洲人幻想中的黄金国

寻找黄金国的西班牙人

在公鸡岛上，三个征服者只剩下了弗朗西斯科·皮萨罗，他和80多个士兵在岛上等着返回巴拿马的人带回新的军资，但是他们也不知道回去的人是不是还会回来，所以等得很绝望。很多士兵心里有气，他们也想回去，在烈日下绝望情绪发酵，近乎酿成哗变，内乱一触即发，队伍快要土崩瓦解。

此时，弗朗西斯科·皮萨罗拔出剑来，在沙子上画了一道线，把剑向南一指，说："愿意去秘鲁发财的跟我走。"他又把剑向北一挥："愿意回巴拿马受穷的留下来。"响应者寥寥，只有13个胆子大的人愿意跟随弗朗西斯科·皮萨罗南下，他们后来被称为"公鸡岛十三士"。他们创造了历史，也犯下了骇人的罪行。

在1528年，探险队终于来到了如今秘鲁的图贝斯（Túmbez），在那里看到了印加帝国财富的冰山一角，而庞大的印加帝国在此前已经显露出崩塌前的裂痕，不祥的天象举国议论，两位王子间的夺嫡之战让印加皇室元气大伤，而一则据说是不久前死去的印加王瓦伊纳临终透露的预言更是让近臣骇然，预言说，印加国，十三世而亡，而印加王阿塔瓦尔帕正是第13代印加王。

历史上最大的绑票

在西班牙人到来的时候，印加王统治着美洲最庞大的帝国，这个帝国惊人地跨越32个纬度，从亚马孙雨林到南部的沙漠，印加人把南美洲西部的各个民族聚合起来，用庞大的道路网络和结绳密语来统治这个西半球最大的国度。印加人如此崇拜太阳，他们认为黄金是太阳的汗水，从而把金色和太阳联系在一起，而西班牙人则把太阳和大量的黄金联系在了一起。于是就有了之后的悲剧，西班牙人认为印加帝国藏有大量的黄金，而印加人无法理解白人对黄澄澄的金属块的执念和由此而产生的恶念，在他们看来，黄金不过是一种适合表达太阳神威的金属而已，因为它足够柔软，适于锻造。

1532年，印加王阿塔瓦尔帕（Atahualpa）听说有一伙白人抵达了太平洋海岸，探子回报说他们看起来有些狼狈，不像十分强壮的样子，200人的印加军队足以杀光他们。这群白人就是皮萨罗他们，不过已经不止当年的13人。皮萨罗曾回到西班牙，得到了西班牙国王的支持，但是他的人数量也不过不到200人，他就用这点人征服了南美最大的,也是被认为最骁勇善战的帝国,很多印加人认为这是一种命数。当时印加王阿塔瓦尔帕并没有下令伏击西班牙人,而是任由他们带着武器,长驱直入,这是一个历史的谜团,有印加祭司认为,虽然印加帝国一直崇拜太阳神,但历任印加王对太阳神的态度都不够虔诚,终将惹来灭顶之灾。

皮萨罗一路杀来,要求和印加王见面。阿塔瓦尔帕在卡哈玛卡(Cajamarca)城的营帐中见他。皮萨罗依仗火器,在一场恶战之后,俘虏了印加王。

当印加王阿塔瓦尔帕看到皮萨罗的手下对着那些从自己的营地抢来的金质杯盘大呼小叫、惊奇不已的样子时,他得出了一个简单的结论:这就是一伙盗贼,他们不打算征服自己的帝国,甚至不打算待多长时间。他认为,这些人一旦能获得他们装得下、运得走的全部财物,肯定就会带着所有的战利品离开。

西班牙人的行为还让阿塔瓦尔帕联想到了之前被印加人征服的东部蛮族。这些生活在光都无法透入的丛林深处的野蛮人,没见过世面,对印加人制造的任何东西都会流露出痴痴的表情。因此,阿塔瓦尔帕心里想的是,这些人虽然有奇特的坐骑以及威力巨大的武器,但是从本质上来说就是野蛮人。那么如何让他们尽快离开以便让自己重获自由呢?

他想到了一个简便的办法。和我们常说的"能用钱解决的事都不是大事",完全一样。

于是,阿塔瓦尔帕示意一个翻译和皮萨罗随他一起到太阳神庙中的一间屋子里去。他对皮萨罗说,他愿意用金子和银子来换取自由。

皮萨罗欣喜若狂,问多长时间可以将金银带来。阿塔瓦尔帕说,如果要从他的帝国一端送信到另一端,信使们接力,从日出跑到日落,一刻不停,也要花将近二十天才能到达,往返则要四十天。

皮萨罗至此才第一次意识到,自己手上的俘虏不是什么普通的酋长,而是一个统治着庞大帝国的君主。

他提高了筹码,要求印加人在两个月的时间里用金锭填满一间屋子,用银锭填满两间屋子,高度至少要一人高。

为了救印加王,在接下来的几个星期里印加人将数百件金银器皿带到卡哈

阿塔瓦尔帕

玛卡。为了尽快看到黄金国，一伙西班牙人奉皮萨罗之命到了印加都城库斯科。

在那里，一看到周身被金板覆盖的太阳神庙以及其他建筑的黄金外墙，他们就如同疯了一般用工具将金板撬起来，昼夜不停地在库斯科抢掠。除了黄金以外，他们把不少镶满半宝石的银像也装到了自己的褡裢里。

面对野蛮的西班牙人，印加祭司们吓坏了，他们认为对方的下一个目标就是印加帝国的镇国之宝羊驼，于是决定将最健壮的羊驼赶到离库斯科远一点的地方去，远离这些贪婪的外国人之手。祭司们悄悄地把神庙周围饲养的美洲驼赶到了一个秘密的山谷里，当神圣的美洲驼队离开库斯科，印加帝国的光芒也随之黯淡下来，等待他们的是漫漫的长夜、死亡和鲜血。

印加人如期凑齐了赎金，却进一步激起了西班牙人的贪欲。金银日夜冶炼，最终炼出了6吨黄金和12吨白银，也有一些珍宝免于炼火，比如，一个四岁小孩一般高的纯金神像就被直接带走，作为战利品献给西班牙国王。印加王阿塔瓦尔帕履行了诺言，也迎来了自己的死期。

据西班牙人记载，印加王阿塔瓦尔帕被带到卡哈玛卡城的中心空地上，四周的西班牙士兵把守森严，他们把他绑在木桩子上，身下堆满了柴火。当行刑人举起了松明火把的时候，一看自己将被烧死，阿塔瓦尔帕十分恐慌，因为根据印加的宗教，他的尸身如果不进行防腐处理成为木乃伊，就不能在死后进入另一个世界复活，于是他问身边的神父能不能马上受洗成为天主教徒，以此避免火噬。于是他受洗了，并被处绞刑，随后他的头颅被砍下来示众。

这则故事被后世认为是西班牙人在抹黑印加王，诋毁他的意志，以此来瓦解这个以印加王为精神信仰的国度。印加人都说，印加王是太阳神的儿子，在阿塔瓦尔帕头颅被砍下来的一瞬间，天地震动，印加人和太阳的纽带就此割断。

皮萨罗的异母兄弟埃尔南多·皮萨罗带人洗劫了印加人另一重要神庙帕查卡马克（Pachacamac）神庙，结果令他十分失望，据说祭司们提前得到了消息，将金银器转移了。

在库斯科攫取的金板让西班牙人如获至宝，消息传到了欧洲，美洲神秘财富的说法看起来终于成真了。印加王死去，帝国处于分裂中，尽管西班牙人占领了库斯科，扶植了傀儡国王，但印加人断断续续的反抗一直持续了40多年。为了削弱本土力量，西班牙人逼迫印加人向东部内陆迁徙。

西班牙人在印加国土上进行了数次扫荡，试图寻找新的财宝，因为除了库斯科的金板，他们再没发现和黄金国之说有关的线索。

关于黄金国的那些后续传说

在征服印加帝国后，一直嘀咕印加没有得到想象中那么多黄金的西班牙人又得到了一个传说——真正的黄金国不在印加，而在印加以北的地方。不满西班牙人入侵的印第安人也乐于讲述各种真真假假的关于黄金国的传说，让他们燃起希望，去寻找也许根本就不存在的地方。

几个世纪以来，幻想中的黄金国让无数冒险家把命葬送在南美大陆。印第安人总是这么说，有个极为富有的民族，生活在丛林中的某处，走对路的话几天就能到达，或者翻过山就能看到。他们神神秘秘地说起丛林里的某座神庙，里面有通往黄金国的入口，也有人说，黄金国其实是个巨大的城市，里面的房屋庙宇异常轩敞，都是金子做的。

时间长了，西班牙人分辨出这些传说有的纯属胡编，但是也有一些传说，听上去比较可信。据说，在印加帝国更北的地方，有个黄金国，里面的酋长在祭祀时浑身涂满金粉，乘小舟到圣湖中心，向湖里扔很多黄金做的祭品，然后他也跳入湖中，让身上的金粉脱落于湖水，算是对湖神的供奉。这个故事居然是真的，这个习俗的确存在于现在哥伦比亚境内生活的印第安穆斯卡人（Muisca）中，而这个圣湖就是哥伦比亚中部的瓜塔维塔湖（Guatavita），这里产沙金，而穆斯卡人的金属冶炼水平的确非常了得，他们可以打造薄如纸的黄金宝船。

从16世纪到19世纪，从哥伦比亚到圭亚那，许多来自欧洲的远征队和探险队几乎把南美部落翻了一个遍，对黄金的痴梦竟是一直没有断过。许多探险家把命搭在了南美，留下遗嘱，要自己的后人继续坚持寻找黄金国，他们每个人都认为自己已经很接近了，只差最后一步。但是他们中的大多数人不过是在越来越密的森林里越走越远，只看到了笨拙的巨蟒和为晒太阳把身子烤得暖烘烘的鳄鱼。

薄如纸的黄金宝船

有人认为，顺着奥里诺科河下游一直前行可以进入守护黄金国的山丘地带，在河里可以找到一条隐秘的通往山脉的通道，但是黄金国的周围被强悍的食人族所看守，难以到达。也有一个迷路的士兵说自己找到了黄金国，那里是一座寒冷的高地城市，庙里都是黄金，生活在那里的民族会用草编出栩栩如生的动物。

西班牙人既是黄金国这一传说的信奉者，也是传播者，据考证，南美很多民族的黄金国传说其实是来自西班牙人一路寻找时的散播。比如，派提提迷城、凯撒之城等等。派提提迷城（Paititi）是个谜团。人们一直在说，在秘鲁的东南方有个名为众神之母的森林，遮天蔽日的枝蔓之下有座迷失之城，宽阔的花园里矗立着很多金像，当地人相信，这个城市直到今天还在一直运转，因为最后的印加人还住在里面，他们等待着回到天外的世界，去把过去受损的秩序复位。

这个明显带有科幻色彩的传说流传在玻利维亚、巴西和秘鲁三国的交界。派提提的传说不是印第安古老传说神话的一部分，事实上，这些迷失之城的说法非常像欧洲人的风格，而且派提提迷城的说法是从16世纪开始的，与西班牙人疯狂寻金的年代正吻合，文献记载曾有西班牙冒险家到过一个热带丛林之城，城市很大，内有金银珠宝，里面生活的人称此地为派提提。众神之母森林里还不时能发现刻有奇怪弯曲线条的石头遗迹，不放过任何蛛丝马迹的寻宝者对这些线条着了迷，他们疯狂地认为这是藏宝图的一部分，以某种方式相连可以找到进入派提提的入口。

另一个版本认为派提提的入口在巴拉圭河的发源地库尼库尼湖（Cuni-Cuni）里，由一只叫特由亚瓜（Teyu-Yagua）的半蜥蜴半狗的神兽守护，每个派提提人都佩戴着沉甸甸的黄金饰品，从远处看他们和金人无异，甚至有猜测说派提提文明是远比印加先进的现代文明，派提提人遗留下的设备至今能发射干扰电波，让直升机不能靠近。冈萨雷斯·皮萨罗是弗朗西斯科·皮萨罗的另一个兄弟，他曾带领400名士兵、4000个奴隶和2000条狗去寻找派提提，但是，一年之后，他的队伍里只剩下80个残兵，无功而返。

在美洲南部的巴塔哥尼亚荒原上，黄金国有另外一个名字——凯撒之城。1528年，有个叫弗朗西斯科·凯撒的船长沿着南美西海岸寻找白银山——欧洲人对美洲的另一个幻想。上岸后，凯撒和他手下的人抵达了一片水草丰美之地，目之所见有牛羊，当地人以金银为配饰，性格温和。他们彬彬有礼地接待了突然出现的白人，还在告别的时候送了对方礼物。为了避免和弗朗西斯科·皮萨罗碰面，凯撒带着他的人穿越了安第斯山，登上了可以看到大海的高峰，他们穿越了四百年不曾有点滴降雨的世界上最干燥的沙漠阿塔卡玛（Atacama）。就这样一直走了七年，跟随凯撒的印第安人都已经受洗，所赐圣名都为凯撒，所以这支队伍也被称为凯撒军，他们最终从潘帕斯平原南下来到巴塔哥尼亚。据说，他们在巴塔哥尼亚见到了前所未见的金银财宝和数不清的"秘鲁羊"（羊驼），这里的印第安人衣饰考究，富有教养，这便是凯撒之城最初的由来。

在印加亡国后，有个又瞎又老的印第安人说，从西班牙人屠杀印加人开始，很多印加人沿着印加信使行走的小路往南部逃，逃到一个叫钻石谷的地方，从此失去了行踪，因为他们毁掉了道路，避免引来追杀。最终，印加人带着自己的金器到了一个地方，那里便是凯撒船长碰到的那个部落。老人说自己年轻的时候有幸在那里生活了三四年，他记得土壤肥沃，收成不错，人们可以用金器饮水。但是老人没有说起他是如何离开那里的。

随着时间的推移，凯撒之城这个明显带有欧洲特色的名字让传说往另一个方向发展，混合成了一个富有欧洲色彩的魔幻印第安故事。在智利传说中，凯撒之城是在巴塔哥尼亚迷失的西班牙人建立的城池，一群找金子着了魔的西班牙人最终和印第安南方居民结合，他们的后代生活在一座叫作凯撒之城的富庶城市，城中的长者是纯种西班牙人，但是他们的后代已经是混血了。这些人在虚无之地建了这么一座没有时间的城，城市的街道铺满了金砖，这里的人长生不老，也不需努力劳作便可温饱，凯撒之城欢迎所有的外来者，即使误入，也可定居，但是只要离开，便会把去那里的路线以及那里的所有事情忘得干干净净。

这座神秘的城市如同海市蜃楼，在巴塔哥尼亚荒原上漂浮，偶尔可以听到里面的欢声笑语，所以它还有一个名字，叫作巴塔哥尼亚的欢乐城。直到这个世界走到了尽头，前面再也没有时间了，凯撒之城才会停止移动。这座城是游荡在安第斯山麓和巴塔哥尼亚荒原上的西班牙人的幻想，他们亦想停止杀戮，和当地人和平共处,共居一城。

1939年出版的智利小说《凯撒之城》(Luis Enrique Délano)讲述了一支探险队的经历,他们妄图寻找这座迷城以证明它的存在,他们在安第斯山进行了多次探险,最终在云雾重重的山谷里找到了此城,他们看到了无尽的财宝,于是选择定居下来。然而,他们各自的命运开始了分化,有的人决心保守秘密,有的人则开始大肆抢掠,而结局只有一句话:"一切都是为了该死的金子。"

瓦尔韦德藏宝图

这是一则关于印第安黄金宝藏的故事。1584年,年轻的西班牙士兵胡安·瓦尔韦德(Juan Valverde)和当地的印第安姑娘相恋,不愿再当兵,于是和姑娘私奔到现在厄瓜多尔境内的皮亚罗(Pillaro)的山上安顿下来,过起了小日子。三年后,一支西班牙军队途经他们居住的村子,把瓦尔韦德吓了一跳,他怕被同胞发现自己当了逃兵而难逃一死,决定和妻子回西班牙。为了凑盘缠,他和妻子求助村子里的老人。老人告诉他们,西班牙人当年扣押印加王阿塔瓦尔帕为人质向印加王国索求大批金银为赎金,在厄瓜多尔驻守的印加将军鲁米纳辉(Ruminahui)十分忠君,他收集了大批的财宝准备赎回君主,但是还没运到,背信弃义的西班牙人就杀掉了阿塔瓦尔帕,他一怒之下将财宝全部收回,藏在了人迹罕至的山里,半点也不给西班牙人。据说一旦有西班牙人要寻宝,山峦和大地便会一起颤抖,发出恐吓的怒吼。但是老人经不住瓦尔韦德和他的妻子苦苦哀求,告诉了他藏宝的地点,也有说法认为,瓦尔韦德娶的是当地酋长的女儿,他丈人为了让女儿女婿顺利回到西班牙而泄露了藏宝的秘密。

瓦尔韦德背下了老人所说的藏宝地点,去了山里,三个星期后,他回来了,带回了大批的财宝,其中最引人瞩目的是一只纯金打造的张开双翼的山鹰,眼睛是大颗的绿宝石,翅膀上每一片羽毛都纤毫毕现,栩栩如生。印加人认为山鹰是太阳神的使者,游走于人间和太阳神之间,传递神谕。村里的人一见金鹰,便将瓦尔韦德团团围住,不让他走,他们要求他把金鹰放回原处,他们说除非印加帝国重新建立,否则金鹰不可出世。瓦尔韦德只得听从,将金鹰重新放回山中。

不同版本的黄金国地图

寻找迷失之城的古地图

不过贪心的他已经拿了许多金子了，一夜暴富的他带着财宝，回到了西班牙，引起了同乡的侧目。那个年代关于美洲和金子的事情是西班牙街头巷尾谈论不尽的话题，瓦尔韦德在小酒馆被老乡套出了实话，他对金鹰依旧念念不忘，很快就有人将此事告诉了当时的西班牙国王查理五世。

国王召见了瓦尔韦德，以性命要挟他说出藏宝的地点并绘制成图，这就是日后著名的瓦尔韦德藏宝图。尽管西班牙人说得活灵活现，但是印第安人坚称并无此人在当地生活过的证据，藏宝一说纯属瓦尔韦德自己编的。

当然有人按照瓦尔韦德藏宝图去寻找宝藏，但是当地气候多变，山地崎岖，沼泽遍布，没有人成功寻到一点金子或者银子，传说中的金鹰更是没有寻到。关于为印加王凑赎金藏宝的故事在阿根廷北部也有，这些财宝被美洲驼驮进了安第斯山，没有人再知道它们的踪迹，据说这批财宝是活的，可以在地下山中任意移动。在每年11月的时候，南半球正是夏季，山中有蓝色的火焰飘浮，据说用刀子插住蓝火，它便不再移动，往下挖就可以挖出财宝。有人曾经真的用刀子插住蓝火，但是没有挖宝工具，于是他回家去拿铁锹，但是等他再回到原地却怎么也找不到刀子，结果此人疯了。

在死前，被迫交出藏宝图的瓦尔韦德完整回忆起了印第安老人对自己说的话，他喃喃地对床边的亲人转述了这些话："西班牙人是我们的敌人，孩子，如果你有那些大胡子白种人的野心，我绝不会告诉你这个秘密。西班牙人认为翻过山，把他们的脏手伸到干净的湖里就能捞出满满的金子。我们只会给那些野心家最轻蔑的嘲笑以及来自伟大的维拉科查的诅咒。相信我，神会给予我们失去的土地一个公证的裁决，大胡子们什么也找不到。"

他们相信天翻地覆

印加人生活在地震和海啸周期性频发的地区，因此这使得他们相信历史就是伴随着一系列剧变而展开的。

"改变历史的大事件"让他们津津乐道，比如，印加的统一、西班牙人的到来等等。在这样的剧变中，规则就是用来颠覆的，每一次剧变都会彻底地改变所有事物的自然法则：曾经在上的会沦为在下，曾经昌盛的会转为衰败，等等。因此，即使是印加帝国覆灭，印加王身死，依然有印加人相信，他们的王将从地下复活，一个新的印加时代将回归人间。

毕竟，他们的祖先曾经将一个库斯科地区的弱小王国变成庞大无比的帝国，尽管这个帝国又在须臾间覆灭消亡。

第六章
奇伯查山谷的故事
——安第斯神话体系的另一世界

安第斯山脉绵延 6500 公里，北起哥伦比亚，南至火地岛，地形多变，风光无限，是南美印第安多个文化的发源地。安第斯神话在世界神话体系中占有重要的位置，见证了神、权、人、鬼和精怪交织在一起的奇幻生活。而奇伯查山谷正是安第斯山神话体系的重要一环。

光明神创世

最初的世界是一片黑暗，没有光，也没有其他的东西。在世界的中央有个黑石头做的葫芦，有一天，葫芦裂开了，耀眼的光线从葫芦里射出来，世界有了第一缕光。通体发光的光明神奇米尼加瓦从葫芦里出来了，身后还跟着一群黑压压的大鸟。看到世界一团黑暗，奇米尼加瓦将自己的光线注到大鸟身上，让它们能够像自己一样通体发光，飞到各地去播撒光明。鸟群飞到安第斯山的上方，从鸟喙中，光线像水一样流出来，空气中流光溢彩，光线如雨丝般落下。

世界一下子亮堂起来，奇米尼加瓦捉住一只个头大的鸟，将它变成太阳，又捉来一只稍小的鸟，将它变成月亮。这样，无论白天还是黑夜，都有光。

巴丘和她的丈夫

莽莽群山一重一重,看不到尽头,如果从高空往下看,会被绿色的旋涡弄得头晕眼花。有个大湖,藏在最大的山谷里,那就是伊瓜克湖,幽绿的湖水,潜藏着无限生机。当世界静默无人的时候,从湖底爬出一个女人,怀里还抱着一个小男孩,二人浑身都湿答答的。二人到了岸边,喘息休息,像是费了九牛二虎之力才来到这个人间。

这个女人站了起来,她个子不高,有漆黑的大眼珠和一对丰满的乳房,神给了她一个名字,叫作巴丘,她怀里的男孩望着她,说:"你是我的母亲吗?"巴丘摸着他的头,说道:"不是的,我是你的妻子。男人由女人养育,我先要把你抚养成人。"

巴丘和男孩在山谷里安了家,她每天捕鱼给他吃,男孩很快长大,几个月的时间就从一个幼儿长成一个高大英俊的青年。二人结合在一起,成为人类的始祖。但是男孩没有自己的名字,后人称他为巴丘的丈夫。

巴丘很容易怀孕,而且每次都能生下四到六个孩子,她和丈夫生下的儿女很快遍布山谷,家族不断壮大,慢慢地,山的那边,海的那头,都住满了巴丘的孩子,形成了不同的部族。巴丘和她的丈夫都没有变老,一直神采奕奕,保持着旺盛的生育能力。

随着时间的推移,巴丘和丈夫不可避免地偏心小儿子们,他们更喜欢和后来生出来的孩子们住在一起,只吃他们奉献的食物,赐予他们特殊的祝福,而早期生出的儿女们只能看着,渐渐生出了怨怼之心。巴丘和丈夫对此有所耳闻,心里感到烦闷,于是决定回到当年孕育他们的伊瓜克湖里去。

二人召集部落的首领来到湖边,和他们道别。说到要走,儿孙们很震惊,用各种动听的话挽留他们,并对自己曾口出怨言表示忏悔,但是巴丘主意已定,她开口说:"凡人终有一死,我和你们的父亲在湖水中可以逃脱化为泥土的宿命。至于你们,会死于疾病,死于衰老,你们的未来还会有战争,如果想避免无辜者的鲜血流入大地,部落之间唯有和平相处。"

巴丘从水中出来怀抱着自己的丈夫

说罢，在首领们的目瞪口呆中，巴丘和丈夫变身为两条金色巨蟒，钻入湖中，金蟒在水下波光闪闪，游了几下，就消失不见了。

巴丘被尊为大地之神，掌管农业和水源。

太阳神博基卡

巴丘走后，人们没了主心骨，做起事情都无精打采的，这时，一位老人从东方来到了山谷。据当时见过他的人描述，这位老人身披霞光，像是顶着太阳来的，一身长袍，两鬓垂髫，胡子长到胸口，但是他身边有个女人，年轻妖娆，眼珠子转来转去，二人看起来很不协调。

老人开口，自称博基卡，女人是他的妻子，叫惠塔卡。这对老夫少妻就在山谷里住下了。博基卡看到当地人穿树叶当衣服，只遮住私处，女人赤裸身体，喂养孩子，只好摇头叹息，他问当地人可曾供奉什么神明，当地人晃着脑袋说，自从大地之神巴丘走了以后，他们就不敬神了。

博基卡说："不敬神就不知道生死利害，不能得到灵魂的永生。"一直被死亡所困扰的人一听永生就来了精神，他们赶忙问博基卡有什么永生的法子。博基卡对这些人说，他们之前过的是野兽的日子，不敬神明，在地上挖了洞就住下去，和牲畜没有什么两样。

博基卡指着丛林里的树木说："这些都是很好的建筑材料，你们却不知利用。"他亲手伐木，教当地人盖房子。人们发现，博基卡不只会盖房子，他还会接种果树，还能教女人纺线，甚至还会处理邻里关系。博基卡的名声越来越大，人们渐渐离不开他了。

虽然博基卡会盖房子，但是他自己却带着惠塔卡住在一个山洞里，他还招呼人们到山洞里听他讲述天地之间的大道理。博基卡苦口婆心地给人们讲述道德，让他们不要把果子酿成酒，以避免酗酒闹事，还要对夫妻之事有所节制，不可纵欲。虽然博基卡做了很多好事，但是他的规矩和道德不免多了些，背后也有不少人抱怨他。

他美貌的妻子惠塔卡和他完全两样，她摆动腰肢，教女人们跳舞，把植物

版画博基卡

的汁液挤出来做成胭脂，涂在脸上。她不理会博基卡禁酒的主张，而是鼓励大家多多饮酒，纵情欢乐。很多人都追随她，这让博基卡很生气，但是不管他怎么教训惠塔卡，对方都我行我素。

人们分成了两派，拥护博基卡的保守派和拥护惠塔卡的享乐派。惠塔卡看丈夫的追随者很不顺眼，称他们为"一群古板的呆子"，一天晚上，她用法力让大河涨水，把守规矩的老实人淹死在家里，只有几个警觉的人及时爬上山坡才幸免于难。

为了惩罚惠塔卡，博基卡把她变成猫头鹰，使她失去法力，只能在晚上出现，但是惠塔卡的拥护者依然尊崇她为山谷中的酒神和享乐女神。

每到夜晚，变成猫头鹰的惠塔卡还是会出来，落在房屋附近的树枝上对着月亮咕咕叫，劝人们出去玩耍，放纵到天明。这个时候，规矩的人就会关上窗户，熄灯睡觉，而心里抱着玩乐念头的人就情不自禁走出家门，去和情人私会。

洪水

惠塔卡被丈夫惩罚，只能在夜里出现。博基卡在民众中影响力更大了，他向众人挑明身份，称自己是太阳神。渐渐地，博基卡也变得有些狂妄，他说："虽然光明神奇米尼加瓦创造了这个世界，但是我才是引导人类的唯一导师。"人们听罢，对他更加敬畏。然而山谷里其他神却不满起来，尤其是山谷守护神奇伯查坎，他觉得自己的职责被太阳神博基卡取代了，人们对他越来越轻视。他决定给人类和博基卡一点颜色看看。在一个毫无征兆的晴日，他念动咒语，让山谷四周的河水上涨，掀起比房子还高的巨浪，巨大的水流将村落冲得七零八落，人间变成泽国。

在洪水中，人们向博基卡呼救："太阳神，快救救我们。"博基卡手持神杖，骑在一道彩虹上，赶来救大家。他使劲把神杖向山峰扔去，山峰裂开，四处泛滥的洪水倾泻而出，顺着峡谷流走了，分泻出的水在不远处形成了一个美丽的湖泊，这就是被后人称为金湖的瓜塔维塔湖。

解决了洪水，博基卡回身去找作乱者奇伯查坎，他把整块大地压在奇伯查坎的单侧肩膀上，强迫他永远撑起大地的重量。奇伯查坎认罪服输，恳求道，大地太重了，他有时需要换换肩膀，博基卡同意了，所以大地有时候会出现地震，人们知道，那是奇伯查坎在把大地从肩膀一侧移到另一侧。

在地下的奇伯查坎心里也有怨气，他说，每次大雨过后，天上若是出现彩虹，就会死人。山谷里的居民对他更加不满，他们把雨水和死亡联系在一起，而太阳神博基卡的地位则更加崇高。

博基卡是神身，不死不灭，在人间待了两千多年。有个部落的首领，叫多玛卡塔，虽是人类，却长了野兽的模样，独眼，四耳，还有一条狮子的尾巴。因为长了这副怪模样，他常感到孤独，尽管统领部落，却遭到人们的厌恶，也没有女人喜欢他。诸神可怜他，便给了多玛卡塔一个本事，让他能把自己不喜欢的人变成野兽和家畜。这下子，人们对多玛卡塔不仅是厌恶了，更多了几分害怕，没人敢直视他的眼睛。

多玛卡塔很长命，活了一百多年都没有死去，被他变成动物的人数不胜数。博基卡听闻了此事，找到了多玛卡塔，与之决斗，最终，法力高强的博基卡把多玛卡塔变成一个大火球，熊熊燃烧着升上了天空，但天上诸神依然对多玛卡塔心存怜悯，便让他做了风暴之神。所以人们都说，风暴是不讲道理的，只想把自己眼前的一切都毁灭。

乱伦的兄妹

在太阳神博基卡的允许下，穆希卡人在奇伯查山谷里男耕女织，开矿挖渠，俨然建立起一个严密的小社会。最开始，好几个部落之间还有过战争，又过了几百年，能人出现，一个叫阎萨瓦的年轻人，骁勇善战，战无不胜，在这个充满纯洁道德的山谷里完成了统一大业。但是这个年轻人有个致命的弱点，他总是被激情所左右，时常忘记博基卡在山谷里建立起来的那一套刻板但稳定有序的道德体系。

阎萨瓦成了整个奇伯查山谷的首领，他管辖的领地上有大大小小的湖泊、果园和用来耕种的沃土，山上还能挖出明亮翠绿的祖母绿供他赏赐给自己喜欢的

奇伯查山谷印第安人的净化仪式

女人。但是，再美的宝石似乎都没有他的亲妹妹农瑟妲明艳照人。早些年，阇萨瓦只顾在外征战，留下老母幼妹在家中，待到他当上了首领，自然是回到家中和亲人团聚，就在这日夜相处中，他不可遏制地爱上了自己的妹妹。这种隐秘的感情像角落的野草一样生长，阇萨瓦有了和妹妹成婚的念头。想到此，他自己都吓了一跳，因为在博基卡的严令下，奇伯查山谷里的人凡沾有血亲者都不得嫁娶，更别提自己想娶的是亲妹妹。于是他想先试探一下母亲的口风。

"母亲大人，儿子我已经到了婚配年龄，您看我娶个妇人为您生个孙子，好不好？"阇萨瓦小心翼翼地问。

他母亲一听，先是很欣喜，说："自然是好，博基卡教导我们，男女大了，便要婚配，繁衍后代。"

"但是，"阇萨瓦做出一副为难的样子，"我想娶的女人怕您不同意。"

母亲板起脸孔，说道："你莫不是要娶那些夜间饮酒作乐的女人，名声不好的女人我可不会同意的。"

"不，不，"阇萨瓦说，"这个女孩终日在家，缝纫做工，是个乖巧规矩的女子。"

母亲转怒为喜，说："只要是个清白的女孩就行，因为你们的孩子未来将成为我们穆希卡人的新首领，孩子的母亲身家清白才好。"

"好吧，"阇萨瓦下定决心一般，说："我想娶的是农瑟妲。"

母亲呆住了，说："我的宝贝农瑟妲，她，她可是你的亲妹妹啊！"然后，母亲哭了起来："怎么会这样，你怎么能有这么糊涂的念头，这是要遭天谴的啊！"

阇萨瓦一瞬间有点退缩，但想到妹妹的花容月貌，又有了勇气，说："母亲，我是山谷里最优秀的武士，妹妹是最出众的美人，我俩结合在一起有何不可！希望您能点头成全，我也好向臣民们宣布。"

"在奇伯查山谷，发生乱伦是要被处死的，你是首领，可以免死，但农瑟妲不能幸免，"母亲擦擦眼泪说，"你的爱，会送了妹妹的命。"

听了这话，阇萨瓦清醒了一些，心知母亲的态度没有什么回旋余地了，所以他转身去找农瑟妲商量对策。

农瑟妲是个美貌但没什么主意的女孩,和山谷里其他女孩一样,对哥哥的崇拜不亚于对太阳神博基卡的崇拜,所以当哥哥引诱她的时候,她满心欢喜,再加上二人其实也未曾在一起长大,真正的兄妹之情不多,反而是男女间的吸引更大。于是,这个漂亮的女孩忘了道德,甘心成为哥哥的爱人。

阁萨瓦和柔顺单纯的妹妹商量了半天,二人觉得除了离开山谷,也没有什么更好的办法,在这方面,阁萨瓦表现得很像个男人,一点没有拖泥带水、恋栈权位,他收拾好行李,就和妹妹向南方逃去。

逃亡的道路尽管艰苦却也甜蜜,农瑟妲在旅途中怀孕了,阁萨瓦十分欣喜,对妻子百般照顾,他每天清晨去湖边取水,生火做饭,捕鱼打猎,采集野果,农瑟妲的肚子很快一天天地大起来。阁萨瓦为孩子准备了好几个名字,每天晚上都要念叨一番。

到了临盆的时候,由于二人一直离群索居,避开人烟,所以没有接生的人帮忙,只有阁萨瓦在烧热水,准备孩子的降生。孩子的头先出来了,阁萨瓦几乎尖叫起来,之后出来的是孩子的身体——这是一个健康完整的男孩子。农瑟妲的头发被汗水完全浸湿了,她无力地问丈夫孩子长得可结实漂亮,是男是女。当得知孩子健康的时候,农瑟妲喜极而泣,她一直担心乱伦会遭天谴而生下残缺的孩子,这时,她完全放心了,和丈夫一起沉浸在幸福的海洋里。阁萨瓦打算把孩子先放在草堆上,好腾出手为妻子弄点热水喝,但是孩子的脚刚接触到地面,马上就变成一尊石像,保持着最后的动作和面部表情。阁萨瓦吓呆了,僵在原地,农瑟妲觉得丈夫有异,起身一看,孩子成了石像,不禁失声痛哭。她的哭声把天上的飞鸟都惊走了。

"我们不该在一起,也不该离开我们可怜的母亲。"农瑟妲喃喃地说。

阁萨瓦紧紧抱着石头婴儿,说:"这是博基卡给我们的警告,也许这一次警告之后,我们的结合能够得到他的谅解。"

农瑟妲眼睛忽然一亮,她柔声道:"哥哥,我们回家吧,回到奇伯查山谷去,祈求博基卡宽恕我们的罪行。"看着农瑟妲可怜的模样,阁萨瓦艰难地点了点头。

回家的路不是明亮的,是灰暗的,至少在阁萨瓦眼中是这样,而他的妻子终日痴痴地笑，已近疯癫。

他们来到了瓜塔维塔湖，就是当年奇伯查坎制造出来的洪水被分泻出去之后形成的那个湖，湖底金光闪闪，所以人们也叫它金湖。看到湖水清澈可爱，农瑟妲情不自禁走到了水中，捧起水，喝了起来。喝完水，农瑟妲觉得自己的腿好像不会动了，她惊叫起来，想提醒阇萨瓦不要再靠近湖水，但是晚了一步，听到她呼喊的阇萨瓦已经踩着水过来了。农瑟妲觉得身体慢慢麻痹了，孩子变成石头的情形又浮现在她眼前，她突然觉得头脑一片清醒，心知结局，她抱住了阇萨瓦，二人一起变成石头，矗立在湖中。

二人最终未能逃开博基卡的诅咒，而剩下的人，也很快迎来自己的末日。

洪灾和金刚鹦鹉

在奇伯查山谷生活的人，渐渐开始了放纵的世俗生活，饮酒，恣意交欢。因为在博基卡的关照下，地面上的植物都欣欣向荣，不用悉心照看就能生长得很好，因此他们有大把的闲暇去享乐。一切的悲剧通常来自对神的不敬，奇伯查山谷生活的人也不例外。

博基卡对山谷里的人很失望，他发现在山谷周围的一座山的山顶上，生活着两个兄弟，他们人品不错，老老实实，一直在种地，而且因为穷，也没有娶妻，和淫邪之事没有丝毫关系。于是，博基卡选定这兄弟二人为人类的新始祖。

这两个幸运的人还蒙在鼓里，懵懵懂懂，不知天之大任已降。

某天夜晚，二人觉得很奇怪，大雨倾盆，连绵不绝。到了天亮，雨还在继续，二人起床看个究竟，却大吃一惊，除了他们居住的山头以外，四面皆是白茫茫一片的洪水。水位仍在上涨，越长越高，他们亲眼看到附近的山头被水淹没，但是他们所在的山头却安然无事。他们开始不解，过了一会儿，他们发现，原来随着洪水不断增高，他们的山头也在不断往上长，所以他们不会葬身鱼腹。

二人待在山顶，哪儿也不能去，吃着家里的存粮，等着洪水退去。

过了三天，洪水退去了，而世界上的其他人都被洪水带往另一个世界了，兄弟俩是仅存的人类。开始，他们不敢下山，怕又有洪水从天而降，但是家里的粮食已经吃完了，无奈只得去山下找吃的。于是二人下山，离开自己的故居，一路前行。

他们翻过一座山，走得精疲力竭，停了下来。弟弟对哥哥说："你看，前面那块地满是泥淖，但是一看就是有人曾在这里耕种，地下一定埋着薯类，我们挖点吃吧。"哥哥说："试试吧。"

他俩挖出了几个白薯，吃饱了，有了力气，在旁边盖了一间茅草屋。他们每天四处寻找吃的，但是收获不大，一直半饥半饱，食不果腹。

一天傍晚，二人回家，还没进门就闻到了饭菜的香味，久违的香气让二人精神一振，推开屋门，发现桌子上有丰盛的饭菜和半瓶子玉米酒。两个人过去从未吃过这么好的食物，他们赶紧跑到桌前，把饭菜拼命往嘴里扒拉。吃完了，他们倒头就睡，睡得前所未有的香甜。

第二天，他们回家的时候又发现了一桌好菜，他们又吃掉了，第三天、第四天，都是如此。兄弟俩越来越好奇，是哪位仙女给他们做的饭，为什么一直不露面。他俩决定埋伏起来，探个究竟。哥哥说："我年长些，我藏在屋子里，你假装出门，迷惑做饭的人。"弟弟答应了。第二天，弟弟和哥哥一起出门，然后哥哥偷偷跑了回来，藏在屋子里。

哥哥等着等着，几乎睡着了，忽然，他听到门口有细碎的声响，他打起精神，躲在床后，盯着门口。只见门打开了，两个漂亮轻巧的女人走进屋内，眼睛圆圆的，鼻子和嘴巴都有点尖，她们似乎很熟悉这里，很快就来到了灶台，其中一个女人还嫌热，脱下了自己的斗篷。但是，在哥哥眼中，这两个女人的样子时而是金刚鹦鹉，时而是人类，他觉得自己眼睛发花了，使劲儿揉了揉，依然看不真切。他蹑手蹑脚地起身，慢慢地靠近，想抓住她俩，但是身形小一点的女人发现了他的企图，尖叫起来，另一个女人马上穿上斗篷。两个女人挥动手臂，手臂不断变宽，二人变成金刚鹦鹉，夺门而逃，最终飞走了。

哥哥又兴奋又气馁，等弟弟回家，他告诉弟弟发生的事情，弟弟也是十分惊诧，他对哥哥说："下次我来吧，一定抓住她们。"

弟弟一连埋伏了三天，都一无所获，兄弟俩也吃不到美味的饭菜了，心情也有些沮丧。哥哥劝弟弟不要再等了，但弟弟不死心。到了第四天，弟弟的等待有了结果，他躲在屋里，先是听到门口有翅膀拍打的声音，感觉是有大鸟在空中盘旋。弟弟静静地等待，声音停息了，"嘟"的一声，门口的金刚鹦鹉用鸟喙啄开了屋门，进了屋，弟弟看到，的确是两个美貌的女人，他看着她俩开始做饭，有说有笑。

弟弟觉得时机成熟，于是冲到门口，把门锁住，让鸟美人无法脱身，然后上前想抓住她们。两个女人十分惊慌，先是化了原形，大一点的鸟奋力向弟弟撞去，弟弟几天没吃饱饭，居然被她撞倒，随后大一点的鸟像之前那样逃走了，但小一点的鸟被弟弟抓住了脚，无法逃脱，只得哀鸣。

弟弟用手轻轻抚摸俘虏的羽毛，玉石般的质感让他心醉。他用绳子拴住她，然后低声向她表白心迹，鹦鹉美人开始很害怕，但是看到弟弟没有恶意，也镇静下来。

等哥哥回到家，看到弟弟怀抱美人，心里很高兴，但也有一丝嫉妒，于是他提出，鹦鹉美人也要嫁给他，弟弟答应了。鹦鹉美人嫁给了兄弟俩后很快怀孕，一下子就生了六个儿子和六个女儿。为了养活一大家子人，鹦鹉美人从远方衔来种子，这样兄弟俩就可以种庄稼了。这十二个孩子就成了洪灾过后人类新的始祖。

第四部分

雪国的故事

——北美印第安人的传说

第一章
和北风角力的男人

在寒冷的北方，大多数时候是冰天雪地的，湖泊冻住像镜子一样，黑黢黢的树枝在疾风中摇晃，石头、山峦、灌木和人们居住的小草屋都被厚厚的雪覆盖着，就像有一千万只白兔在地上奔跑。当地的印第安人都说："到了冬天，这里就变成白兔之国。"

每年，当看到郊狼的毛开始变白、变厚，吹来的风无法散发甜美的果香，部落里的老人就会开始催促大家收拾行囊，向南迁徙，来躲避残酷的北风。北风原本是更为遥远的冰之国的国王，在世界最北的地方，冰雪绵延千里，他统治的地盘比南风大得多，但是他依然不满足，他希望自己的王国可以变大，在他的国土里没有青草没有花朵，河流无法流动，熊、郊狼、野兔都缩在洞里不出来，鱼只能生活在冰层下，再也无法跃出水面。他一直在和南风较劲，他浑身雪白，严阵以待，只等南风睡着了，就马上把大地变成冬天。

南风和北风不同，他生性悠闲，是南方向日葵之国的国王，喜欢抽烟，他吐出的丝丝缕缕的烟气把温暖带到大地，湖泊复苏，水汽氤氲，树枝开始发芽，野花开满原野，鸟儿们和走兽们开始发情，厮磨在一起，人间处处充满生机，但是南风喜欢一边抽烟一边打盹，他很快就会睡着。而在湖泊里，印第安渔夫们加紧拉网捕鱼，他们知道，一旦南风睡着了，北风就来了，会把所有人都赶走。

南风被烟草熏得昏昏入睡，一直在旁边盯梢的北风悄悄地来了，他不会放过这里，他尤其喜欢把五个大湖泊变成镜子，这样他从天空就能照见自己的模样。为了不让北风发现自己，郊狼换上了厚厚的白毛，野兔也让自己斑驳的皮毛看起来像地上的枯枝。每个人都怕北风，就连勇敢的印第安渔夫们，也要放弃湖泊里鲜美的大鱼，但是有个人他不愿意。

他就是潜水好手辛格比。辛格比是个快乐的年轻人，喜欢自由自在，没有和任何一个姑娘有感情上的牵扯。他还会法术，会把自己变成水鸟和天上飞的鹰隼，对于这样一个本事又大又讨喜的年轻人，整个部落都很喜欢他。有一年深秋，好心的渔夫们提醒辛格比，湖面已有薄冰，树皮上结霜，到了该去南方的时候了。辛格比对迁徙已经有点烦了，他笑眯眯地说："湖面结冰我们也可以打鱼啊，我们可以在冰面上凿个洞，用钓竿钓鱼。"大家听了面面相觑，因为从没有人这么干过，他们知道辛格比本事大，但是要在北风的眼皮子底下弄到鱼，活下去，这简直是晚上烤火的时候都不敢讲的牛皮。又有个好心人提醒辛格比，北风的脾气暴躁，如果招惹他，就连最粗壮的森林巨木都会被他拦腰折断，何况是小小的人类呢。但辛格比笑而不语。

过了几天，部落里的人已经开始收拾行囊，陆续离开，经过湖边，看到辛格比还在打鱼的时候，大家都很难过，因为他们觉得，回来的时候应该就见不到辛格比了，这个快乐的小伙子就会消失，他们舍不得他。他们在岸上冲他挥手，再次劝说他和大家一起走："辛格比，你还是和大家一起走吧，北风太厉害了，他一个手指头，再湍急的河流都会瞬间凝固，除非你是一只熊，皮毛够厚，或者你是一条鱼，可以躲到河底下，否则你死定了。"

辛格比大笑说："河狸大哥借给我毛皮大衣，我一点也不冷，而且晚上我就住在自己的小木屋里，火烧得暖暖和和，我不怕北风那个老家伙。"

看着部落里的人都走了，辛格比跑到森林里收集干树皮、松枝和被风刮断的树枝，这些都是他的柴火，这样他能在夜晚到来的时候把自己的小屋弄得暖和。风呼呼地吹，把树上的雪吹下来，掉在辛格比身上，他掸了掸身上的雪。森林里的雪已经很厚了，因为天气寒冷，滴水成冰，雪的表面冻结实了，辛格比可以在冻雪上行走。他把柴火堆到草屋里，又来到湖边，在冰面上凿了一个窟窿，不一会儿就钓上来一串鱼，他唱着歌背着鱼回家了。

北风正在暮色中寻找活动的生物，就像猎人在打猎一样，他隐约听到地面上有歌声传来，心想："这不可能，怎么还有人敢留在这里等死，是不是我听错了？是鸟儿在哀鸣？不对，就连鸟都忙不迭地飞到南风的地盘去了。"正想着，他仔细看了看，发现了辛格比。"原来是个不怕死的小子，"北风想："好，让我找到他的住处，用风把他的破屋卷成碎片。"

辛格比听到北风的呼啸越来越近，但是他心里不慌，继续若无其事地走着，回到家中，像往常一样把火生起来，他在火堆的下面加上了粗木，火光越发明亮，把辛格比年轻的脸映照得特别俊美。辛格比拿出一条鱼，放在火上烤，鱼肚子上的油脂流了出来，掉在火堆里，发出噼噼啪啪的声响，香味四溢，辛格比吃得很高兴。吃完了一条鱼，他抹抹嘴，知道北风在外面已经按捺不住了，他和北风之间的角力就要开始了。

北风在屋外噘起嘴，使劲儿吹，把雪像白色的毯子一样扬起，呼啦一下把辛格比的草屋盖得严严实实，好在辛格比是个巧匠，草屋很结实，没有被雪压塌，雪反而成了草屋的被子，阻挡了寒风。北风发现自己弄巧成拙，很生气，他围着草屋呼啸旋转，发出可怕的如同被激怒的野兽一样的声音，一般人听了准会害怕，但是辛格比在屋里笑得咯咯的，他觉得北风简直是个傻老粗。北风喘着粗气，停在草屋门口。

北风注意到草屋有个地方雪正扑哧扑哧地落下来，有个长相不错的年轻人掀起了水牛皮的门帘，朝他说："北风，你要不要到我的草屋暖和一下？"北风蒙邀，一下子愣住了，但是看到年轻人嘴角带着讥笑，为了面子，他硬着头皮进到了生火的屋子里，他可是第一次离火这么近。辛格比坐在火堆旁，往火里又扔了一根木头，火更旺了，火苗蹿起来，差点烧到北风。北风开始流汗，就像雪人融化那样，他的脸都开始模糊了，鼻子快掉了。辛格比看了心里美得很，他不怀好意地招呼北风："来吧，你也难得到我们人类的家里做客，来暖暖你的脚吧。"

北风醒悟过来，这个年轻人是想把自己融化成水，他马上推开褐色的皮门帘，一溜烟地跑到外面去。

到了外面，北风觉得自己缓过来了一些，寒冷让他再次充满活力，他定了定神，张开双臂，风雪冰雹从他身后一股脑砸向森林和湖泊，郊狼和熊都吓得不敢出来，稍微细一点的树枝都被风折断。北风发了威风，心里稍微好受了一点。他再次来到辛格比的小屋，喊着："有本事我们在雪地里比试摔跤，别以为有火就了不起。"辛格比懒洋洋地说："你等我一下。"他又烤了一条鱼吃，吃饱了，身子更暖了一些，他走出了草屋，和北风在雪地里角力起来。辛格比年轻，有力气，加上身上暖，而北风年纪大了，加上刚才被火烤得伤了元气，力气跟不上，几个回合之后就累得气喘吁吁，而辛格比却越活动身子越热气腾腾。他们整整角斗了一个晚上，森林里不时传来辛格比年轻的呼喊和北风的喘息，狐狸、郊狼和熊，还有野兔，所有留在雪国的动物都出来观战，它们安静地围成一个圆圈，观看这场难得的比赛。

太阳升起来了，北风再也支撑不住了，他绝望地认输，转身就跑，一直跑回自己的冰之国，他决定以后缩短在雪国逗留的时间，因为辛格比实在又聪明又强大，他害怕这个年轻人。

从此，雪国的夏天变长了，绿色的森林带给印第安人更多的野果，大大小小的湖泊里跳跃着肥美的鱼，人们不再迁徙，因为辛格比把凿冰钓鱼的本领教给了大家，尽管冬天到来，北风依旧呼呼刮过，老人们告诉孩子，北风不可怕，只要你足够强壮，足够乐观，就能像辛格比一样击败北风。

第二章
巫师乱发的故事

获取法力

乱发刚出生的时候,头发黑黢黢的,一缕一缕,他的父亲——伟大的巫师西风,给他起名乱发。这是一个随意的名字,因为乱发长得实在不好看,皮肤比乌鸦的翅膀还黑,鼻子比野猪的鼻子还扁,眼睛像牛眼一样往外凸,他父母不喜欢他,把他留给老祖母抚养。

祖母住在湖边的小屋里,是个女巫,有时候一走几个月去山上采草药,乱发一个人很寂寞,寂寞的孩子见风就长,他七八岁的时候就有成人那么高了,祖母有时会抽着烟,给他讲自己年轻时的事,但是说得也不完整,故事总是以她被对手女巫从月亮上扔下来而告终。"巫师总是一个人终老的。"祖母摸着他的头说。

乱发童年最喜欢蛇,他捕到花花绿绿的小蛇,就养在水罐里。有一次,他无意间把几颗种子掉到水罐里,种子沾到水变成鸟,飞走了。乱发发现如果往养蛇的水里放一些东西,会变出动物来,他又试着用蛇水涂抹眼睛,结果自己一下子可以看到很远的东西,山鹰在高处盘旋,他能看清它每一片羽毛。

他把这些告诉祖母,祖母郑重告诉他,这意味着他是有"天赋"的孩子,有资格成为伟大的巫师。祖母给了他一些草药的根茎,他磨成粉放在蛇水里。他用这水涂眼睛,在夜里他也能看清东西,用来洗澡,他可以钻过任何狭窄的缝隙,他试着喝了一点蛇水,火辣辣的苦涩的水滑入他的喉咙,他的肌肉暴涨,从此力大无比。

祖母让乱发去打猎,她每天教乱发一些黑魔法,比如把兽皮做成手套,再用蛇水浸泡,可以劈开巨石,用翠鸟的羽毛做成箭,蘸上蛇水,可以百发百中。

祖母和父亲的关系不好,所以很少来往,当乱发第一次见到父亲的时候,他已经15岁了,他被祖母带着,去参加父亲的宴会。父亲西风见了祖孙二人,面无喜色,只当是普通客人来招呼,而乱发的三个哥哥则坐在主人席上,说说笑笑,对这个高大丑陋的弟弟看也不看一眼。在宴会上众人不停奉承西风,说他是最伟大的巫师,拥有自己的王国,西风听了这些奉承的话哈哈大笑,他宣布,他要把王国分成四份,说道:"我的儿子东风、南风和北风都长大了,他们将各得到我王国的四分之一,剩下的四分之一则属于我。"

乱发和祖母被激怒了,他们站起来,祖母说:"西风,为什么你不给你最有天赋的儿子乱发地盘,他的力量超过在座的所有人,他有资格获取属于自己的巫师地盘。"西风讥讽自己的母亲:"一个从月亮上被扔下来的女巫有什么脸谈地盘,想想你屁股着火被人一脚踢下来的惨样吧,我都羞于认你这样的母亲。"乱发的祖母被激怒了,当场自尽,成全了自己的尊严,死前她对乱发说的最后一句话是:"乱发,杀了他们。"

乱发很伤心,他开始和父亲打仗,他戴上熊皮手套,双手变得坚硬如铁,他一直把父亲赶到了自己地盘的边缘。他本想杀了父亲,但是又犹豫了,犹豫的原因也包括害怕另外几个哥哥报复他,所以,他只是逼迫父亲赐予自己可以和巨蛇感应的力量,并且要父亲给自己一块土地。西风一一答应,被幼子乱发击败后,他一蹶不振,失魂落魄,很多山民见到他半裸着身体,在落基山里游荡。

嗜杀成性

乱发在这次战斗中也受了伤，他回到了祖母的小屋养伤，开始了一个人的生活。他从湖里抓了一条鱼，下意识用手一捏，鱼油就被捏出来了，乱发觉得很有意思。于是他抓了好多条大鱼，把它们的油挤在森林里的一处洼地，竟形成了一片小油湖。他邀请森林里的动物来赴宴，动物们陆续到了，他好客地请他们喝油湖里的油，熊最先跳下去喝油，所以后来他最胖，之后是野牛和麋鹿，前面个头大的动物把油都喝得差不多了，最后的负鼠和貂几乎没怎么喝到油，所以它们就长得细长苗条。喝了油，动物们都很高兴，乱发趁机邀请大家和自己一起做游戏，他拿出一面鼓，让它们围成圈，闭上眼，挨个从他身边经过。动物们照做了，它们听到鼓声一阵大，一阵小，乱发不时大叫："转吧，大家一起转起来吧。"一只鸭子从鼓声和乱发的呼喊里听到了惨叫，它悄悄睁开眼，正好看到乱发的暴行——他掐住一只野鹿的脖子，野鹿蹬了几下腿就不动了，乱发继续大叫和敲鼓，遮掩住了野鹿最后的哀鸣。鸭子大惊，喊道："大家快睁眼，乱发在杀我们。"说完鸭子赶忙向湖边跑去，一看鸭子坏了自己的事，乱发几步追上鸭子，一脚踢在它的屁股上，鸭子大叫一声，跌到了湖里，忍痛游走了，所以，从此以后，鸭子走起路来总是一瘸一拐的。

鸭子算是幸运的，没有来得及跑的动物们，被乱发杀了好多，乱发从杀戮中得到了快乐，他的坏名声迅速传播，大家都说乱发是个黑巫师，残忍而邪恶。

与狼共生

过了好多年，乱发到处寻找对手，继续以杀戮为乐，但是动物和其他巫师都躲着他。一天，乱发遇到了一只老狼和六只小狼，出于无聊，他对老狼说："嗨，你带着你的孩子们要去哪里？"老狼慢条斯理地说："我们要去南方，那里的猎物比较多。"乱发说："我还没去过南方，我和你们一起去吧。"乱发不知道的是，老狼其实是一个伟大的魔法师，只不过以狼的形态生活。老狼眯起眼睛，说："好吧，不过你也要变成狼才行。"乱发说自己不会变化，老狼便施法，把乱发变成一只狼，乱发对变化后的形态不甚满意，他要求老狼把自己变得再大一些，老狼照做了，于是乱发的体形是一般狼的两倍那么大，还有一条像扫把一样的尾巴。乱发看着自己水中的倒影，觉得自己当狼的样子比人要帅气很多，他很感激老狼，跟着老狼上路了。

在路上，乱发和老狼闲聊，老狼问他："你猜，我哪个孙子最会捕猎？"

"跑得最快的那个。"

"不对，跑得最快，很快就会疲累，看起来最慢的那个孩子才能最终捕获到猎物。"

老狼也经常捉弄乱发，他让乱发收藏好一块脏兮兮的兽皮，乱发拒绝了，道："我要这么脏的东西做什么！"老狼手里一抖，脏兽皮变成一块精美的斗篷，乱发一见，就想据为己有。老狼又把斗篷变成嵌满珍珠的华服，让乱发看得双眼发直，然后老狼大笑一声，华服又变成脏兽皮。

知道老狼在戏耍自己，乱发也没有办法，因为自从他变成狼之后，他的法力就消失了，他不仅没有能力恢复人形，蛇水的能量也没有了，他只是一只普通的笨狼。

更过分的是，乱发一直饿着肚子，因为老狼用了障眼法，让肥美的驼鹿在乱发眼里只是一堆骨架。当老狼带着自己的孙子们在大啃肉山的时候，乱发在一旁，耷拉着尾巴，耸着肩，不明白他们为什么对着骨头啃得如此津津有味。

失去了力量，肚子又饿，乱发成了狼群中最差劲的那个，总也捕不到猎物，一天，他无奈之下竟到树上去寻找鸟蛋吃，忽然来了一阵大风，树枝摇来摇去，没几下，他就被树枝卡住了。乱发伸爪推了几下，树枝纹丝不动，他就这样悬在了半空，老狼和小狼们也不知去哪里捕猎了，乱发羞得脸皮都紫了。

这时，一群真正的狼经过，它们为乱发巨大的体形感到震惊，但是乱发呼救的声音让它们认出了他："快走，快走，这是黑巫师乱发，他制造了油湖，杀死了动物，他威胁了他的父亲，获得本不属于自己的法力，他还可以和巨蛇沟通，天保佑他一定要碰上那种可怕的动物。"说完，狼群就走了，乱发在傍晚时才被老狼解救下来。

北美狼

老狼说:"乱发,我本想给你更多的惩戒,但是你承受得也足够多了。我们就此别过吧。"

乱发说:"我一个人很孤独,你留下一个孩子给我当孙子吧。"

老狼让捕猎最出色的孙子拜乱发为祖父,从此和他生活,然后就带领着其他小狼继续向南走了。

为孙报仇

乱发恢复了人形和法力,他很珍爱这个狼孙,孩子触动了他心底柔软的地方,他每天和小狼一起寻找猎物,并在森林边上搭建了一座小屋,过着宁静的生活。一天,乱发做了一个梦,梦见不远处的湖里生活着许多蛇,其中有一条巨蛇,是它们的王子,王子舔着嘴唇说:"要是能吃了那只天天吃肉的小狼就好了,它的味道一定比任何人类和动物都鲜美。"梦醒了,乱发意识到狼孙有了危险。

第二天,乱发对孙子郑重地说:"你以后不要到湖里去,即使冬天结冰了,不管冰看起来多么结实,也不要从湖上过,就算你当时很累,也不要从湖上过,宁可绕路,因为湖里可能有你不知道的危险。"小狼就像所有的孩子一样,表面答应,心里却觉得祖父过于小心。

冬天来了,白雪皑皑,小狼叼着猎物,不想绕远,于是从湖面冰层上经过,下面的蛇看得真切,它们用尾巴打碎了冰层,让小狼掉到冰窟窿里,把小狼卷住,交给了湖底的巨蛇王子。王子剥掉了小狼的皮,把它吃掉,命令手下把狼皮交给自己的母亲:"让我母亲给自己缝个狼皮袄。"

当晚,乱发见小狼没有回来,心知它出了意外。但他不死心,继续到湖边寻找,一无所获,他沿着湖水的上游走,遇到了一只多话的翠鸟,他问:"漂亮的鸟,你看到一只小狼了吗?它嘴巴有点翘,尾巴又细又长。"翠鸟说:"看到了,它被下游湖里的巨蛇王子抓住吃掉了。""怎么能到湖底去找巨蛇王子呢?"乱发问。翠鸟得意地抖动了一下翅膀,说道:"没有人能比我更清楚了,当蛇要浮出湖面的时候,湖水就像镜子一样光滑平静,一丝涟漪都没有,你只要抓住其中一条蛇的尾巴,随着它潜入湖底,就能到巨蛇王子的老巢。"

"你可真是多才多智，"乱发决定奖赏翠鸟，他给了翠鸟一块白玉做的牌子："这个给你，挂在胸口，你会变得更漂亮。"翠鸟用喙衔住，正当高兴之时，乱发突然又改了主意，他怕翠鸟给蛇通风报信，于是伸手想掐死翠鸟，刚碰到鸟羽，翠鸟意识到了危险，迅速飞走了，但是它一直挂着乱发给它的玉牌，直到今天。

　　乱发来到湖边，等到了翠鸟说的那一幕出现。他仔细盯着蛇群，其他蛇都是环形花纹的，唯有一条通体雪白，形态傲慢，乱发判定那就是巨蛇王子。他变成一段树桩，扎在水里，伺机接近巨蛇王子。巨蛇王子十分机警，见了树桩后便说："我以前从未见过这里有树桩，这一定是乱发变化出来的。"它吹了一个口哨，几条黑色的巨蛇快速游来，王子说："把这段树桩给我卷成碎块。"几条大蛇上来，轮流将乱发紧紧卷住，乱发几乎不能呼吸，但是他忍住了，一动不动。蛇群开始放松，在水面上嬉戏玩耍，包括巨蛇王子，都不再把树桩当成一回事。乱发瞅准机会，突然现了原形，搭弓射箭，一箭射向巨蛇王子，王子受了伤，翻转腾挪，掀起巨浪。

　　乱发被水冲到了一棵参天大树上，眼瞅着巨蛇王子制造出了大洪水，水吞噬了一切，乱发爬到了树顶，但水面也在快速上涨，很快就涨到了乱发的鼻子底下。乱发抓住了一只潜鸟，对它说："快潜到湖底去，衔一点泥土上来，我能造出一个新的世界。"潜鸟去了，但是它浮出水面的时候已经没有呼吸了，死了，因为水实在太深了。乱发站在树顶，又抓来一只河狸，让它去取土，河狸去了，上来的时候也没有呼吸了，但是它的小爪心里有一点点泥土。乱发用这一点泥土造出了一个小岛，他自己也上了小岛，继续寻找巨蛇王子。在新的土地上，乱发碰到一个老妇人，挎着一个篮子，乱发问她篮子里是什么。老妇人说："我儿子被人射伤了，这是我给他采的草药。"乱发心知这是巨蛇王子的母亲，于是假意说自己是个巫医，愿意为她儿子看病。于是老妇人带他回到了自己的住所，乱发看到屋外挂着一张狼皮，他的牙齿咬得咯吱吱地响，再也控制不住自己，一下子掐死了老妇人，也剥了她的皮。乱发披上了老妇人的皮，扮作她的样子，开始纺线。不一会儿，巨蛇王子被手下抬来了，乱发先假意哭泣，然后去查看巨蛇王子的伤口，他装作要拔出箭的样子，反手使劲把箭往深处一捅，巨蛇王子大叫一声，就这样送了性命。而乱发也由于过于用力，导致老妇人的皮囊都破了，巨蛇王子的手下认出了他，嘶嘶叫着要抓住他，乱发飞快地跑出了小屋。

乱发将孙子的狼皮埋葬，自己一个人向落基山脉走去，他决定一个人生活。

乱发在晚年做了很多好事，他帮助迷路的人和动物，也用法力呼唤风和雨，他时常忏悔自己当年的杀戮，他抛弃了乱发这个名字，给自己起了一个新名字，叫西北风。

第三章
巫师米奥沙

兄弟相依

很久以前,有个猎人,他不喜与人交往,所以住在大森林的深处,谁要想到他家去,准会迷路。猎人的妻子很早就过世了,给他留下两个儿子,西格文和约科达。

猎人是个尽职的父亲,他每天都出门猎杀一些大个儿的动物,把它们的肉风干成肉干,攒起来给孩子吃,这些肉干还能帮他们度过寒冷的冬季——到了冬季,动物都躲起来了,再好的猎人也没法捕获到猎物。

有一年大旱,树木干枯,河道断流,灌木丛里没了浆果,猎人在捕猎的时候也很费劲,因为脚底下的枯枝都干透了,一踩就会发出啪啪的断裂声,动物听到就跑掉了。眼看家里的肉干快吃完了,猎人很着急,于是他对两个孩子宣布,他要去大湖里捞鱼,把鱼肉晒成鱼干。大儿子西格文说:"父亲,那个地方很远,月亮要圆缺好几次才能到呢。"猎人说:"孩子,没有办法,森林里的旱灾太严重了,只能去湖边碰碰运气了。"

第二天猎人就带着弓箭出发了,然而月亮圆了又缺,缺了又圆,他一直没有回来。西格文承担起了照顾弟弟的责任,他小心翼翼分割着家中所剩不多的肉干,期待着能支撑到父亲回家,但是父亲一直没有音讯。一天晚上,西格文把家里最后一块肉干分给弟弟吃,看着弟弟香甜地吃着肉干,他说:"约科达,现在没有食物了,我们明天出发去找父亲吧,留在这里,只有死路一条。"约科达说好。

兄弟俩背着自己的小弓箭,锁好了家门,踏上了寻父之路。森林里死一般寂静,猞猁、狐狸、熊这些大型动物早就逃到其他地方去了,随处可见野兔和松鼠干瘪的尸体,森林就像一张黑洞巨口,将这些它曾经滋养的生命吞噬了。

西格文是个机灵胆大的孩子,很小的时候他就从父亲那里知晓了出森林的路,他带着弟弟在看似迷宫的森林里沿着星斗的方向前行,终于走到了森林的边缘,前面扑面而来的是湿润的气息。西格文激动地爬上了一棵大树,眺望远方:"约科达,我看到白得像银子一样的水啦!那里就是大湖,我们可以见到父亲了!"

走出了森林,兄弟俩来到了一片水草丰美的平原,他俩采了一些果子吃,西格文还找了一些草籽儿,让弟弟嚼着吃,他用随身的小砍刀从树上砍下几条树枝,做成箭,在湖边教弟弟射箭,约科达力气小,把箭射到了浅滩,西格文帮他去捡箭,一抬头,看到有一叶独木舟停在自己面前,有个丑陋的老人站在小舟上笑眯眯地看着自己,他的笑容令人不寒而栗,他身穿褐色袍子,上面还打着几个斑斓的补丁。他就是远近闻名的巫师米奥沙。

甜心女孩

米奥沙一把抓住男孩,就往自己的独木舟上拖,西格文拼命挣扎,但是巫师的力气大,他无法挣脱,于是他哀求米奥沙:"我弟弟还在岸上,他没有食物会饿死,我能不能留一些吃的给他再和你走?"巫师根本无动于衷,阴森森地说:"没关系,孩子,你先和我回家,你弟弟一时半会儿饿不死。"

米奥沙对着独木舟念动咒语,小舟就像一条大鱼一般,向着湖中心驶去,西格文忧心如焚,眼睁睁看着湖岸越来越远,弟弟的身影缩成了一个小黑点,最终,独木舟停在了一个小岛边。米奥沙看起来倒是心情很好,他拉着男孩下了船,对着岛上的小茅屋喊道:"女儿们,看我带什么人回来了,一个可以做你们丈夫的男孩。"

从茅屋里走出来两个清秀的女孩，大一点的和西格文年纪相仿，她俩脸上一点儿笑容也没有，相反，带着和年龄不相符的忧愁神色。米奥沙兴高采烈，说："我的女儿们啊，你们看到我回来怎么一点儿都不高兴呢？快点去做饭，我们都饿了。"女孩们对视了一眼，依旧一言不发，回屋做饭去了。

他俩也进了屋，西格文打量了一下屋内的陈设，巫师米奥沙的屋子很朴素，几乎没有羽毛装饰，只有一些旧的男人的衣服散落在地上，有的衣服颜色鲜艳，装饰繁复，看起来不像米奥沙穿的。米奥沙兴致很好，一直在高谈阔论，吹嘘自己的经历，和普通的部落老人没什么两样。

饭菜上了桌，吃了几口，米奥沙忽然觉得腹痛，他对大女儿说："今天的饭菜不怎么新鲜啊，我觉得我拉肚子了。"说着，就去屋后了。女孩趁机靠近西格文，低声说："我们不是米奥沙的女儿，我们也是被他掠来的，他每个月都会带回一个男人，有年长的，有年少的，说要做我的丈夫，然后第二天，他就会用独木舟带走他们，他们都再没回来过，我相信他们已经被害了，屋里地上那些衣服都是这些人遗留下的。"西格文说："我不能死，我弟弟还在岸边等着我，我答应父亲要照顾好弟弟。我想先给他送点吃的。"

女孩说："你今天晚上是安全的，你会和米奥沙住在一个房间里，你半夜裹上他的衣服，从头裹到脚，然后你来找我，我给你吃的，并且告诉你如何出岛。"

西格文看着女孩美丽的大眼睛，不禁问："你叫什么名字？"

女孩抿嘴一笑，说："我叫甜心。"

西格文听了，脸红了，有一种甜丝丝的感觉在心里。

米奥沙又来了，他招呼西格文和自己就寝。等听到米奥沙呼吸均匀，已经睡熟了，西格文小心翼翼地拿起米奥沙的衣服，自己穿上，走出了房门。夜凉如水，雪松枝条上站着一只巨大的猫头鹰，它的眼睛快赶上月亮那么大了，西格文吓了一跳，他把自己裹得更紧了，低头向女孩的房间走去。

"甜心，甜心。"西格文轻声道，他的心怦怦乱跳，他觉得自己已经爱上了这个女孩。

女孩出来了,她递给西格文一篮果子、几条鱼干,说:"你把这些给你弟弟带去,够他吃上几天了。"

"可是,"西格文说:"我怎么离开这里呢?"

甜心说:"你要小心那只猫头鹰,它是负责监视我们的。如果它发现你,就会开始呜呜叫,你也学着它呜呜叫,它就会犯糊涂,以为你是同类,会放你走的。你坐米奥沙的独木舟去湖边,我来告诉你咒语。"女孩趴在西格文身上耳语了几句,西格文心跳得很快,差点没记住咒语。

在黑夜中,西格文低声用咒语控制着小舟,浪花轻轻拍打着船身,在船的轻轻晃动中西格文略有一点晕眩,他低头看着墨汁一般的湖水,幻想从中能看到父亲的脸,但是他什么也没看到。没有父亲和弟弟在身边,他变得比以前更加灵敏,更加自信,也许是甜心给了他爱的力量,他有勇气拯救父亲和弟弟,打败米奥沙,迎娶美丽的甜心。独木舟到了湖边,西格文跳下来,从齐腰深的水里向岸上走,一边走,一边吹着口哨呼唤弟弟,果然,约科达颠颠地跑过来,哭着叫哥哥,西格文把食物给了他,告诉他在此地安心等待自己。安顿好弟弟,西格文又乘着小舟回到了米奥沙的岛屿,回到卧室,脱下袍子,躺回到床上,就像什么都没有发生。

米奥沙睡得很熟,因为他很相信自己的猫头鹰不会出岔子。

三次涉险

第二天起床,西格文故意做出神采奕奕的样子,说:"这里真是舒服,我睡得很好,连个梦都没有做。""太好了,我的孩子,"米奥沙高兴地说:"今天我们有很多事情要做。来吧。"

在吃早饭的时候,甜心和她的妹妹依旧对米奥沙冷若冰霜,但他也不在意,他对西格文说:"你即将成为我的女婿,也不是外人,离这里不远的地方有个小岛,成千上万只海鸥在那里产卵,你今天和我一起上岛,捡一些海鸥蛋回来吃吧。"听到这儿,本来走到门口的甜心突然回过了头,欲言又止。西格文机灵,已觉察出异样,但是他还是满不在乎地说:"好的,麻烦岳父给我带路。"

米奥沙和西格文坐着独木舟来到了一个孤岛，周围水域盘旋着数不清的海鸥，个个都有黄色坚硬的喙。上了岛，果然，在沙地上有许多鸟蛋，米奥沙待在船上没有动，他对西格文下令说："赶紧下去，尽量多地拿一些蛋，甜心最喜欢吃海鸥蛋，她会很高兴的。"

西格文蹚水到了沙地，随手捡起一个鸟蛋，正当此时，米奥沙对着空中的鸟儿们高喊："天上飞的鸟儿啊，当你们奉我为主的时候，我答应给你们人肉吃，现在请吃掉这个年轻人吧，把他啄得一点儿不剩，只余骨架。"海鸥们听到米奥沙的呼喊，无论是空中的、树上的，还是在沙地上孵蛋的，全部飞起来，黑压压地形成一张巨网，向西格文袭来。西格文被无数海鸥扇动翅膀所带起来的风刮得东倒西歪，一只海鸥啄了西格文一口，一滴血滴在了沙子里，西格文大怒，指着海鸥说："大神造你们出来，是充当人类的仆役的，现在你们居然敢伤害人类主人，让我的血流了出来。我是大神的使者，尔等还不快快俯首认罪，以偿罪孽，否则我马上让大神降下天灾，灭尔全族！"

海鸥听了很害怕，它们说："我们的主人是米奥沙，我们只不过是听命行事而已。"

"米奥沙是个邪恶的巫师，"西格文继续说："听命于他只会招致上天的降罪，现在你们臣服于我，我可以在大神面前为你们美言几句，消除你们的罪孽。"

海鸥们飞到高空，商量了一下，它们认为眼前的年轻人更为可信，于是决定站在他这一边。一只海鸥首领飞到西格文面前，战战兢兢地问："请问，大神的使者，我们该怎样帮你呢？"西格文说："用你们的翅膀拼出一个飞舟，载我回到米奥沙的岛上。"

于是海鸥们照做了，看到西格文平安归来，甜心高兴得眼泪都流出来了，扑到他怀里说："米奥沙每次都这样干，被他带走的人几乎都没有回来的，我知道他们一定出了意外。大神保佑，你平安回来了。"

米奥沙很快也乘着独木舟回来了，他尴尬地笑着说："贤婿啊，你不要介意，我这是考验你呢。"西格文也笑着说："岳父，您的意思我明白，我不会放在心上的。"米奥沙转过头，流露出可怕的神色，他决心除掉这个年轻人。

又过了一天，清晨，米奥沙对西格文说："贤婿啊，你和甜心的婚礼可以操办起来了，你看，你的衣服太普通了，一点装饰也没有，我带你去贝壳岛吧，那里有五颜六色的珍稀贝壳，保证把你打扮得如天神般威武。"西格文转动一下眼珠，说："好啊，全听岳父大人安排。"

两人来到了贝壳岛，果然如米奥沙所说，遍地都是美丽的贝壳。西格文有点被迷住了，一直在森林里长大的他从没见过这些闪闪发亮的小东西。米奥沙看到西格文入迷的样子，暗自得意，他跑回到独木舟上，大喊着："出来吧，鱼王，我给你的祭品到了，请出来享用吧。"说完，他便乘船跑了。西格文心说不好，回头一看，湖里掀起了巨浪，几栋房子那么大的一条鱼浮出了水面，它的牙齿就有一人高，这就是米奥沙说的鱼王了。

西格文本想跑到离水远一点的地方，但是鱼王的身子下有无数只细小的脚，鱼王也迅速移动到了沙地。西格文告诉自己要镇定下来，他笑着对鱼王说："想不到你这么大个子，活了这么多个年头，也会被邪恶的巫师米奥沙所骗。"鱼王瞪着眼睛说："你别说大话骗我，你不过是他给我的祭品而已，快过来，让我一口痛快地吃了你。"西格文叹了一口气，说："你知道我是谁吗？我叫西格文，是春天的意思，我就是春神，我每年让冰霜消融、湖水解冻，你和你的子民才能浮出水面，见到天日。如果我死了，你们将世世代代生活在冰层之下、寒水之中，也不会有温暖的水流为你们带来食物。"

鱼王听了，不由得后退了一步。西格文鼓起勇气，又上前一步，继续说："米奥沙对你的不利之心也不是一天两天了，以前，他可带来什么人给你吃吗？"

鱼王想了一下，喃喃道："你不是第一个，但是以前，他也带给了我一个人，那个人很像你。"

西格文无心听鱼王的回忆，他决定将计就计，于是他说："好了，我不和你计较了，但是你要把我带到米奥沙住的岛上，我要和他算账。"鱼王答应了，西格文爬上坚硬的鱼背，一路破浪，回到了有甜心的地方，他感觉自己已经离不开这个女孩了。

看到西格文又毫发无伤地回来了，米奥沙笑得比哭还难看，他沙哑着嗓子说：

"我正和甜心说起你呢，没想到，你能从鱼王手上脱身，真不愧是我的女婿。"西格文看着一旁的甜心，她眼里带着泪，应该是以为他已经遭了毒手。

西格文情不自禁地把甜心拥在怀里，安慰她，米奥沙心里恨得咬牙切齿，但是脸上还是做出一副高兴的样子，说："这下好了，你俩更加情投意合了，你们的情谊开花结果，可是多亏了我啊。"

晚上，西格文和甜心说了许多悄悄话，听了西格文的遭遇，甜心皱起眉头，说："半年前，米奥沙也带回了一个男人，那个人年纪不小，米奥沙说让他和我结婚，那人笑着不答应，但是米奥沙又说要是帮他做事，可以放我们恢复自由之身，那人就答应了。第一天他平安回来了，我们都很吃惊，但是第二天，他就没有再回来。"西格文赶忙问："那人长什么样子？"甜心说："我也说不上来，这样吧，我带你去看他的遗物。"

甜心带着西格文到了堆放旧衣服的角落，拿出一件衣服，说："喏，这就是他的衣服。"西格文闻到了熟悉的味道，衣角上还缝着一颗微黄的狼牙，那正是他父亲的衣服。西格文流下了眼泪，告诉甜心那人便是他一直寻找的父亲。原来米奥沙是杀父仇人，西格文暗中攥起了拳头，发誓一定会报仇的。

太阳又升起来了，米奥沙的新阴谋也有了，他对西格文说："我的猫头鹰老了，咱们去鹰巢抓一只小鹰来代替它吧。"西格文含笑答应了。米奥沙已经不和西格文客套了，直接把他带到了鹰巢。

西格文爬上了高高的树，离鹰巢已经只有几个手臂远了，但是米奥沙在下面念动咒语，让鹰巢不断长高。西格文不得不越爬越高。等树已经有小山那么高了，米奥沙吹了一声尖锐的口哨，呼唤老鹰下来。他很得意："这个臭小子这下完了，要不被老鹰啄死，要不从鹰巢掉下来摔死。"

老鹰夫妇从云端一个猛子扎了下来，落在巢穴旁，问西格文："年轻人，我们和你无冤无仇，你何苦来抓我们的孩子？"看到老鹰夫妇比较和善，西格文也坦言相告。老鹰夫妇听后，说："亲爱的孩子，既然你没有伤害我们的意思，我们就帮你回到地面吧。"西格文爬上了老鹰的后背，飞回了地面。米奥沙几乎绝望了，他叹了一口气，和西格文回家了。

西格文提出，要把湖边的弟弟接过来，理由是："婚礼上怎能没有我弟弟。"米奥沙答应了，还和他一起去。到了湖边，约科达见到了哥哥，非常高兴，西格文对米奥沙说："那边有些烟草，你去摘一些，留在婚礼上招待客人。"尽管不那么情愿，但是西格文屡次脱险，让米奥沙已经开始害怕这个年轻人了，他不敢违拗他的话。米奥沙正在忙活着采烟草，听到有动静，他发现兄弟俩乘着他的独木舟离了岸。"该死，他们怎么会知道如何控制我的船，"米奥沙一边想着，一边跑到岸边，大声呼喊："孩子们，回来，我还没上船呢。只有我才能控制它。"但是西格文并不理会他。

到了岛上，甜心和妹妹出来迎接他俩，两个小孩子一见面就很投缘，拉着手去玩了。西格文告诉甜心，米奥沙被他留在对岸了。甜心还是带着忧色，说："不行，米奥沙会控制这条船，到了晚上，他会在对岸作法，让船去接他。除非有人在晚上不睡觉，一直把手放在船上。"

约科达听说了，自告奋勇做这件事，他说："哥哥白天很累了，晚上应该睡觉，这件简单的事还是由我来做吧。"

大家答应了，晚上留约科达在岸边看着船。

夜深了，约科达看着天上的星星，觉得心旷神怡，一转眼，星星好似甜心妹妹的眼睛，他揉了揉眼睛，继续把手放在船上。过了一会儿，天上的星星好像搅动在了一起，看不清了，约科达扛不住睡魔的侵袭，睡着了。等天亮醒来，发现独木舟不见了。正当他懊恼之际，忽然听到水浪的声音，抬头一看，米奥沙正笑眯眯地站在独木舟上，就像第一次见到兄弟二人的样子。"早啊，我的孩子，"他和约科达打招呼："你怎么在这里睡啊，多冷啊。"约科达愤愤地说："我不是你的孩子，见到你真让人不开心。"米奥沙哈哈大笑，觉得弟弟比哥哥简单得多。

打败米奥沙

见到米奥沙，西格文先是一惊，然后马上放松下来，说："岳父大人，你来得正好，我和甜心的婚事该怎么办，还需要你来拿个主意。"

"你想怎么办呢？我的孩子。"米奥沙若无其事地问。

"我们去猎熊，"西格文说得很痛快："按照我们森林人的规矩，新郎在婚礼上必须送新娘一张熊皮作为信物。"

"好吧，那我们就去猎熊。"米奥沙答应得也很痛快，心想杀他可比杀熊难多了。

二人带着点干粮就动身了，西格文决定到自己熟悉的地方了结米奥沙的性命。但是这个巫师的弱点在哪里，他还真不知道。他决定留心观察。

走了很久，到了森林，森林比湖边冷，他们晚上要生火取暖，西格文发现，米奥沙每次都把左腿蜷在身子底下，左腿的护腿也绑得比右腿结实很多。

进入森林第三天，西格文说附近有熊，所以要在这里驻扎下来，等待熊的出现。他搭了一个比平常大很多的火堆，说："岳父，这下我们可暖和多了。"米奥沙觉这个火堆不错，于是晚上趁着热乎乎的劲儿，睡得很熟。西格文悄悄地把米奥沙左腿的护腿摘下来，鞋子也脱下来，扔到火里烧了。

第二天，米奥沙连声惨叫，西格文装作什么都不知道的样子，反而责怪他烤火的时候靠得太近，烧掉了自己的鞋和护腿。

米奥沙只好光着脚走在森林里，他让西格文马上给他抓一只野兔或者麋鹿："剥下它们的皮给我做双新鞋和护腿。"西格文假意答应，之后趁米奥沙转身的时候，搭弓射箭，一箭射到了米奥沙的左脚上。

米奥沙回过头，眼神空洞，他的脚变成树根，他的躯干迅速被树皮覆盖。西格文大骇，他没有想到这一箭真能结果了米奥沙。很快，米奥沙已经说不出话来了，因为他的头也变成树梢，他的手臂向天举起，化为树枝。

巫师米奥沙消失了，变成一棵森林里随处可见的大树。

西格文回到了小岛，接回了甜心姐妹和弟弟。他问甜心想不想到森林和他一起生活，甜心想了想，说："森林里那么多大树，我也不知道哪棵是米奥沙变的，所以到了森林我会害怕，不如我们就在湖边安家吧。"西格文同意了，他和甜心结婚了，幸福地生活在一起。约科达长大后，娶了甜心的妹妹。他们后来成为一个部落的始祖，被后人铭记。

第四章
红天鹅

两个酋长

很早以前,有个酋长,他的妻子被一只白色的大鸟杀死了,他陷入了悲痛,开始疯癫地自寻死路,终于,上天垂怜这个痴情的人,让他也中了冷箭,离世了。

酋长有三个儿子,他死后没有人再照顾他们,他们只能拿起自己的小弓箭,去打猎养活自己。大哥很有志气,一直照顾着两个弟弟,他的人生目标就是为自己和弟弟们娶上漂亮的媳妇,让部落里的人高看他们。弟弟们很感激哥哥,但是也许是因为年纪还小,所以在娶媳妇的事情上并不热心,尤其是小弟弟,他觉得兄弟三人就这么过也挺好,所以大哥每次提到媳妇,他都乐呵呵,不说话,大哥笑话他说:"你这么不想娶媳妇,也许哪天娶个丑八怪。"

兄弟三人立下了打猎的规矩,为了公平,每个人都有自己的猎物范围,不能打别人的猎物。但是有一天,小弟弟在打猎的时候看到一头棕熊,尽管按照规矩,他不能打棕熊,但是还是一时手痒,忍不住把棕熊射死了。他跑过去剥熊的皮,忽然觉得眼睛不舒服,用沾满鲜血的手去揉,揉完了,他发现眼前的一切都变了颜色,不论是树木、河流,还是巨蛋般的鹅卵石,都变成红色。他赶忙跑到小河边去洗眼睛,正在洗,忽然听到有奇怪的声音,抬头一看,眼前出现了一只不同寻常的红天鹅,散发着妖异的血色。

弟弟伸手摸箭,射了过去,天鹅没有动,像是沉浸在自己的世界里,弟弟又射了几箭,都没有射中。弟弟又急又气,摸出了自己家传的魔箭。这种魔箭一共有三支,兄弟三人各一支,是父亲去世前留给他们的,没有猎物能逃脱此魔箭。弟弟射出了魔箭,红天鹅却带箭飞向落日。弟弟慌了,心知哥哥们一定会责怪自己,他得找到红天鹅,拿回箭。

他一直往西奔去,心想一只鸟,又受了伤,能飞多远。但是无论他怎么赶,红天鹅始终在距离他不远不近的地方飞着。天色已经暗下来了,天鹅失去了踪迹,弟弟看到前面有点点灯光,便寻了过去。这里是个部落,看门的是老猫头鹰,羽毛铁灰色,眼睛瞪得溜圆,看到弟弟,它尖着声音说:"有客人来了。"弟弟向猫头鹰问好,请它带路。猫头鹰将弟弟带到酋长面前,酋长看了看弟弟,觉得很满意,便将自己的女儿招呼过来,说:"快,给你未来的丈夫补一补软鞋,给他热点饭。"弟弟很吃惊,心想难道今晚就要定下他的亲事不成。他看着酋长的女儿,不甚满意,于是他把软鞋脱下来,收在自己身下,不让女孩触碰。"不过,她倒是可以嫁给我的二哥。"弟弟想。

女孩带弟弟去卧室睡觉的时候,弟弟问她是否知道有一只红天鹅。女孩气呼呼地说:"原来你是要找它,你觉得你能找到它吗?"弟弟软语请求女孩告诉自己,女孩只好给他指了方向。当天晚上,弟弟做了一个奇怪的梦,他梦见红天鹅褪去了羽毛,变成一个美丽的女人,有一双温柔沉静的眼睛,当她看他的时候,他觉得心里隐隐作痛。梦醒后,弟弟心想:"这是什么感觉呢,我以前从未做过这样的梦。"

第二天,弟弟按照酋长女儿指的方向继续前进,到了傍晚时分,他又到达了一个部落,这里的看门人还是一只灰色的猫头鹰。和昨天一样,弟弟被引见给酋长,酋长又叫出了自己的女儿,弟弟看着这位酋长的女儿,"她很漂亮,"弟弟心想:"不过我不喜欢她,她可以嫁给我大哥,大哥一直想娶一个漂亮妻子。"面对颇有姿色的女孩,弟弟说话的语气也温柔起来,他也向女孩询问了红天鹅的事情，女孩痛快地给他指了路。他休息了一晚之后继续上路寻找。他隐约觉得，前方一定有什么在等待着自己。

四个巫师

弟弟一路寻找，到了晚上，他抵达了一间破草屋。"这里倒不是什么部落了，"弟弟心想："不过也好，不会再有酋长让我娶他的女儿了。"草屋里住着一个快乐的老巫师，他一见弟弟，就高兴地招呼他坐下，和他一起吃晚饭。弟弟看着老巫师对着墙角的锅说："别犯懒了，赶紧给客人做饭。"说着，他往锅里扔了一颗玉米粒。锅像鸟一样浮在空中，围着房顶转了一圈，落在了火上，火舌舔着锅底，不一会儿，锅就自己唱起歌来："熟了，熟了，饭熟了。吃吧，吃吧，来吃吧。"

由于很饿，弟弟吃了一碗又一碗，奇怪的是，锅里的玉米一点也不见少。弟弟对老人说："你这个锅可真有意思。"

老人得意地说："我可是个巫师啊。"

吃罢饭，弟弟向老人询问红天鹅的事情，老人说："这个事情我不是很清楚，不过你继续往前走，会有人给你解释清楚的。"

次日清晨，弟弟告别了快乐的老巫师，继续前行。

走了一天的路，他又看到一间木屋，敲门进去，里面也有一个老巫师。老巫师让一个蹦蹦跳跳的茶壶给弟弟斟茶，茶壶不仅会自己煮茶，还会和人聊天，弟弟和茶壶在一起相处得很愉快。这个老巫师也不太清楚红天鹅的事情，他建议弟弟继续前行。

等弟弟到了第三个巫师那里的时候，他已经开始着急了，想知道到底红天鹅的下落如何。所幸的是，这位巫师知道原委。

这位老巫师有会自己做饭的锅和叽叽喳喳的茶壶，在温暖的石屋里，他对弟弟讲了这样的事情："有个巫师，法力高强，他的法力来自他的羽毛帽子，这个帽子连着他的头皮，所以对他来说，性命攸关。有一天，有一伙人说要借这顶神奇的帽子为一个垂死的女孩治病。巫师心肠好，答应了，就连同头发一起摘下来交给了他们。"

"然后呢?"弟弟瞪大了眼睛,不知道这些和红天鹅有什么关系。

"这伙人其实是骗子,他们欺骗了善良的巫师,根本没有什么垂死的女孩,他们拿到了帽子,就让它在闹市里跳舞,供大家取乐。而那个可怜的巫师,每当帽子跳舞的时候,他都头痛难忍,但是他没了头皮,也就没了法力,无法再拿回自己的帽子,也就是自己的头皮了。"

弟弟听了,继续问:"那红天鹅呢?和这个巫师有什么关系吗?"

"当然了,要不我和你说这么多干吗,"老巫师沉下脸,口气变得严肃起来:"红天鹅就是这位巫师的女儿,谁要是能帮她父亲拿回帽子,她就会嫁给谁。为了诱惑勇猛的小伙子,她化身妖异诱人的红天鹅,在梦里引诱男子们找她,老实说,你可不是第一个在我这里喝茶的猎人。"

弟弟低下头,像是在暗下决心,然后他抬起头,说:"我会帮她父亲找回头皮的。"

老巫师满意地点点头。

弟弟终于到了一间几乎快要坍塌的草屋前,有个衰老的、头顶血糊糊的老巫师给他开门,弟弟开门见山地表达了自己的来意。这位巫师虚弱地说:"好吧,让我们先来吃饭吧。"然后他回头对墙角的锅说:"客人来了,你能去做饭吗?"锅哼了一声,说:"你现在还敢使唤我,真是不知好歹。"一看锅不理自己,巫师又对茶壶说:"你去泡点茶来,好吗?"茶壶气哼哼地说:"我不是昨天已经给你泡过茶了吗!"弟弟一听,说:"你们两个恶毒的东西,欺负这位善良的巫师失去了法力,看我怎么收拾你们!"说着,弟弟把锅和茶壶叮叮咣咣揍了一顿。锅和茶壶退缩在墙角求饶:"好了,别打了,我们去做饭烧水。"

巫师和弟弟好好地吃了一顿。巫师对弟弟讲述了自己的遭遇。这时,弟弟好像看到有人影一闪,但是他没在意。其实红天鹅姑娘一直透过墙上的缝隙在看他。

次日,弟弟动身去履行自己的承诺——夺回头皮帽子。他按照巫师说的方位,花了大半天的时间到了一个热闹的部落,这里的人都长得很凶悍,在部落的中心,大家伙围着什么在叫好:"再跳一个,再跳一个。"弟弟挤进去一看,正是头皮帽子。弟弟昨晚和巫师学了几句咒语，他念动咒语，把自己变成一只小小的蜂鸟，落在帽子上，因为帽子在不断跳动，所以他很费劲地一点一点把帽子和头皮分离开来，然后他趁着一阵风，拖着头皮就飞走了。部落里的人在下面大叫："头皮没了，头皮没了！"他们还扔出长矛去刺蜂鸟，但是蜂鸟太小了，他们屡刺不中，于是弟弟将头皮带了回来。

到了草屋，弟弟将头皮小心地放在巫师血淋淋的头顶，巫师大叫一声，倒在地上，昏死过去。弟弟赶忙去试探他的鼻息，心想："难道力量太强烈，老巫师会死去吗？"这时，老巫师的身体像被雨点拍打的树叶一样抖动起来，他的面孔开始变得年轻，头发变黑，身体的肌肉骨骼都丰满起来，等他站起来的时候，不再是那个孱弱的老人了，而是一个强壮英俊的男人。

巫师对弟弟说："这是我原本的模样。我的妹妹就是红天鹅，也许有传言说她是我的女儿，其实她是我的妹妹。为了我，这个可怜的女孩一直在费心。"

红天鹅也出来了，她和弟弟梦境中的一样美。

在巫师的祝福下，红天鹅和弟弟动身，准备回家。在回家的路上，前面三个巫师分别送了他们礼物，一个送了祝福，一个送了会自己做饭的锅，一个送了会叽叽喳喳说话的茶壶。

等经过那两个部落的时候，酋长们执意让弟弟带走他们的女儿，弟弟也没有拒绝，他回头看着美丽的红天鹅，心想："我不想要别的女人做我的妻子，不过她们可以做我兄长的妻子。"

兄弟和好

经过了数日的跋涉，弟弟带着三个女人回到家中，他的两个兄长以为他已经死了，他们将脸涂黑，摘掉了头顶的羽毛，哀悼他。等见到弟弟回来，他们惊喜交加，特别是看到他身后的女人，他的二哥大叫着："女人，女人！"这个男人几乎这样喊了一天，他为自己有了女人而感到极度兴奋。弟弟打开包袱，拿出了锅和茶壶，命令它们去烧水做饭，哥哥们目瞪口呆地看着锅和水壶自己开动，于是他们美美地吃了一顿。

兄弟三人各自娶亲，幸福地生活在一起。但是好景不长，两个哥哥忽然对弟弟冷言冷语起来，说他弄丢了家传的魔箭。诚然，弟弟虽然寻到了红天鹅，但是魔箭却未在身边，红天鹅也不知箭去哪里了。听了兄长的责怪，他很愧疚，于是辞别了妻子红天鹅，再一次踏上了寻箭的路途。他到处找，都没有找到，他没有放弃，一直向远方走去。

弟弟走啊走，来到了一片美丽的森林，树木的枝叶绿油油的，但是奇怪的是，这里的花都是黑色的，花瓣有着丝绒般的质地，让这片森林多了几分令人不安的妖娆。弟弟见到了一群野牛，这群野牛竟能讲人言。弟弟对它们讲述了自己为了平息兄长的怨气，出来找家传魔箭的事情。野牛听了，笑了，说道："你找魔箭都找到我们这座死亡森林里来了，我们这里是亡灵的乐园，没有活人来过。你赶快回家吧，你的兄长是嫌自己的妻子不如红天鹅美貌，想霸占她，所以才把你支走。你的魔箭会出现在你家门口的，你快快回家吧。"

听了这话，弟弟又气又急，赶忙往家中赶。还没进家门，就听到大哥和二哥为了谁占有红天鹅而争吵，他推门一看，红天鹅在一旁垂泪。原来，他走后，大哥和二哥就开始为这种见不得人的事争吵，但是红天鹅一直守着贞洁，并未依从他二人。见到弟弟回来，哥哥们也红了脸，低了头。弟弟本想了结两个哥哥的性命，但是会说话的茶壶突然边说边唱起来，将当年兄弟三人相依为命的事情娓娓道来，三人听了，都红了眼眶，哥哥们弓着背，请求弟弟原谅自己。弟弟长叹一声，只好作罢。这时，沉默的锅已经烧好了饭，一家人重新坐在一起吃饭。

第二天，弟弟在家门口发现了魔箭，他拾起箭，包在布兜里。为了它，他走了许许多多的路。

弟弟和红天鹅生了许多孩子，他们长寿而幸福。

第五章
骷髅岛的故事

误入骷髅岛

雪国大地上最不缺的就是森林和大湖,然而迷人的景色里也藏匿着致命的危险。有个老人,名叫巨浪,年轻时他也曾搏击风浪,以渔猎为生,所以才得了这个名字。巨浪有个很疼爱的妹妹,嫁给了本地人,尽管和妹妹感情很好,但是巨浪喜欢一个人独来独往,所以他没有和部落里的人住在一起,而是在森林深处自己垒了房子,人们都说巨浪是个有点法力的男人,为了保住自己的秘密,才离群索居。

有一年,部落里瘟疫蔓延,等巨浪得到消息,妹妹妹夫已经染病死去,留下了一双儿女,儿子叫红贝壳,女儿叫鼠尾草,都是十几岁的年纪。巨浪收养了两个孩子,将他们带回森林。路上,红贝壳问巨浪:"舅舅,你的名字叫巨浪,你为什么不住在湖边,而是住在森林里?"巨浪告诉孩子,水里有水里的危险,也许住在森林更安全。

森林的生活有点沉闷,没有波光闪耀,只有遮天蔽日的参天大树,有时森林昏暗如夜晚。鼠尾草是个热爱交际的少女,活泼好动,有时候会不听舅舅的劝阻，跑回湖边去找幸存下来的部落里的人聊天。但是，有一天，鼠尾草没有回来，巨浪和红贝壳到处找她也没找到。从那时起，巨浪眼中常含悲色，看着红贝壳越发珍爱，他告诉红贝壳，自己年轻时曾和岛屿上的巨人打过一仗，凭借着从萨满那里得到的一点法力，将巨人击败，但是巨人生性残忍，喜欢奴役人类，鼠尾草八成是被骷髅岛的巨人掠去了，凶多吉少。"红贝壳，我老了，已经打不过巨人了，"巨浪说："你是我唯一的亲人，你千万不要往东走，不要到湖边去，否则巨人也会对你下手的。多年前，有个勇士，叫白头鹰，他就消失在了骷髅岛，再也没有回来。"

红贝壳听了舅舅的话，表面答应，但是心里想着怎么去救妹妹。一个阴天的早上，红贝壳看着舅舅出门打猎，于是他偷偷离开了家，一路向东，直到来到大湖边上。湖面一片平静，泛起细细的波浪，红贝壳往水里扔了几块鹅卵石，又射了几箭，有个和气的男子走来，说要和红贝壳比射箭，红贝壳虽年纪不大，力气却不小，他射出的箭比男子高很多，男子输了，也不在意，对红贝壳说："你射箭不错，不知道游泳的本事怎么样，我们来比赛游泳。"红贝壳答应了，他屏住气，以优美的姿势入水，男子也跟着跳进水里，两人开始比赛游泳。在湖边长大的红贝壳水性很好，把男子甩在后面，男子又输了游泳，但是他看上去也不沮丧。两人游回岸边，这个不知从哪里来的男子对红贝壳发起了邀约，他说："孩子，我有条船，我正要去一个小岛，岛上有数不清的羽毛美丽的鸟儿，你想射多少都可以，你愿意和我一起去吗？"红贝壳答应了。男子唱起了悠扬的歌，这时，从水的那一头漂来一只小船，由六只长颈天鹅拉着，两边各三只，他们上了船，男子继续唱歌，天鹅靠着男子的歌声引路，将船拉到一个小岛。

到了小岛，红贝壳发现这个岛死气沉沉，低矮的灌木丛一片一片，没有任何绿色，仿佛早已死去，而在灌木之下有累累白骨，一层又一层。红贝壳问男子这些白骨哪里来的，男子回答说是动物的骨头，这里曾经被巨人当成狩猎场，所有的动物都被杀光了。男子突然转头，对红贝壳提议再来一次裸泳比赛，红贝壳同意了，脱了衣服，再次跳入水中，但是他很快听到了男子的歌声，他抬头一看，男子乘着天鹅之舟离开了小岛，还带走了自己的衣服。红贝壳突然明白了为什么那些白骨身上不着片缕，看起来如同动物的骨骸。

红贝壳上了岸，天色很快暗了下来，他又饿又怕，他想舅舅，对自己鲁莽而轻信的行为感到懊悔。哭了一阵，他安静下来，忽然他听到有人对自己说："嘘，年轻人，别害怕，你帮我一个忙，我告诉你怎么在岛上活下去。"红贝壳连忙寻找声音的源头，他看到地上有一具骷髅，下颌骨一张一合，正在讲话。"没想到骷髅也能说话，这里应该就是令人闻风丧胆的骷髅岛了。"红贝壳想。

"你想要什么？"

"你去西边的大树下，在三块石头底下找一个烟斗和一些烟草，拿过来给我抽一口。"

红贝壳照做了，骷髅抽了一口烟，无限满足，他的肋骨缝里冒出了烟，好多只老鼠从里面跑出来，骷髅见了，哈哈大笑。

骷髅说："我现在好多了，这些老鼠天天在我身体里折腾，弄得我没法去亡灵的世界安息，不过也好，我可以拯救你的性命。你好好听着，不要重蹈我当年的覆辙，今天晚上，会有一个巨人带着三条恶犬登岸，他会杀死你，和恶犬一起吃你的肉，为了不让他发现你，你要找到一棵空心树，这个岛很狭长，你沿着岸边跑，就能找到这棵空心树。你在树里躲一个晚上，就能逃过巨人。天亮后，你就安全了，那时你再回来找我。"

红贝壳看到天已经黑了，赶紧出发，他爬上一棵又一棵的树，发现都不是空心的。月亮被云彩遮住了，他什么都看不见，越来越着急，一不留神，撞到了一个大树，听到了"咚"的一声脆响，他又惊又喜，空心树找到了。他爬了进去，在里面栖身。不知过了多久，他听到岸边有水花溅起的声音，好像有人来了，他从树洞往外看，果然，一个巨人上了岸，面容狰狞，身后还跟着三条恶犬。"听说有猎物上岛了，你们要抓住他。"巨人对恶犬说。

恶犬马上散开，在灌木里一通乱嗅，发出蓝光的眼睛在树梢上找来找去，但是它们一无所获，战战兢兢回到巨人的身边。巨人大怒，抡起棍子就打死了一只恶犬，然后把它的皮剥下来，生吃它的肉，另外两只恶犬也跟着一起吃，吃完了，上船走了。

骷髅的话

看着巨人已经离开,红贝壳仍然不敢动,等到天亮了,他才离开空心树,忙不迭地回到骷髅的身边。

看到他回来了,骷髅略有些惊讶:"看来你足够幸运,找到空心树了。好,今晚,那个带你来岛的男子会回来吸你的血,你要在天黑之前把自己用沙子埋起来,等他经过你,走远了,你马上登上他的船,对着天鹅唱歌,我来教你怎么唱。"

骷髅轻轻唱起那首男子对天鹅唱的歌,红贝壳学会了,但是他有些狐疑:"为什么你也会这首歌呢?"

骷髅说:"这首歌本是我母亲教我的,天鹅之舟也本来是属于我的,但是我被这个男子骗了,落得现在这个下场,你要活下去,然后回来救我和其他人。你要记住一点,不管那个男子怎么喊你,你都不要回头。"骷髅说完就不动了,就像一具真正的骷髅。

天又黑了,骷髅岛的天黑尤为可怖,一切都是死寂的,红贝壳找到上次登岸的地方,把自己用沙子埋起来,他又听到了水花四溅和天鹅的鸣叫,那个男子来了。

男子使劲在空气中闻了闻,自言自语道:"这小子不在,我就知道,巨人肯定要吃了他,可惜了,现在他已经是一具骷髅了吧。"男子往前又走了几步,经过了沙坑但没有找到红贝壳。红贝壳抓住机会,从坑里跳出来,踩着水登上了天鹅之舟,他对着天鹅轻声唱:"天鹅啊,我们回家吧,让我们回到有野猫皮的那个家,让我们回到有鸟羽做成遮阳伞的那个家,让我们回到湖中央的那个家。"天鹅们听了歌声,开始拉动小船,向着湖里驶去。

男子在红贝壳身后喊起来:"小兄弟,你在这里,太好了,我是回来接你的。你快回来,别把你的朋友留在这黑洞洞的岛上。"

红贝壳没有回头。

男子继续喊:"是不是岛上有个骷髅说了我的坏话?小兄弟,我才是你的朋友,真正的朋友。"

红贝壳依旧没有回头。

男子恼羞成怒，道："你不是要找你妹妹吗，我知道她在哪里。"

红贝壳听了，几乎就要回头了，但是不知为什么，他更信任岛上的那个骷髅，于是他继续唱歌，小船离岛越来越远，他听不见男子的呼喊了。天鹅们把红贝壳带到了一片开阔的水域，有两块巨石被砍成两半，作为迎宾的大门，再往前，有一座小山，有个山洞，大门紧闭。红贝壳不知道怎么开门，他试着用船头去撞，门没有开，他又用船尾去试，门开了，里面是一间温暖精致的小屋，墙壁上有斑斓的兽皮，有野猫皮包裹的软椅，炉子里火烧得正旺，自己的衣服就堆在火炉边，炉子上还有水壶，水烧开了，一些灰烬里隐约可见烤的土豆。红贝壳很饿，他几口就吃完了土豆，又喝了点水。他舒舒服服地睡了一个晚上，第二天早起，又乘着天鹅之舟回到了骷髅岛。他看到岸边有血迹，还有巨大的脚印，知道男子应该已经进了巨人的肚子。红贝壳又找到了骷髅，告诉他发生的一切。"你是一个遵守信义的人，"骷髅赞叹："你昨晚住的房子是我的祖屋，是个极舒适的地方，你没想独霸它，也没想占有天鹅之舟，你是一个值得敬佩的人。你先不要救我，你妹妹被巨人关在了距离这里不远的另一个岛上，被当作奴隶，你先去救她，再回来找我。"

拯救妹妹

红贝壳立刻动身去了骷髅所说的那个岛，岛上布满灰扑扑的岩石，不远处有个女孩在取水。走近一看，正是自己的妹妹鼠尾草。"妹妹，我找到你啦！"红贝壳欢呼着冲了过去。鼠尾草见了哥哥，先是欣喜，马上又转为忧色："哥哥，在巨人发现你之前你快走，不要管我，巨人会杀了你的。"

红贝壳纹丝不动，看着妹妹。鼠尾草的眼泪一下子涌了上来。

"你跟我走，要不我跟你走，打败巨人，带你回家。"

鼠尾草知道这个时候巨人不在家，她大胆地把哥哥带回了巨人的住所，他俩在屋里挖了一个大坑，红贝壳藏身在里面，然后鼠尾草用野牛皮覆盖住土坑，让它看起来不惹人注意。

巨人回来了，手上拎着一个死去的男孩，他把尸体扔给鼠尾草，道："去煮。"

鼠尾草把男孩的尸体放在大锅里，生起火，火苗噼噼啪啪地舔舐着锅底，不一会儿，肉味传来。巨人也不顾烫，把尸体捞了出来，一通大嚼，一边嚼一边说："这次猎物太瘦了，吃着真不过瘾。要是有个强壮点的就更好了。"说完，斜眼看着鼠尾草，鼠尾草吓了一跳，以为巨人发现了哥哥。巨人从鼠尾草的慌乱中看出了异样，于是开始满屋子乱看，鼠尾草赶忙说："您累了，剩下的东西我来收拾吧。"

巨人哼了一声，举起脚，说："把靴子给我脱了。"

鼠尾草知道哥哥可以听到这一切，她感到屈辱，突然强硬起来："对不起，您自己脱吧。"

巨人心想，她一定是在屋里藏了一个男人，一定要抓住他。巨人说："也好，我去睡了，明天我要出个远门，多抓几个人来吃。"说完便和衣睡了。

第二天，巨人出门，鼠尾草赶忙让哥哥出来，兄妹俩准备逃离。其实巨人并没有走远，他就在附近的树丛里看着鼠尾草和红贝壳一起出了房门，上了小船。巨人用飞索和铁钩钩住了小船，把船往回拉，红贝壳用石头砸碎了铁钩。巨人一看不行，索性趴下来大口喝湖水，水开始倒流，小船也往岸的方向漂移，巨人很得意，红贝壳看到他喝了太多的水，身体都肿胀起来，便举起了一块大石头，大喊："以我舅舅巨浪的名义，我将击败巨人！"然后把石头向巨人扔去，在这一瞬间，红贝壳取得了上天赐予的能量，石头像一道闪电般砸向了巨人，将他拦腰击断，水又从他断裂的身体里流回了湖里，小船重新浮起，天鹅之舟在红贝壳的歌声里继续行驶。

兄妹二人来到了骷髅岛，红贝壳告诉骷髅自己已经救出了妹妹，骷髅说："很好，现在你把岛上的骷髅都找到，把大家的身体都拼起来，这个要费点时间。"

红贝壳和鼠尾草用了几天的时间收集好岛上的骷髅，把他们拼复完整，然后照着骷髅说的那样大喊一声："死去的人们啊，起来吧！"

骨头们站起来了，身上长出了新的血肉，他们都是强壮的勇士，有明亮的眼睛和高阔的额头，而红贝壳最早遇到的骷髅是最为高大的勇士，相貌俊美，他恢复人身后，带领众勇士对红贝壳行了酋长礼，尊红贝壳为酋长。

一行人陆续离开了骷髅岛，兄妹首先回到了舅舅的森林小屋，发现舅舅在几天的时间里老了很多，头发几乎全白了，当巨浪重新看到外甥们，流露出不敢置信的神情，他哈哈大笑，说："我还能活好多年，我的孩子回来了。"他听完了红贝壳的经历，也向勇士首领一样，对他行了酋长礼，对于击败巨人、将骷髅复生的人，怎样尊崇都不为过。

英俊的勇士首领成了红贝壳手下的将军，娶了鼠尾草为妻，原来他就是多年前消失的白头鹰勇士。

后来，大家过上了平静的日子，红贝壳问白头鹰："你是怎么认识那个吸血的男子？"白头鹰说："有的人，会披着朋友的外衣，骗取你的信任，然后把你留在骷髅岛让你成为亡灵，我们要去相信坚强、勇敢、忠诚的人，而不是花言巧语的懦夫。"

第六章
星星王子

十个女儿

从前，有个男人，他有十个女儿，全家住在大湖边。十个女儿长得都很漂亮，远近闻名，大家都说她们是湖边的十个仙女，她们奔跑起来比小鹿还要优雅，她们乌黑的长发如同湖底的水草，柔软得摄人心魄。

前来求亲的男子络绎不绝，他们中有矫健的猎手、敏捷的渔夫，还有酋长的儿子，男子们带来了各种好东西，颜色艳丽的贝壳、豪猪的刺、白色狐狸的皮毛，数不胜数，让女孩的父亲笑得合不拢嘴。女孩们也被华丽的礼物弄花了眼，一个接一个地接受了求婚者的追求。她们不愿远离父亲，所以都在湖边安家，扎起了帐篷，和丈夫住在里面，帐篷越来越多，就像雨后冒出来的蘑菇。

九个女儿就这样嫁出去了，只剩下最小的女儿奥芙妮还待字闺中。奥芙妮是个沉静有主意的女孩，和她那些喋喋不休的姐姐们不同，这个姑娘喜欢独处，就像一只孤独的刺猬。面对求婚者，她百般挑剔，要不说对方太高，要不说太矮，或者太胖太瘦。姐姐们不高兴了，她们议论道："奥芙妮要找个什么样的丈夫呢？比我们的丈夫都要强吗？她可自视太高了。"奥芙妮听到了姐姐们在嚼舌根，但是她丝毫不在意，有一天，全国最英俊勇猛的猎人来向她求婚，带来了一头大灰熊作为礼物，但是奥芙妮依旧一脸高傲，随便找了一个理由，将猎人拒之门外。这下子，就连一向疼爱她的父亲也看不下去了，对她说："女儿，你是不是想一辈子都不嫁人？要不你为什么这样挑剔，最好的小伙子都被你轰走了，以后谁敢娶你！"

奥芙妮对父亲说："父亲，我不是挑剔，而是我有一样别人没有的本事，那就是我能直接看到一个人的内心，所以，直到现在，我还没有遇到一个内心强大而美丽的男子让我动心呢。"

奥芙妮这番话被姐姐们传出去当成疯话，求亲的人一下子少了许多，父亲和姐姐们感慨说，奥芙妮大概是嫁不出去了。

奇怪的新郎

没想到，过了几天，湖边来了一个年老而丑陋的男子，名叫奥西奥，奥芙妮对他一见钟情，很快就嫁给了他。姐姐们幸灾乐祸，都说这个小丫头以后可有苦头吃，一个老人，既没有力气又没有地位，拿什么来养活她呢？但是奥芙妮依然一脸沉静，和奥西奥支起了一个小帐篷，在里面生活。

奥西奥不仅老迈，还有个奇怪的习惯，每当暮色笼罩大地，他都会对着天空中最大的那颗星星行礼，口中还喃喃自语，人们见状都笑话他，怪模怪样的，不知在弄什么鬼。

奥芙妮从未问过丈夫为何这样做，她只是安静地站在他身边，看着他，她知道他有一颗金子一样善良而勇敢的心，爱着世间万物。

有一天，隔壁部落举行宴会，邀请十姐妹参加，九个姐姐戴着华丽的鸟羽头冠，叽叽喳喳地一起出发，跟在后面的是奥芙妮和她的丈夫奥西奥。姐姐们不时催促奥西奥走快一点："哎呀，老人走得就是慢，真不知道奥芙妮看上你哪一点。"夫妻俩都不说话，这时，天暗下来了，最大的那颗星星出现在夜幕中，奥西奥跌跌撞撞跪在地上，向星星伸出双手，嘴唇抖动，不知说些什么。姐姐们简直快笑疯了，用各种恶毒的词来形容奥西奥，一个姐姐心肠稍微好一点，对奥西奥说:"别光顾着看天,看看脚底下,这里有一根被风吹倒的树干,你跨得过去吗?"奥西奥看到树干,突然吃了一惊,他仔仔细细地查看树干,原来树干是中空的。他若有所思,忽然弯下腰,从树干的一头爬向另一头。爬到中间,奥西奥在里面大叫一声,奥芙妮很担心,朝着树干喊:"你怎么了,出什么事了?"接着,奥西奥从树干的另一头爬出来了,他整个人都变了一个样子,变成一个高大俊美的年轻人,头发微卷,眼睛像星星一样明亮。原来,他本是居住在星星王国的王子,受到巫师诅咒才变成老人的模样。在梦中,他的父亲——星星国王,告诉了他,要从一个中空的树干钻过去才能解除魔法,刚才他盯着树干看,就是发觉了这就是可以让自己恢复原形的那个树干。

　　姐姐们傻了眼,奥西奥怎么看都比她们的丈夫强,正在她们不知该说什么的时候,一个姐姐突然指着奥芙妮,说:"大家看,奥芙妮怎么了!"只见奥芙妮浑身抖动,身材矮了下去,头发由黑变花,最终全白了,她如花的脸孔透出铁青,额头长出了一条条皱纹,她变成一个丑陋的老太太。奥芙妮晃晃悠悠,说不出一句话,奥西奥急忙抱住了她,焦心地说:"我没有想到解除魔法还有代价,就是你的衰老,我宁可年老色衰的那个人是我。"说着,奥西奥就要从树干中间重新爬过去,奥芙妮拦住了他,她看着他的眼睛,说:"亲爱的丈夫,我不介意失去美貌换回你的青春,如果我们二人中只有一个人可以拥有青春美丽,我希望那个人是你。"奥西奥抱着她,深情地凝望着,就像看不见她的皱纹和白发,姐姐们看到这一幕都很嫉妒,她们希望奥西奥抛弃自己的妹妹,让这个思想总那么独立的妹妹吃点苦头。

　　宴会依旧要进行,他们一行人赶到了举行宴会的帐篷,席地落座。帐子拉开了一个角,大家看到远山和森林格外美丽,黑漆漆的森林里飘出了几只萤火虫,悠扬的乐声从天上徐徐传来,在旁人耳朵里,这不过是乐声,但在星星王子奥西奥耳中,这是他的父亲在对自己说话。星星国王说:"我的孩子,你的诅咒已经解除,请吃一口你面前的菜,吃了之后你就能回到我身边。"奥西奥吃了一口,忽然帐篷开始抖动,帐篷中的一切人和物品都在向上飞升,与此同时,泥碗变成红珊瑚碗,毯子上多了许多亮晶晶的贝壳装饰,而奥芙妮的九个姐姐和她们的丈夫都变成颜色艳丽、嘴巴尖尖的鸟。奥芙妮呢？她会不会也变成鸟？奥西奥痛苦地别过了头，一只温柔的手放在了他的肩上，他抬头一看，恢复年轻貌美的妻子就站在自己眼前，在帐篷里乱飞的鸟儿当中，妻子微微笑着，好似一尊神。

星星王国

帐篷一直飞升到了星星王国，国王早已在等候他们。国王把帐篷里的鸟装在一个银色的大鸟笼里，然后和蔼地对奥西奥夫妇说："孩子们，你们吃了很多苦，我都知道，现在请你们在星星王国好好生活吧，这里应有尽有。"奥芙妮指着鸟笼问："我的姐姐姐夫们可以恢复原形吗？"国王摇了摇头，答："她们嘲笑弱者，毫无怜悯之心，我把他们变成叽叽喳喳的鸟儿，这个处罚并不重，我会把鸟笼挂在你们的庭院里，让仆人好好照顾他们。"

奥芙妮只得答应。就这样，奥西奥夫妇在星星王国开始了幸福的生活，国王慈祥而博学，教会他们许多知识。第二年，奥芙妮有了儿子，男孩长得和她一样漂亮，还继承了父亲的强健体魄。小男孩生活在距离月亮很近的地方，这里的月亮比在地上看要大得多，每天他都在月亮的清辉下入睡。有时候，月亮太晃眼，男孩睡不着，他就在自己的小吊床上发呆，想象着母亲讲述的故乡——大地。母亲说大地上有洁白的雪，和月亮一样白，有蓝汪汪的湖泊和数不清的鱼儿，还有成群的马鹿和野牛，这些星星王国都没有。男孩向往大地上的一切，奥芙妮和奥西奥每天都要和他讲很多关于过去生活的故事，奥西奥还给儿子做了一张小弓和几支箭。

一天夜里，男孩突然想到，鸟笼里的鸟也是从大地上来的。男孩光着脚，跑到鸟笼旁，看着这些有着漂亮羽毛的鸟，心想，打开笼子，让它们飞来飞去，会不会很好玩。想着想着，他的手就伸向了笼子的门，就这样，十八只鸟一只接一只地飞出来。开始在男孩头顶盘旋，之后越飞越高，男孩着急了，喊着："你们不要飞走了啊，快回到笼子里去。"鸟儿不听他的话，男孩拿出了自己的小弓箭，射向其中一只鸟，鸟儿的腿中了箭，流了几滴血。这下可坏了，星星王国不允许有血出现，男孩觉得自己的身体开始慢慢下坠，不一会儿，他就降到了地上。

他揉着眼睛，不敢相信自己已经到了母亲的故乡。因为担心儿子，奥西奥和奥芙妮也在星星国王的允许下回到了地面上，一家人快乐地生活在一起，他们向周围的人传授从星星王国带来的知识，让人们的生活比以前更舒适。

奥芙妮的姐姐姐夫们也回到了地上，他们褪去了鸟的外表，但是并没有恢复人形，而是变成矮人和精灵的祖先。

第七章
儿媳雪鸟

儿媳难当

雪鸟是个普通的印第安女人，细细的眼睛，但是很爱笑。她的鹿皮靴是整个部落最好看的，因为她的丈夫棕熊是附近最勇猛的猎手，用猎物给她换来不少小宝石，镶嵌在靴子上。很多女人都羡慕雪鸟，除了一样不羡慕，那就是她有个可怕的婆婆。

雪鸟的婆婆年轻时是个漂亮女人，在众多男子的追求中选择了棕熊的父亲。丈夫对她很好，她也曾拥有过自己的好时光，但是棕熊的父亲在一次意外中身亡，生活也就黯淡了下来。婆婆把棕熊养大，把全部的注意力都放在儿子身上，慢慢地，她的心态有些扭曲，希望独占儿子的爱。

当棕熊把雪鸟领回家的时候，婆婆很不高兴，但是儿子毕竟要结婚，她没有合适的理由阻拦。雪鸟进了家门，和棕熊结合在一起，日子过得像南方的水果一样甜蜜。妒火在婆婆心中燃烧，她忘记了自己也曾拥有过这般夫妻之爱，忘记了丈夫对自己也是这样的浓情蜜意，她认为雪鸟是一个入侵者，她一直在心里这样默默称呼雪鸟。

雪鸟是个大方的女人，她虽然姿容平常，但是性格柔顺活泼，讨人喜欢，在婆婆充满恶意的注视下，她依然每天高兴地料理家务，把棕熊打回来的猎物烧成美味，给婆婆和丈夫吃。

三年过去了，雪鸟一直没有怀孕。婆婆开始冷言冷语，说："棕熊是最勇猛的猎手，怎么能没有自己的孩子，如果不能生养，就请快些离开吧。"雪鸟听了这话，很难过，觉得自己对不起丈夫，每天晚上临睡前都会自责一番。棕熊倒不在意，他对雪鸟说："母亲年纪大了，爱唠叨，你不用理会。"

一天傍晚，乌云黑压压的，不一会儿天穹就变成沉甸甸的铁灰色，眼看大雷雨就要来了，印第安渔夫们都收了小舟，动物们也躲在洞穴里不出来了。婆婆觉得是个好机会，她趁着棕熊还没回来，大骂雪鸟："为什么棕熊到现在还没有孩子，你怎么有脸还待在这个家，你赶紧滚出去和雷神过日子去吧！"雪鸟被婆婆戳到痛处，羞愧万分，她哭着跑出了家门，婆婆在她身后得意地把门合上了。

棕熊回家见雪鸟不见了，急得要出去找，婆婆骗他说雪鸟出门看望朋友了，应该是安全的，棕熊也就只好在家里等。大雨倾盆而下，密得透不过气，谁也不知道雪鸟到了哪里。

棕熊一晚上都没怎么睡，一直留心着门的动静，天蒙蒙亮，他忽然听到咚咚的敲门声，声音很轻，像是一个胆怯的客人。棕熊把门打开，看到了浑身湿淋淋的雪鸟，手里还拉着个四五岁的小男孩。棕熊赶忙让雪鸟和孩子进门，坐在火边，问雪鸟一个晚上到哪里去了。雪鸟没有直接回答，她只是轻声说："孩子是在森林里捡到的，孩子说自己的父母已经死了，所以我把他领回家，让他做我们的孩子吧。"雪鸟用祈求的眼神看着丈夫。

棕熊连连答应，而在一旁的婆婆眼睛里却射出了寒光，一刺未除，又添一刺，她愈发恼怒了。棕熊给男孩起了个名字，叫蜂鸟。他很疼爱这个收养来的孩子，每次出门打猎都会带来驼鹿的嘴唇这样的美味给蜂鸟吃，而婆婆坐在火边，把斗篷拉紧，嘴里嘟嘟囔囔地抱怨。

在悉心照顾蜂鸟的过程中，雪鸟感受到了做母亲的快乐，她的心情放松了下来，有一天，她发现自己怀孕了。棕熊和雪鸟都高兴极了，蜂鸟也叫着要一个弟弟。果然，雪鸟生下了一个男孩，起名叫鸽子。按照部落的规矩，当男孩子可以自己猎杀猛兽，就可以赢得一个高贵的勇士名字，如棕熊、灰熊、老鹰等等。雪鸟和棕熊都盼着两个孩子长大，早日改名。

危险的秋千

看到雪鸟已经有两个孩子了，地位巩固，婆婆愈发生气，她决定想办法，除掉雪鸟。一天，雪鸟忙完了所有家务，蜂鸟正在陪着弟弟鸽子玩耍，婆婆提议去湖边散步，说她在湖边大树上发现了一个树藤形成的天然秋千，站在上面可以看到完整的湖景。雪鸟一听觉得有趣，答应陪婆婆一起去看看。到了湖边，果然看到弯弯曲曲的树藤，牢牢缠绕在大树上，看起来有些年头了，婆婆先上去，抓住藤条，前后摆动，她越荡越高，一边荡，一边连声叫好舒服。她问雪鸟要不要荡秋千："水面上的风吹来很舒服。"于是，雪鸟也上了树藤秋千，荡了起来，她发觉，从高处看这个湖泊，居然这么美，好像湖底有什么秘密，水面一会儿是宝蓝色的，一会儿是碧绿的。正当雪鸟心旷神怡之时，婆婆绕到了树后，在雪鸟荡到最高点的时候，割断了树藤，任凭雪鸟跌到湖里，百般呼救。婆婆看着雪鸟被水花吞没，满意地离开了。

婆婆回到家，穿上雪鸟的衣服，假扮雪鸟，坐在暗处，等着棕熊回来。棕熊回来后，她说自己风寒坏了嗓子，母亲出门了，让棕熊把最好的猎物给自己吃。这时，鸽子哭了起来，婆婆大声呵斥了他，也不去照看。棕熊觉得今天妻子很奇怪，但是他不愿意发脾气，于是出门透透气。

蜂鸟起了疑心，他拿起火把，突然照亮了老太婆的脸，发现不对后，他厉声问道："我妈妈呢？"一下子被吓到的婆婆不由自主地说："在湖边，她在荡秋千……"蜂鸟不愿再和她多说，马上赶到了湖边，看到了被割断的树藤，他明白了是怎么回事。他哭了起来，跑回家告诉了棕熊。棕熊不敢相信，但是他不愿意责怪自己的母亲，他把长矛插进土里，向上天祈祷，让自己再见妻子一面，哪怕是她的尸首也好。

棕熊失魂落魄，他终日待在湖边，蜂鸟承担起照顾鸽子的任务，他用最柔软的肉脯喂鸽子，给他唱歌，讲故事。而婆婆根本不理会两个孩子，只管吃着家里的余粮。

一天，蜂鸟带着弟弟在湖边玩耍，他把石头扔到湖里，石头就弹出来，再扔进去，石头又从水里弹出来。鸽子看了，咯咯地笑着，蜂鸟觉得奇怪，好像水里有人似的。过了一会儿，一只白色的大水鸟飞了过来，它巨大的翅膀柔软而带有香气，就像妈妈的味道。蜂鸟觉得自己几乎可以触摸到大水鸟的翅膀了，刚一碰到，那翅膀就变成雪白的手臂，雪鸟出现在了孩子面前。

雪鸟看着孩子，流下眼泪，她抱着小鸽子，亲了又亲，又解开衣服给他喂奶。蜂鸟问她愿不愿意回家，雪鸟摇了摇头，蜂鸟这才发现妈妈身上有两条带子，像是在捆绑她，一根是银色的金属绳，一根是皮绳。

蜂鸟回家告诉了父亲，棕熊听了又惊又喜，他赶到了雪鸟出现的地方等她。第二天，同样的时间，雪鸟又出现了，见到丈夫，她又垂泪，不管棕熊问她什么，她始终不说话。蜂鸟给父亲指了指雪鸟身上的带子，棕熊略一思考，用长矛挑断了皮带子，又用长矛刺穿了银色的金属带，金属带碎成了几段，掉在地上，变成白色的大贝壳。

水老虎

雪鸟能够开口讲话了，她告诉棕熊和蜂鸟，自己掉到水里，感觉被什么东西卷到了水底，原来湖底也有一个世界，属于水老虎酋长，水老虎喜欢上了自己，他说："我喜欢你这样勤恳能干的女人，你留在水下和我生活吧。"水老虎还说，自己以前有一个妻子，但是已经死了，留下几个孩子，由他的母亲在照顾。开始，雪鸟百般不愿意，但是如果不答应水老虎，她就不能获得在水下生存的本领，就会淹死，于是她答应先去水老虎家看看。水老虎家出乎意料地精致漂亮，墙壁是半透明的，阳光透过水面映照在上面，一会儿是蓝色的，一会儿是绿色的，颜色变换就像在树藤上看到的湖水，水老虎家的地上还铺着白沙，就像细软的雪，踩在上面一点也不硌脚。雪鸟一边欣赏一边赞叹，不经意间看到了一个装饰着宝石的大蚌壳，蚌壳的外表有紫铜的质感，里面盘踞着一条巨蛇，浑身的皮肤可以在瞬息间张开成为无数只眼睛，巨蛇的额头上有红宝石，还有两只鹿角。雪鸟吓得瑟瑟发抖，水老虎让她不要害怕，这是他的母亲——角蛇。

夜幕降临，墙壁失去了光彩，但是湖底的世界呈现出另一种美丽，从水草中浮出很多只水下萤火虫，有紫色的、绿色的、蓝色的、金色的，它们落在墙壁上、角蛇的蚌壳上，或者抱成团变成火烛，这是一个比梦还美的世界。

水老虎问雪鸟是否愿意留下来，嫁给自己，雪鸟想了想，答应了。事实上，她自己都很吃惊，她先是在心里责备自己为什么答应得这样快，怎能把棕熊的情谊就这么抛诸脑后，但是平静下来后，她忽然想到，原来自己的心，早在那个风雨交加的夜晚被伤透了。她记得棕熊没有出来寻找自己，而自己是怎样在大雨滂沱的森林里走啊走，像一具尸体，直到听到不远处孩子的哭声才清醒过来。其实，在她心里，比起棕熊，她更爱孩子。

雪鸟提出，她要经常看到孩子，答应这个条件，她才嫁给水老虎。角蛇这时睁开了眼睛，告诉她，这个条件可以答应，她还可以送雪鸟一对白色的翅膀，让她离开水面，但是她必须戴上两条带子，一条是金属的，只要戴上，她便不能讲话，一条是皮子的，是用水老虎尾巴上的皮做成的，这是要提醒她，水老虎以后是她的男人，她不可背弃他。雪鸟一一答应。

就这样，雪鸟和水老虎生活在一起，角蛇平时只是睡觉，不大管儿女的事情。雪鸟把水老虎的孩子照顾得很好，给他们做了鱼鳞的软鞋，还把家里收拾得干净整洁，屋外的水草丛也打理得井井有条。

说完这些，雪鸟准备回到水底了，棕熊流着眼泪请求她和自己回家，雪鸟摇了摇头，她回身抱住蜂鸟，让他照顾好鸽子，以后可以经常在湖边等自己，她会带鲜美的鱼给他们吃。

然后，她就投入水中，不慌不忙，像一条鱼一样游回了湖底之家。

第八章
精灵的新娘

从前，有个酋长的女儿，名叫妮艾素，意为"珍爱的生命"，足见她的父母多么爱她。妮艾素一出生，个子就比别人小一圈，酋长安慰自己的妻子说："没事，没事，她会长大的。"妮艾素的个子一直很矮，十五岁了，身材还像个五岁的小孩子，但是她有惊人的美貌，她的脸庞就像清晨的玫瑰一样动人，两只眼睛好像被露水沾过，她每天穿着精致的皮衣和软鞋，行走在草原和森林里。父母叫部落里的女孩跟着她，保护她，但是妮艾素喜欢独来独往，这一点让父母很头疼："宝贝，万一森林里的野兽伤害你怎么办？你需要同伴。"

妮艾素淡淡回答说："森林里有我的朋友。"

父母面面相觑，不知女儿到底在想些什么。

到了夏天，草木繁盛，妮艾素经常一个人沿着小路进入森林，大半天的时间过去，才会回到部落。她回来后，大家经常看到她脸上多了许多红晕，人也显得更加漂亮，人们议论着，说这个女孩大概在森林里某些隐秘的地方待过，见到了那些本不该见到的生物，出于对酋长的敬畏，没有人敢对妮艾素的行为说三道四，但是她的母亲更加担心了，她经常问女儿："你老实说，你去森林到底做了些什么？见到了什么人？"女儿每次都回答说："妈妈，我告诉过你一万次了，我去找精灵了。"

妈妈说："你脑子里到底想些什么啊！没有人见过精灵，都是那些讲故事的老人编出来哄孩子的。"

妮艾素不理会妈妈，从小她就听老人讲，在森林里，在水边，在山上，有一种个子小小的精灵，他们身穿绿色衣裳，行动敏捷，守护着大地。精灵们喜欢在每年夏天的时候在森林里的沙丘举行舞会，他们会拉起手围着沙丘跳圆圈舞，但是精灵们生性警惕，当他们听到有人的声响，就会马上躲进松树里。妮艾素其实并没有见过精灵，她只是坐在沙丘上幻想，幻想精灵王子遇到自己，二人一见钟情，永远在森林里快乐生活。所以，每当她回到部落，脸上都挂着幸福的红晕，惹得人们猜疑。

妮艾素一点也不怀疑精灵的存在，她认为偷了樵夫斧子的，一定就是森林里的精灵；那些在河滩上留下一连串脚印的，一定也是精灵；晚上偷偷拔掉父亲羽毛装饰的，一定还是他们。妮艾素被自己的想法弄得神魂颠倒。人们开始在背后悄悄议论，说她有臆想症。

让妮艾素担心的事情终于来了，父母为她寻了一门亲，对方是隔壁部落的一个猎手，擅长狩猎马鹿，还会剥掉它们的皮。一天，妈妈郑重地对妮艾素说："我的女儿，我们为你起名为'珍爱的生命'就是因为我们把你奉为生命中的至宝，我们希望你平安幸福快乐，所以我们找了一个能够保护你、为你提供下半生衣食的男人。他很勇敢，会让你幸福的。"

"可是，妈妈，这个人只会杀马鹿、剥皮、让血流到小河里，也许世界上有人要去打猎，有人就要嫁给精灵，我和他不是一种人。"妮艾素说。

妈妈苦笑着摇了摇头，说："孩子，你还小，不知道什么对你才是好的。"

"不过距离婚礼还有时间，"妈妈暗想："她会改变主意的。"

妮艾素更加热衷往森林里跑，但她笑得比以前少了，每次回来，她都会唉声叹气。妈妈每次都微笑着说："我的女儿，你没有找到精灵吧，因为他们是不存在的。当一个猎人的妻子是一件幸福的事，你要相信父母的选择。"

妮艾素咬紧了牙，并不答话。

终于，到了婚礼这一天，猎人丈夫面无表情地出现在部落大门口，大家都吃了一惊，他足足有妮艾素三倍大，而美丽的新娘呢，她从未这么美丽，她梳着蓬松的发辫，上面插满了鲜花和松针，她穿着红色的新娘礼服，显得格外动人。在行过礼，准备动身出发去猎人丈夫的部落前，妮艾素提出，要去和自己经常玩耍的森林告别，没有人能拒绝新娘的请求，父母也只好让她快去快回，妮艾素飞也似的跑进了森林。

大家等了又等，妮艾素都没有出来，于是大家一起沿着她的小脚印去寻找她，一直找到沙丘，脚印突然就消失了。妮艾素的妈妈当场哭道："幻想终于杀了她，那些看不见的邪灵将她带走了。"众人默然。

第二天，一个猎人带来了消息，说他在密林深处见到了妮艾素。猎人带着一条狗，本想猎熊，在岔路口走偏了，他来到了一个从未到过的地方，周围水汽氤氲，恍如仙境，他的狗本来一直在吠，突然没了声音。他一抬头，看到妮艾素伸着手臂，身体笔直地向一棵松树走去，猎人喊了她的名字，但是她好像没听到一样，等她到了树边，一个穿着绿叶制成的衣衫的瘦小男孩从松树里钻出来迎接她。妮艾素梦幻般的脸庞上出现了幸福的光晕，她和男孩一起进到松树里。

"我讲完了，那个男孩肯定是个精灵。"猎人说。

母亲喃喃自语："她终于还是嫁给了精灵。"

第五部分

火地岛
的故事

第一章
火地岛神的传说

懒惰的主神和天穹下的半神

特茅克神是开天辟地的主神,但是他却是个懒家伙。世界诞生之初,天地像一个密闭的蛋壳,特茅克神从睡梦中醒来,他发现天太矮了,他都直不起腰来,于是他努力站起来,把天往上拱拱,把大地往下踩踩,就算是开辟了天地。看着光秃秃的世界,他也没有什么创造的欲望,于是世界上没有山,没有河,连明亮的光线也没有,灰蒙蒙一片,即使这样,特茅克神也对自己的工作表示满意,飞上天去过舒服的日子了。但是他觉得世界应该有点活物,于是他从天上弄来一些灵气,加上泥土,做出了一些半神。

这些半神中,最为强大的是海神考克,他和妻子生了许多鲸鱼女儿,为了让女儿有更大的空间玩耍,他把海洋变得大得看不到边际,比陆地还要大得多。除了海神,还有雪神和他的妹妹月亮神,太阳神和他的兄弟雷神以及彩虹神。这些半神在人间随意玩耍游荡,没有什么事情做,除了一个叫科诺斯的半神。科诺斯在天穹之上被特茅克神造出来,特茅克神骗他人间是个好玩的地方,怂恿他下去看看,年少无知的科诺斯上当了,顺着一条绳索就到了地面,他脚刚一落地,绳索就化成黑色灰烬，特茅克神这么做就是为了不让他回到天上。

科诺斯第一眼看到火地岛就不喜欢，那个时候海神说了算，陆地上光秃秃的什么也没有，四周都是大海，科诺斯于是造出了高山、峡谷和山涧，有了高低起伏，火地岛看上去好看多了。但是那个时候天永远是单调的一个颜色，从早到晚每一时每一刻光线都没有变化，科诺斯还见到了另外两个半神——太阳神克伦和月亮神克雅，他劝二人结为夫妇，于是克伦和克雅真的生活在了一起，科诺斯让太阳神克伦在中午的时候必须发出最强烈的光芒，在下午的时候要慢慢离开火地岛把光照的任务交给月亮神克雅。

造人

科诺斯觉得这个他改造过的世界虽然很美，但是太过安静，他弯下腰取了两块泥巴，捏成了男性和女性的生殖器，轻轻地放在地上，他想了想，把男性的放在女性的上面。到了夜晚，他走了，而留下的男女生殖器开始了活动，第二天早上他回到原地，看到一个新的物种，那是第一个奥纳人（火地岛最大的部族）。第二天晚上，人变成两个，每过一天，人就多一个，很快岛上就有了好多奥纳人。科诺斯又跑到火地岛的北边去，挖了白色的泥土用同样的方法造人，所以奥纳人分两种，深色皮肤的和浅色皮肤的，前者认为自己更高贵，因为是先被造出来的。如果有冒失的人问为什么奥纳人是这个样子，奥纳人就回答是科诺斯把他们做成这样的。

科诺斯很喜欢说话，但奥纳人不会说话，所以一开始只是他一个人说话给奥纳人听，后来，他觉得寂寞，就教给了奥纳人说话的本事。奥纳人学会了语言，十分兴奋，一天到晚说个不停。科诺斯还教奥纳人做爱，而且立下了两性道德，男人不能抢别人的女人，女人也不能和不是自己丈夫的男人睡觉，这样一来，科诺斯第二阶段的任务也完成了。

不知不觉，过了好多年，科诺斯累了，想睡上一大觉，于是他躺在地上就睡，三个奥纳老人陪着他。科诺斯一直睡，睡了好几年，老人们中途想叫醒他，但叫不醒。等他醒来的时候，老人发现天神一样的科诺斯已经是老态龙钟，他们四个商量了一下，反正到了快死的年纪了，不如大家一起躺在地上，等待死亡的降临。他们越等越心焦，但死亡总也不来，科诺斯决定带着三个老人到北方去求死，老人们同意了。他们四个人老了，走得很慢，路人问他们去哪里，他们回答："去远方，把命扔掉。"到了北方，他们惊讶地发现北方并不是荒蛮之地，相反人烟稠密，四个外乡老人躺在路边，请北方人给他们盖上原驼皮的披风，让他们继续睡去，这一次，他们死在了热闹的北方。

但是死亡不是永恒的，北方人很好奇，不时掀开披风查看几个老人的样子，他们发现，睡下之前科诺斯他们还是老人模样，睡了几天他们居然慢慢年轻起来，之后几天一天比一天年轻，皮肤的皱纹变浅了，头发转黑了，又过了几天，披风下传来了他们的呼吸声，他们活过来了，而且成了年轻人的样子。科诺斯把这个本事也给了奥纳人，奥纳人老了，就裹着兽皮披风躺在地上，等着死亡的降临和离去，当死亡离去，他们不仅可以复活，还可以重获青春，开始新的一生。如果有一天对这样的轮回厌倦了，就可以和科诺斯说，选择彻底地死亡。

科诺斯厌恶在人间这种不死不灭的生活，他向特茅克神祈求回到天上，而特茅克神看到科诺斯已经完成了自己的工作，就用法力将他变成一颗明亮的星星，让他飞升到夜空之中。

半神科诺斯离开人间后，时间就像突然缓过劲一样，突然降临了火地岛，草木有荣枯，人和动物会彻底死去，腐烂为土。火地岛的人很无奈，神离开了他们的土地，而他们终于和大陆上的人一样，在时间的流逝中消亡。科诺斯找了两个奥纳人当首领，他俩性格不太一样，一个很勤劳，一个得过且过，所以奥纳人的日子过得不好不坏。

相爱相杀的日月

太阳神克伦和月亮神克雅在科诺斯的撮合下结为夫妻，他俩都选择生活在火地岛上，两个半神性格不一样，好在一个是白天升空，一个夜晚出来，很少见面，所以矛盾暂时也未爆发。

由于二人都在火地岛上，所以奥纳的男人们就尊克伦为首领，女人们则奉月亮神克雅为主。克雅虽然没有丈夫那么威风明亮，但是她的小脾气可不少，连带岛上的女人们都威风起来。在那个时候，女人对男人呼来喝去，如奴仆般使唤，让他们去干最贱最累的活儿，而她们自己干一些轻省的家务。女人们经常在男人面前板起面孔，做出不可一世的样子。女人们在克雅的怂恿下在村里散布说，女人的力量来自地狱，每个女人都是半神，月亮神克雅让她们统治男人，这个不平等关系太阳神也是同意的。男人们不明就里，只得由着女人们胡说，也不敢造次，而太阳神克伦，也有些惧内，索性也不发一言，这让火地岛的女人们更加不可一世。

不知从什么时候开始，女人们背着男人们举行专门的拜月仪式，不许男人们偷看，其实她们的心思很简单，就是聚在一起吃东西、聊闲天，但是她们板起脸孔告诉男人们："我们在帐篷里会露出神的面目，你们如果看了，会遭天谴，眼睛会瞎的。"于是，每到月圆之夜，男人们就眼睁睁看着村里的女人们戴上漂亮的羽毛帽子，身上画着红白两色的花朵彩绘，走进帐篷里。到了夜晚，帐篷里透出火光，能隐约看到女人们曼妙的身影，风中还飘来女人们轻声的说笑。

有一天，三个胆大的奥纳年轻人按捺不住自己的好奇，他们想知道女人变成半神是什么样子，他们更想知道女人世界的秘密到底是什么，为什么女人是半神而男人不是。他们从黄昏就开始商议办法，晚上趁着夜色潜到了拜月帐篷的旁边，他们和女人们只隔着一帘帐篷，由于帐篷是兽皮做的，着实有些厚度，他们听不清女人们说的话，他们其中一个人心一横，心想，已经来了，还是弄清楚吧，他用发抖的手轻轻掀起了帐篷的皮子接缝处，帐篷里很明亮，女人们点燃了海豹油的灯柱，她们一边聊天，一边吃得满嘴流油。男人看了，可气坏了，哪里有什么神，只是一帮村里的女人围着火烤东西吃，她们把家里平时舍不得给男人们吃的美食都拿出来，一起分享。

三个年轻人才知道原来女人们一直都在欺骗男人们，不光让他们干所有的家务，还背着他们吃东西。在火地岛，食物是匮乏的，所以女人们的罪行不可饶恕。三人中的一人冲进帐篷，用最难听的语言辱骂女人，而另一个则打了响哨，通知所有男人过来，还有一个男人冲到篝火边，拿起烤好的肉，大口吃起来。村子里

火地岛的日月相争

的男人们拿着棍棒赶来了，他们一脸茫然，不知道发生了什么事。但是当他们看到瑟瑟发抖的女人们，以及篝火上的烤肉架，他们就全都明白了。男人们被愤怒冲晕了头脑，用石头和棍棒把女人们一个不剩地活活打死，不管女人们怎么求饶，男人们都不肯放手，直到把她们都砸成肉泥。

而这一切都发生在了月亮神克雅的眼皮子底下，她看到追随自己的女人们被活活打死，她愤怒地准备向男人复仇，但是她的丈夫太阳神克伦阻拦了她，他一直觉得月亮神和女人们做得很过分，男人的反抗也给了他制服恶妻的勇气，他狠狠打了克雅一个耳光，把她推倒在炭火上，在她脸上留下了烫伤的痕迹，克雅哇哇直叫，满脸是伤。后来，当月亮出来的时候，地面上所有的人都能看到她原本皎洁的脸上多了很多灰色的斑点。

杀完女人们，男人们冷静了下来，面对满目尸首，他们也被巨大的悲伤击中了，他们被愤怒蒙住了双眼，而母亲、妻子、女儿都死在了自己手上，村里只剩下一些年幼的女孩，她们还没到参加拜月仪式的年纪，幸免于难。男人们决定带着女孩们离开这个伤心地去别处生活，他们在荒芜的东部待了很久，为死去的女人哭泣，也为自己的孤独哭泣。

直到女孩们长大了，成为女人，男人们才决定回到家乡重新开始，但是奥纳人的生活再也回不到从前了。太阳神克伦决定建立新的秩序，让男人统治女人，之前的仪式也恢复了，不过参加的人必须是男人，女人只能战战兢兢地服从男人，不能再聚在一起享受美食。

看到女人服从男人，月亮神克雅觉得受到屈辱，她跳到海里，但海神考克和他的家人都劝她赶紧回到天上，那帮鲸鱼女儿也呜呜地笑话她。克雅游到天边的大树旁，顺着大树爬到天上，宣布自己从此和地面上的女人再无关系。她那不识趣的丈夫还火上浇油地嘲笑她脸上被火烧出来的伤疤，为了不见到讨厌的丈夫，克雅只好在太阳神彻底离开后才出来，而她的性格也变得越来越古怪，每月都变换自己的脸孔，当心情好的时候，就露出整张脸，当想起丈夫笑话自己的时候，就愤愤地把大半张脸藏起来。

克雅也记恨上了奥纳人，只要一有机会，她就会偷奥纳人的孩子，奥纳人很害怕，有月亮的晚上不敢让孩子离开帐篷，也不敢在月圆之夜和女人欢好，怕破坏了克雅的好心情。奥纳人毕竟是旷野上的粗犷之人，他们觉得克雅太记仇了，奥纳男人在愤怒的时候就举着拳头对着月亮吼，诅咒月亮，让她滚远一点，不要再带来涨潮、风暴和疾病。看到奥纳人厉害起来，月亮也心虚，乖乖地躲开几天，但是她只消失几天，很快会再回来。有时候，月亮发黑，像是被仇恨染黑了，奥纳人赶紧向天和太阳神祈祷，希望倒霉的时候赶紧过去。

克雅在一次愤怒中，吃掉了两个男孩，事后，她很害怕，幸好没人发现，孩子的父母以为他们死在海中。吃了人肉后，克雅越来越难以忘记那鲜美的味道，她仿佛开启了一扇新的大门。她开始对夜晚迷路的人下手，吃掉他们，她安慰自己，不吃人，身体就无法变成美丽的圆形。慢慢地，其他半神也开始食人，人类和半神的关系开始紧张。

神的世界结束

一直忘记说半神长什么样子，他们身材高大，比凡人大三倍，但外形和人类几乎是一模一样的。在刚被主神特茅克神派到人间的时候，他们行事还算规矩，但是创万物和人类的任务让科诺斯一个人给干了，其他半神在人间其实无所事事，而特茅克神也是个不管事的，众神遂渐渐放肆起来。等到科诺斯上了天，他们更加无法无天，发动战争，一不高兴，就屠杀人类，火地岛上的河流都成了血河，散发着腥味。折腾得最厉害的是北部的半神哈斯和南部的纳肯。哈斯有一儿一女，而他的对手纳肯只有一个女儿。哈斯打起了对手女儿的主意，他诱惑了无知的姑娘，和她发生了关系，然后在纳肯面前炫耀。纳肯气坏了，为了报复，他偷偷把哈斯的女儿绑了来，在地下造了间没有一丝光的屋子，把女孩扔进去。哈斯趁着夜色而来，摸黑进了屋，他以为屋里的女孩还是纳肯的女儿，其实是他自己的女儿。在没有一点光的黑暗之中，悲剧发生了，哈斯父女发生了关系。后来，哈斯的女儿怀孕了，生下了乱伦之子，就是克瓦伊。

克瓦伊从小就被亲戚们嘲笑，他的母亲也在他出生后不久嫁给了别的半神，生下的孩子，既是克瓦伊的异父兄弟，也算是他的外甥。长大后，克瓦伊和母亲不怎么来往，直到他听说，母亲的孩子被一个作恶的半神查克尔抓去做苦力了，母亲日夜哭泣。

查克尔生活在火地岛的北边，性情古怪，杀人如草芥，不光人类害怕他，其他半神也怕他。而这个查克尔居然抓了很多半神同类给自己当奴隶，其中就有克瓦伊的异父兄弟。听到自己的母亲在伤心，克瓦伊有了心事，他望着茫茫的四野，远处的山峦的侧影连绵不绝，不知哪座山里，就住着查克尔，囚禁着自己的兄弟。他想救出兄弟，让母亲高兴，但是查克尔太强大了，据说他比一般的半神还要高大一倍。

心烦意乱的克瓦伊来到了河边，他碰到了月亮神克雅的哥哥——雪神洪时，他向雪神讲述了自己的烦恼："雪神，你说，我想当个英雄，但是我心里有好多害怕的东西，这是不是说明我天生就是一个懦夫？"雪神洪时看着这个不甚高大的半神之子，叹了一口气，望着天上的浮云，说了一句让克瓦伊思索良久的话："英雄不是无畏的，感到害怕却依然要做伟大的事的才是英雄。"

克瓦伊上路，来到了查克尔居住的黑森林。白天他见查克尔一副精神抖擞的样子，他不敢上前说话，于是等到晚上，扮作乞丐的样子，慢慢靠近查克尔的住处。黑森林里树木参天，如同史前巨柱一般，克瓦伊藏身其中，慢慢挪动，他看到前面有火光，查克尔正在火上烤一个木棍穿过的奥纳女人。查克尔看到了克瓦伊，以为是个过路的巨人老乞丐，并不在意。克瓦伊问查克尔能不能发发善心，让他在这里休息一下。查克尔不耐烦地挥了挥手，说："算你运气好，我现在饱得很，要不我一定拿你当菜啃掉。"克瓦伊赶紧跑到关押自己兄弟的石牢去，说自己是来救他们的。话音刚落，查克尔把他吃剩的女人尸体扔了过来给奴隶啃，女人的脸孔因为死时痛苦而十分狰狞，但石牢里的半神们已经习惯了，几个人上来把女人的尸体啃干净。看到这一幕，克瓦伊惊得嘴巴都合不拢了。他拉过自己的弟弟，说："今晚，我过来找你们，打开门锁，你知道钥匙在哪里吗？"弟弟平静地说："没有钥匙。石牢是没有钥匙的。""没有？没有你们为什么不跑？"克瓦伊不解。"因为查克尔会吃掉逃跑的半神。"弟弟害怕地说。"不要害怕，"克瓦伊劝弟弟，"现在岛上的人类越来越少，你以为你们能逃脱他的魔爪吗？等吃完岛上的人，接下来就轮到你们了。"

就这样，弟弟被克瓦伊说服了，他和石牢里其他半神说了克瓦伊的计划。到了夜里，克瓦伊的弟弟带着其他半神朝着大河的方向逃跑，他们是高大的半神，所以轻易地跨过了大河，河水只到他们的胸口。克瓦伊在对岸等着他们。查克尔发现奴隶跑了，十分愤怒，他追了出去，看到奴隶在对岸。他嘿嘿一笑，觉得对方失策了，他比任何一个巨人都高大，这点水不算什么。但是等他到了河心，克瓦伊立刻用法力把水面升高，生生把查克尔淹没顶，火地岛的黑夜还是十分寒冷的，查克尔很快就被冻死在水中。

获救的不少半神在查克尔那里已经养成了吃人的习惯，回到家中，他们继续吃人，这让克瓦伊感到很痛苦，他只好又做了一件英雄的事情，把食人的半神灵魂取了出来，把他们高硕的身体冰封在火地岛南边的一个全部是冰的世界。因为拯救了半神和人类，特茅克神封他做死神。

太阳神克伦这时正好战胜了自己的妻子克雅，正值得意，他为了更长久地统治人间而不遵守日出的时间，经常刚下山，就又升上来，如此一来，克雅掌管的黑夜只有一瞬间，一眨眼，又是太阳出来的白天，人们因为无法拥有可以和爱人亲密的私密时刻而感到烦躁，所以死神克瓦伊决定对此做出改变，他打败了太阳神，将白天和黑夜对半分，有的时候白天长一些，有的时候黑夜长一些。

第二章
火地岛凡人的传说

凡人的世界

很久以前,火地岛上是没有原驼的,这种动物是人变的。有个丧妻的男人,想在几个女儿身上求取欢爱,但是不好意思明说,于是想出个办法,他把女儿们召集在一起,谎称神托梦给自己,说他马上就要死了,但留下女儿们在世上孤孤单单很不忍心,神说在他死后家附近会出现一个很适合和她们结婚的男人,女儿们必须全部都嫁给这个男人,他会是个好丈夫,能照顾好她们。讲完这些话,这位父亲就开始装死,女儿们把他放在地上,找来几块兽皮盖住他的身体,然后按照部落的规矩,在他的脸上画上闪电,在胸口涂上死亡的标志,接着她们走出住处,到路边上下挥舞手臂,以示哀悼。这时她们在路旁看到一个对她们发出嘘声示爱的男人,她们没有认出那是自己的父亲,于是也用嘘声回应,以为这就是父亲说的理想男人。她们靠近他,允许他爱抚自己,这个男人身上的味道让女孩儿们感到很熟悉,他们几个很快就住在了一起。神觉得这件事违背天理,把父女几人变成原驼,没想到他们繁殖得很快,整个岛都是他们的子子孙孙。

火地岛的印第安人

火地岛的印第安人居所

火地岛的印第安人生活的样子

火地岛的标志灯塔

紧缺的食物

有个男人叫卡彭，和两个妻子生活在一起。他年纪大了，身体也不好，没有办法出门打猎获得足够的食物，快到冬天了，卡彭让其中一个叫卡克的妻子回娘家要点口粮。卡克来自岛的东部，为了回家她走了长长的路，以至于她的亲戚见到她惊讶得说不出话来，因为几乎没有女人能走这么远。卡克讲述了丈夫身体如何不好，她和另外一个妻子如何忍饥挨饿，亲戚很同情她，先让她饱餐了一顿原驼肉，然后给她准备了一个食物篮子。卡克知道亲戚们很爱吃金龟子，于是让他们准备了很多金龟子，因为这也是她最喜欢吃的。为了防止食物在路上腐坏，亲戚给她抓了很多活的金龟子在篮子里。卡克很高兴地走了，但是离家越来越近，卡克开始有了私心，她不想让丈夫吃她最爱的食物，于是她把篮子藏在路边的树后面，一回到家就做出悲戚的样子说什么食物都没弄到，卡彭听到自然大受打击。第二天，卡克去了路边，拿出几只金龟子，烤了吃了。丈夫发现了异样，跟了出去，发现了妻子的秘密，于是他把篮子里的金龟子全部烤着吃了，回家后什么也不说。等卡克再去吃的时候发现金龟子没有了，她怀疑是丈夫偷吃了，但是也不敢说什么。

日子一天天过去，食物还是很短缺。这时，另一个妻子哈佩说要不然找她的亲戚想想办法。她的家在海边，哈佩的亲戚看到她来了，很大方地给了半条鲸鱼的油脂，哈佩高兴极了，连拖带拽地运回了家。她回到家，看到丈夫卡彭已经饿得奄奄一息，她马上煎了一块鲸鱼的肥肉，叫醒丈夫让他赶紧吃，吃了肉，卡彭的病奇迹般地好了。看到小山一样的鲸鱼肥肉，卡彭开心极了，他用魔法把自己和哈佩变成两只海鸟，在风浪里穿梭，在诸神的庇护下可以吃到鱼肉。至于卡克，卡彭把她变成翅膀很软的鸟，只能在岸边吃点虫子，不能在海上捕到好吃的鱼。

后记

让世界感受我等之痛苦

　　美洲大陆上生活的原住民，被称为印第安人，从北到南，千差万别。最早来到美洲的人类，是如何开启自己的生命之旅的，至今仍在云雾之中。我们只知道，有些人，跨过白令海峡后在北美洲落地生根；有些人继续向南，一直走，一直走，直到美洲大陆的最南端；更多的人，则在向南迁徙的万年征途中停留下来，比如后来的阿兹特克人、印加人的祖先。他们建立部落，甚至创造城市。他们热爱战斗，为不同的神明进行血腥的祭祀。

　　印第安人留下的神话故事相当碎片化，或许是因为文明被残暴的外来力量生生切断，又或许是因为文明血脉掌握在少数贵族手中，国破则难存。我们现在能看到的神话，不过是殖民者带回欧洲付之一炬的绘本和手抄本中的幸存者。无论是尤卡坦半岛流传的《虎司书》，还是有"交流之书"之称的《波波尔乌》，它们如同声音嘶哑的老人，向后世之人讲述这片大陆曾经的故事。

　　看北美洲的神话，是一派自然风光。人物多以动物命名，他们的故事竟然与德国的《格林童话》有异曲同工之妙，但更加蛮荒，更有力量。毕竟，世界上最大的雪花、最美的湖泊、最辽阔的森林都在这些北美勇士的弓弩之下。故事中，我们看到，他们随着季节迁徙、采集、狩猎，他们的神话与万物有灵联系在一起。但无论多么空灵的神话，都隐藏着另一种力量——大自然的残酷为生活在这里的人类开启了通往饥饿、流血和死亡的大门。

荒野中的勇士在白人文明的蚕食下，不得不放弃传统的狩猎或农耕的方式，配合早期的欧洲殖民者搞起了皮毛生意。但互惠不是外来者的目的，他们要的是永居此地。19世纪中期，北美原住民部落被赶出家园，迁徙到偏远的保留地。坚冰、疾病、外加长途跋涉的疲累，使得不少老弱在迁徙途中死去。一名法国历史学家目睹了查克特沃斯部落的被迫迁移，他称"这一景象永远不会从我的记忆中抹去"。

他看到的是，面对无法渡过的激流，疲惫不堪的印第安人中，没有人叫嚷、哭泣，大家都保持沉默。因为他们懂得，灾难在过去就已成定局。

知命，是印第安文化中的重要思想。他们不畏惧死亡，也不认为自身比万物高级。好比，因纽特人认为，亡灵住在天上，天空本来结实，但是天长日久难免有一些小孔，而亡灵就化身雪花，透过小孔降落在人间，成为自然的一部分。

比起尘世，印第安人更加重视的是精神世界。在他们看来，地球是一个精神的世界，因为无数神奇的神明就居住其中。高山、巨石、洞穴、山泉都是他们的栖身之所。因此，印加人认为这些地点都是神明出没的"圣地"，对其进行膜拜和供奉。

对印第安人来说，更重要的事情是解释宇宙：宇宙是从哪里来的？人类是从哪里来的、在世界占据一个什么样的位置？对于肉眼可见的宇宙，不同的印第安部族有不同的描述，但无一例外的是，他们认为事物如何变成我们所看到的样子，这件事很重要。大量的神话就此诞生。

世界不是绝对的。印第安不同文明中都看重的二元性也说明了这一点。比如，阿兹特克神话中充满了二元对立，生命与死亡，丰饶与贫瘠，昼与夜，秩序与混乱，雨神带来生命，死神则设法掐掉新芽。羽蛇神和烟镜神所代表的善恶自上古便开始交锋，永无定论。

世界是往复的，有终点，但到达终点前则是不停的循环，如同月亮的圆缺、天体的运行，周而复始地引导人类的一切。很多印第安神话都认为目前的世界不是最早的世界，前几世的世界基本是兽人的世界。兽人们招惹神明，降下天灾，毁灭了自身，但天灾之后，总会留下一些神奇的植物，帮助后世果腹。

南美的安第斯山地貌复杂，沙漠、雨林、荒野将南美印第安社会分割成一块块，因此安第斯神话比北美更加千姿百态。比如，山地的人认为造物神维拉科查贯穿人类社会的所有需求之中，但雨林地区则认为造物神在创造世界后就对尘世没有什么兴趣了，不知道躲到哪里逍遥去了。南美还有巨人创世之说，这些巨人，不全知也不全能，只是被天外更强大的力量操控的巨型木偶。

印加人则更加不把痛苦当回事，因为他们向往死亡。死去比活着拥有更大的力量。印加王的木乃伊地位至高无上，出门有轿坐，吃饭有人打扇，作为太阳神曾经在人间的化身，他们依旧能通过祭司的传话继续"统治"自己的领土。

印第安人的时间概念既是直线的，也是循环的。世世代代，循环往复。这意味着过去没有消失。印第安神话或许就是人类童年时在路边玩耍随手射出的那支箭，带着创造、改变、维系、毁灭世界的那股力量，当人类走在科技如日中天的道路上，忽然听到背后有风声，回头那一瞬，这支箭正中眉心。

王觉眠

2023.5.20 于北京海淀万柳